竟倾山 廿四梦录

曾利——著

廣東旅游出版社
GUANGDONG TRAVEL & TOURISM PRESS
悦读书·悦旅行·悦享人生
中国·广州

图书在版编目（CIP）数据

竟倾山廿四梦录 / 曾利著. —广州：广东旅游出版社，2022. 2

ISBN 978-7-5570-2631-8

Ⅰ. ①竟… Ⅱ. ①曾… Ⅲ. ①中篇小说—中国—当代 Ⅳ. ①I247. 5

中国版本图书馆CIP数据核字（2021）第234960号

策划编辑：彭　超
责任编辑：彭　超　于洁泳
责任技编：冼志良
责任校对：李瑞苑

竟倾山廿四梦录
JING QING SHAN NIAN SI MENG LU

出版发行：广东旅游出版社
社　　址：广州市荔湾区沙面北街71号首层、二层
邮　　编：510130
印　　刷：三河市嵩川印刷有限公司
地　　址：三河市杨庄镇肖庄子
开　　本：889 × 1194mm　1 / 32
印　　张：8. 75
字　　数：189千字
版　　次：2022年2月第1版
印　　次：2022年2月第1次印刷
定　　价：58. 00元

红云迷醉车行处
手把铜鼎饮残阳
茶乃尘世清溪酒
空杯换盏亦留香

主要人物

林南：本书主人公；上班族，患肺癌后投奔竟倾山永清道观养病

祥坤爷爷：与世无争的老人，他居住的小木屋成了林南心灵的栖息地

檀仲玄：河鄣外国语大学英语教授

玄清子：本名马永清，竟倾山永清道观道长

苏莹：赠送苹果给林南的女孩，被林南称为“苹果姐姐”

何馨兰：做演讲主张“吃亏是福”的女孩

孙芊竹：林南的中学同学，外号“瘦猴”

张磐：林南的中学同学，外号“小胖子”

韩圆圆：林南的中学同学，暗恋对象

韩腾：韩圆圆父亲

奎文：何馨兰男朋友

局向南：博国大军统帅

玄净子：无极岭异士

宁规：无极岭大王

梦境地图

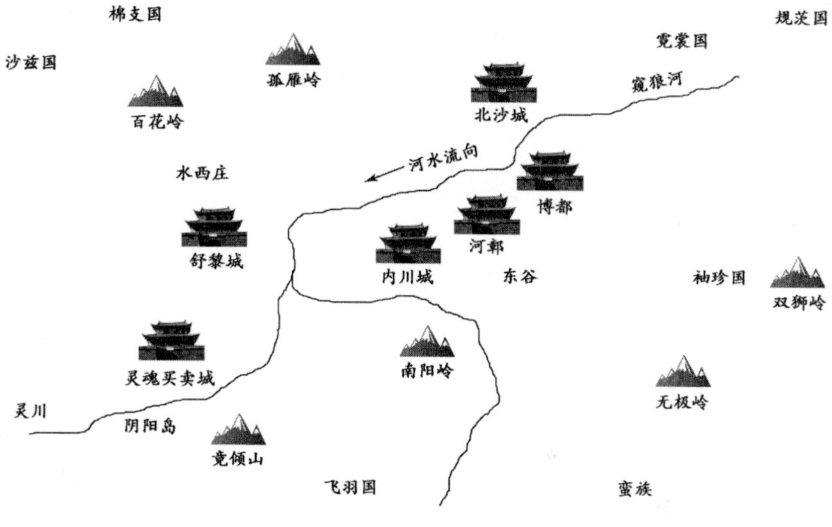

棉支国
规茨国
霓裳国
沙兹国
孤雁岭
窥狼河
北沙城
百花岭
河水流向
水西庄
博都
舒黎城
河郭
内川城
东谷
袖珍国
双狮岭
南阳岭
灵魂买卖城
无极岭
灵川
阴阳岛
竟倾山
飞羽国
蛮族

自　序

在窥狼河畔，有一座大山高耸入云，因这里气候湿润，山上常年飘着雾气。这座山的南面，坡度缓和，山腰的道观在雾气中若隐若现，道观下是一片茂盛的翠竹，与翠竹相接的是绵延数十里的枫树林；而此山的北面却壁立千仞，巍巍然有倾覆之势，竟倾山因此得名。

此山气势磅礴，胸怀宽广。有威严，亦有温柔；有冰寒，亦有酷暑；有俗境，亦有雅舍；有现实，亦有虚幻……鄙人因旅行经过竟倾山，陶醉在这美轮美奂的胜景里，于是找了家客栈住下，梳理了现实和梦境中亲历的往事，真真假假，撰写成《竟倾山廿四梦录》。

纵览目录，充满刀光剑影和绝世佳人，这是武侠小说吗？非也！还请读者不要误会，这是一本意识流小说，是一场现实和梦幻交汇的心灵之旅。创作过程中思维跳跃，完全是想到哪儿写哪儿，无顺序亦无章法。

读者清闲之时，可选一个安静去处，或在深夜孤灯旁，或在竹林茅舍间，或在软椅卧榻上，随主人公的意识渐入佳境，徐徐体验其心路历程，不难从这虚虚实实的故事中洞悉人性之美、亲情之贵、友情之醇。

本书为鄙人的处女作，初出茅庐不知天高地厚，诚惶诚恐，请君一观。

曾利

2021 年 4 月 12 日

目 录

第一章　金鞍神弓铁甲

没有雪的冬天是有缺憾的，可这山明水秀的水西庄居然有缺憾了六年，我都快忘记雪花的模样了。上天好像知道我的心思，突然变得阴沉，到下午竟纷纷扬扬飘起雪来，下了半天雪，接着又下冻雨，飞舞的冰碴粘在电线上，越积越多，终于把电线变成一根冰条，电线承受不住冰块的重量被压断，整个儿水西庄停电了。

次日起来，水西庄变成了白玉雕刻的世界。父亲去县城安排我转学的事还没有回来，我走到村子东头，只见公路上铺了一层厚厚的冰，班车已经停运，看来父亲暂时回不来了。这段时间为了能到城里去上学，我闹了好多次，最后爸妈终于答应了，不知道这次能否联系到合适的学校。

在家里无所事事，我边看钱彩的《说岳全传》边想转学的事，越想越着急，也不知道这冰雪什么时候才能融化。由于心神不宁，实在读不进去，我只好合上书，心血来潮，在废弃的作业本上写了一首词：

叹！水西客，潇潇雨后，沦落冰村孤寒，学年恍然过半。负长剑，走马越河山，利锋枉然。看漫山雪霰，长空风云卷，气冲霄汉。驻马望雄关，何日金鞍神弓铁甲，得战楼兰？

写完后，正在烦闷之际，突然看见父亲站在门外。他居然冒雪赶回来了，笑着对我说道：“转学的事情定下来了，但老师说了，你要先去参加考试，成绩达标学校才会接收。”

“爸，考试我不担心！您就等好消息吧。”我很有把握地回答道，心想这下可以“金鞍神弓铁甲战楼兰”了。

“明天就要去县城，你赶紧准备一下。去县城前，先上山看看祥坤爷爷。”交代完后，父亲坐下来换鞋，我才发现他在鞋底绑了布条，看来是步行了三十里从县城赶回来的。

天色还早，我收拾一番后，赶紧上山去看祥坤爷爷。我拎着一筐菜薹，小心翼翼地走在湿滑的山路上。祥坤爷爷住的是一所小木屋，位于山腰茂密的竹林前，屋顶已经积了一层厚厚的雪。老远能看见屋顶的烟囱冒着炊烟，炊烟里飘来香甜的味道。这么巧，祥坤爷爷又在烤红薯了。每次上山，小木屋里都会有好吃的等着我。

祥坤爷爷养的那只大黄狗见到我，老远朝我叫了几声，赶紧过来迎接。这黄狗真够义气，多年后我去外地上学回来，它居然还记得我，我带着行李刚到山腰就被它看见，这家伙像见到久别重逢的故人，兴奋不已，箭一样地冲到我面前，跳起来又舔又蹭，当时雨雪刚过，黄狗的前爪沾满泥泞，弄得我的外套上全是梅花印，但我一点儿也不生气，被大黄狗如此记得，心里着实温暖。

不多提将来的事。黄狗在前把带我到爷爷的小木屋，我跨过门槛，果不其然，屋里温暖如春，炉子里散发出烤红薯味，炉子旁边的桌子上摆满了剪刀、锯子、竹片、红纸、白纸等物品。我把菜薹码放在水缸下，然后说道：“爷爷，菜薹是我们今早刚摘的。我爸妈说拿来给您煮粥喝。”

“好！好！今晚我就吃菜薹稀饭。”爷爷开心地点头说道。我知道这点菜薹对爷爷来说真不算啥，他会很多手艺，经常做一些工艺品上集市去卖，给自己买些鱼肉打牙祭，他之所以如此开心是因为我们惦记着他。我心想，等我有爷爷这么大年纪，若还有人惦记我，那该多好啊。

“爷爷，您这是在干啥？”我指了指桌子上的工具和材料问道。

“我在做风筝，去年给你做的是‘齐天大圣’，这次换成‘常胜将军’。今年开春早，起风也早，我得提前弄。”爷爷说完后，微笑着用火钳夹了一个红薯放在我面前。我们这里属于南方，春天来得早，过完年没几天，桃树就要带花苞，柳树也会抽芽。赶上晴天，春风拂面，不用等到三月三漫天的风筝就飞起来了。

我面前的红薯散发出香甜的味道，这一定是祥坤爷爷刚从地窖里拿出来的，只有在地窖里存放过的红薯才会有这种味道。只需轻轻一剥，就能势如破竹地把红薯皮拉下来，露出金黄鲜嫩的内里，红薯油即刻流了下来。这种红薯吃起来跟刚出土的不一样，一点儿也不噎人，一次我能吃五六个。每吃完一个，爷爷都会提醒我：“别着急，慢点儿，里面还有好多呢。”

我拿着红薯边吃边在屋子里溜达，发现爷爷床头的桌子上有好多马尾和竹鞭，我好奇地问：“爷爷，这些又是什么？”

“做拂尘用的。冬天不忙我先做好，夏天你们过来拿。”原来如此，每个夏天，最深刻的记忆就是蚊子的嗡嗡声，睡觉前我们会先拿拂尘把蚊子赶跑，然后再放下帐子，之后就可以高枕而卧，管它外边如何嗡嗡响。偶尔有一两只蚊子遗留在帐子里，也被小孩子爬起来拍死了。

爷爷边翻炉子里的红薯边说道：“今年放风筝，可以去笔锋山下的坝子里。那里宽敞，我特意给‘常胜将军’加了盔甲，飞起来一定威武。”爷爷捋着山羊胡子，说得神采飞扬，我怕他继续憧憬下去，只好把憋了半天的话说出来：“爷爷，您别麻烦了，我就要去城里上学了。”

听我说完，爷爷手中的火钳静止了，他半张着嘴沉默了片刻，转而微笑着说道：“去城里上学好啊，将来一定有出息。风筝我先给你留着，以后再给你。”当时我不以为意，没想到从此以后，每年三月我都在县城的学校里度过；上大学和工作后，回家时只赶上寒暑假，家乡的春天就这样在我的生活中被抹去，爷爷给我做的风筝也没能飞上蓝天。

吃完红薯，我得回家收拾行李。告别时，爷爷特意叫住我，从牛皮烟盒里拿出所有的零钱，硬塞在我手里道：“去城里花钱多，拿上吧。”

“爷爷，爸妈会给我生活费的。”

爷爷没有理我，给我紧了紧松散的衣领纽扣，把我推出小木屋，然后说道：“趁天还没黑，快回家吧。”等我走到山脚下，再回头看爷爷的小木屋时，窗户里闪着灯光，这雪夜里的灯光给我带来无限的温暖。

第二章　公主未曾远嫁

进城后我寄住在姑妈家。城里的日子很单调，由于没有轮滑鞋，每天放学后我只能趴在姑妈家阳台上看城里的孩子滑旱冰。姑妈家的阳台正对着操场，她在楼下摆了一台机器。大夏天的，姑妈只需一按按钮，就能制作出雪白的冰激凌。头天晚上，姑妈制作了好多冰激凌碗儿，第二天一早让我帮她整箱搬出去，然后制作一个冰激凌奖励我。这玩意儿太好吃了，在乡下放牛上山，我吃过各种野果子，但从没品尝过如此香甜凉爽的东西，我真想在姑妈家一直住下去，一辈子给她搬冰激凌碗儿。

今天放学后，我又趴在阳台上看风景。夏天的日头去得晚，强烈的阳光把操场上滑旱冰的孩子们烤得浑身是汗。突然跑来一位小女孩嚷着要买冰激凌。在她等待姑妈给制作冰激凌的时候，我偷偷看了一下这个女孩。

唉，城里的女孩就是好看，白白净净的，穿着白 T 恤，胳膊的短袖卷起来，露出圆圆的胳膊，脑袋圆圆的，眼睛圆圆的……她大概叫圆圆吧。看看自己，黑瘦黑瘦的，指甲缝里也不干净，感觉好砢碜。真纳闷儿城里的娃娃是怎么养出来的，好想跟她成为同学呀。像她这么好的条件，应该每天早餐都能吃到牛肉粉吧。

提起牛肉粉，上个月刚来城里时吃过，味道快忘记了。

其实姑妈也会给我做米粉，她会换着花样做不同的口味，有辣椒粉、菠菜粉、酸汤粉，但就是没有牛肉粉。长大了我的梦想就是找个圆圆这样的女朋友，天天陪她去吃牛肉粉。说来也巧，不到几天，圆圆就转到我们班，我的梦想要实现了。

我正在畅想未来的事，突然听见有人在外边喊道："林南，快来！有你的书信！快马从博都送来的。"我丈二和尚摸不着头脑，迷迷糊糊地走到外边，看见有太监跳下马，递给我一封信，信上写着：

着林南将军护送韩圆圆前往棉支国和亲……

虽然我心里很纳闷儿，但既然是陛下的旨意，我也不敢违抗，只可惜跟圆圆一起卖冰激凌和吃牛肉粉的计划不能实现了。我心如刀割，无奈之下早早上路，一路还算顺利。圆圆好像不太高兴，坐在轿子里不跟我说话……很快我完成了护送的使命，辞别棉支国后，从小路赶回博都交差。

此时正值仲春，天气暖和，孤雁岭的杜鹃花已经开了。我想反正博王并未催促我尽早赶回，不如放慢脚步游山玩水，没准还能遇到侠客，跟他们学习和切磋武艺。于是我换了戎装，改成侠客装束，戴斗笠负剑而行。由于身上盘缠充足，一路上倒也自在，尽挑上好的酒菜吃，有空就找个宽广的场地练习剑术。

这一日正赶到鸿儒客栈住下，正要去吃饭，不想回头看见一个女人，脸蛋很像圆圆，举止透着大家闺秀风范，但衣衫破败不堪。我们对望后都吃了一惊，但没有说话，只是各自回屋。我越想越不对，感觉这人太像圆圆了，于是我过去敲门，对方开门看了我一眼问道："请问阁下有何事？"

"今日冒昧撞见小姐，本不该打扰，但小姐确实像在下的一位故人，敢问小姐认识博国的韩圆圆公主吗？"

对方惊讶地问道："这位大侠，您也认识韩圆圆吗？"

"不瞒小姐，我是博国的将领，一个月前送韩圆圆公主到棉支国和亲，而今正在回程的路上。"

"林将军，难道是你吗？"

我即刻知道，对方就是圆圆公主，赶忙说道："我就是林南，只是换了身装束。公主您认不出我了吗？公主不是留在棉支国跟白顷木成亲了吗？"

韩圆圆顿时哭出声来："这次和亲，我原打算在棉支国自尽的，不想白顷木跟林将军您长得相似，对我又十分尊敬，我想既来之则安之，就在这里好好过日子吧。无奈战事又起，将军您离开后不到一个月，博国的大军就攻破了棉支国都城，我趁乱逃离，在乱军中找不到依靠，只得按来时的路步行到此，希望能回博都去。穷途末路得见将军，真是三生有幸。"

我感叹不已，于是决定一路照顾圆圆，护送她回博都。我给圆圆换了一身江湖女侠的衣服，我们也不拘泥于尊卑，以兄妹相称。有空的时候我就教圆圆一些武功，没想到圆圆很有天赋，何况小时候她就爱枪棒，骑术也不错，一路闲暇的时光都在切磋武艺中度过，旅途也不至于无聊。

这一日，来到一家乡野饭店，店家出来问道："两位客官吃点啥？"

"您看着办，最好来点有特色的！"我回答道。

“好嘞，就请两位品尝一下我们店里的牛肉粉。”

当年在水西庄，我吃过很多牛肉粉，也不当回事。不到片刻，两碗满满的牛肉粉已端上桌，白色的粉条跟土碗颜色形成鲜明对比，粉条上面撒了芫荽，方形的牛肉粒铺在上面，清澈的粉汤上漂着些许牛油珠子。我先喝了口汤，全身舒畅——终于又尝到了久违的美味。

圆圆吃了一口粉条，突然停住了。我问道：“贤妹，这是怎么了？”

圆圆激动地说道：“我从小在博都长大，牛肉汤和各种米粉也吃过不少，没想到天下竟有如此好吃的牛肉粉。”原来她是觉得太好吃，所以停住鉴赏一番。

谈论间我已把粉条吃得精光，我叫道：“店家，每人再来一碗！”

店家跑过来，满脸堆笑道：“客官，第二碗是没有了。”

我不解地问道：“这是为何？又不少你的钱！”

店家解释道：“客官有所不知，小店的名号叫‘不二粉馆’，这么多年来生意兴隆，是按祖师爷的做法，只给客人一碗粉，因为祖师爷认为世间美食，唯有饿时吃最香，如果贪心没有节制，就没有最初的味道了。”

确实很有道理，也很有趣，正要付钱，我突然萌生一个的想法，于是说道：“店家，十年前我吃过这种味道的牛肉粉，今天再吃，感觉还是同样的味道。某虽不才，愿赋诗一首，您看要过得去，将这诗抵扣我们的饭钱如何？”

店家笑道：“好说！好说！客官请吧！”说完他吩咐后面的伙计端上笔墨，我书写道：

高川一绝·牛肉粉

山间平原金黄稻，窥狼高川走千牛。
天工雕琢银丝线，芫荽点缀绿沙洲。
文火熬得骨中味，一碗品罢解千愁。
十年游子仍恋香，清朗乾坤入金瓯。

写完后我递给店家，问道：“请看可否？”

店家满脸堆笑道：“饭钱够了，只怕还要多，小店找零不起。”

我笑道：“哈哈，店家真是有趣，不用找零了。”

店家接着说道：“客官的诗句写到我们祖师爷心里去了，他老人家要在世的话，一定会重谢，我只能将客官的诗句裱起来挂在店里。从今天开始，小店的名字就叫‘天工粉馆’。还请客官署名。”

我想了想，书写了个“林”字，然后交给店家，此事也不放在心上。

到了博都，众人提前得知消息，举办宴会欢迎我们回来。韩腾王爷得见爱女，对我甚是感激，一番客气之后，他带圆圆回府了。

圆圆就这么离开我了吗？我心里很惆怅，但此次和亲失败，说明我还有机会娶圆圆。看着他们父女远去的背影，我如释重负。真是世事难料啊，我是在做梦吗？将来有一天自己要醒了，进入另一个真实的世界，那此刻劳苦奔波所做的事都没有意义了。我握住剑，飞身到林间打了个剑花，树叶纷纷落下，剑身上残留的碎片看上去真真切切，我并非在梦中。

等我从树上飘落下来时，却无法控制身形，眼看就要头先着地，我只得把剑先插下来。若这招失误，胳膊非得废了不可，我吓得满头大汗，突然醒来了。幸好只是一个梦，我的胳膊好好的，但有些遗憾，自己没有护送圆圆远行的机会，也没有绝世武功。

不去想梦的事了，我掏出语文和英语练习册写作业，写完作业才九点，也没人陪我玩，于是我拿出祥坤爷爷给的拂尘，赶走帐子里的蚊子，然后打开台灯，作起素描画来。每次作素描画我都很专注，总能忘时间，一待就是几个小时。

我先画了一条小河，然后在河边画了一所茅屋，再往水里渲染一下茅屋的倒影，接着在茅屋边上添置一些草丛，在茅屋后添加几座山峰。于是意境高远的仙境就诞生了。接着我给茅屋画了酒旗，住宅改来卖酒啦。但我的小店不卖酒，只卖冰激凌，于是我又把酒旗上的“酒”字改成“冰”字，然后遐思一会儿，想象圆圆跟我一起经营这家小店的情景：一起卖冰激凌，一起吃牛肉粉，一起写作业。大作没完成，落款还没写上，我就在蚊子的嗡嗡声中睡着了。万万没想到，我的武侠梦居然逻辑清晰地跟护送圆圆的情节接续起来。

韩圆圆公主被我送回博都后，天下太平无事，我与博王和韩腾王爷作别，到了一个叫东谷的地方，在东边租了一座精致小巧的庄园，一边专心练剑，一边寻访绝世名师。光阴似箭，才记得漫天大雪，转眼间又冬去春来，东谷迎来了鲜花烂漫的春天。

听东谷的一位百岁老人说，在他的记忆里，自从三十年前东方鸿和玄幻子决斗后，东谷就再也没出现过绝世高手，而今要寻访武林宗师，非上南阳岭找道长玄清子马永清不可。我决定上南阳岭拜师学艺。走了三天，按老人描述的路径找到了南阳岭，爬到半山，果然有一所道观，道观的房子歪歪斜斜地矗立在山腰上，虽不雄壮，却很幽静。

道长玄清子马永清好像早就知道我要来访，已经站在大门口迎我了，他捋捋白胡须说道：“孩子，你要忘却功利心，不要有习武是为成天下第一的想法。山外有山，人外有人。如果心术不正，将来武功越高，越是武林的祸害。”

见面一席话，让我内心充满敬畏，于是我决定在道观住下，每日跟道长修道读书。道长偶尔也教我练习拳法，但都是柔缓的招式。道长用心良苦，要消除我身上争强好胜的戾气。时光飞逝，三个月已过去，我的心智和武功有了精进。有一天，玄清子道长陪我们吃过晚饭，兴致很高，陪我们师兄妹六人在后山漫步，他把我们带到望月亭，这里不仅仅能望月，还能看见远处的内川城。

道长语重心长地对我们说道：“你们看，那灯火辉煌的地方就是武林圣地内川城，那里才是真正藏龙卧虎的地方。将来你们，尤其是林南，很有可能去闯荡内川，取下内川圣殿里的太乙符，做出一番事业来。”

大家问太乙符是什么东西，道长笑而不答，我知道自然有他的用意，但内心觉得自己的能耐没有他认为的那么好。每次练功我都表现得很差劲，道长却不责备，总这样点评道：“林南，这套拳法你也要努力啊”。言外之意，我只是这套拳法练得不行，别的还可以。在我对自己失望的时候，我却能从道长的语气里听出器重来，他相信我定会学有所成。

道长如此信任我，可我的思想却开了小差。练功的这三年很辛苦。山清水秀的南阳岭在我眼里慢慢变得枯燥。玄清子教授的武术门类很多，每一门不仅要进行实战操作，还得了解功夫的起源。一天天的时间都被习武灌满，我觉得生活失去了乐趣，晚上累得倒头就睡，渐渐地习武的决心开始动摇，我开始关注起周边鸡毛蒜皮的事来。说来也怪，道长一向明察秋毫，可他对我魂不守舍的样子却视而不见。

这天下午，练习完拳法后没事干，我坐在侧房旁边的石墩子上，看一只小狗追一只母鸡，那小狗看上去很可爱，母鸡吓得乱窜，小狗却乐在其中，欢快地继续追逐。这一幕，对小狗来说是玩耍，但对母鸡来说是事关生命的大事，对我来说是无聊的旁观者在消遣。

道长突然从远处经过，咳嗽了两声，我不敢说话，道长只假装没看见，进房里去了。到了晚间，我怎么也睡不着。玄清子目光如电，道行高深，不可能对我如此放任，难道他另有安排吗？我在房间里走来走去，只见窗外已经升起月亮，皎洁的月光让我想起护送圆圆公主赶往棉支国的情景，也不知道现在圆圆过得怎样。

我想起带圆圆去山间坝子里玩耍的情景来。在秋天，坝子水田里的稻谷被收割完后，里面残留了很多谷粒。每到这个时候，稻田里就会出现成群的鸭子，还有黑色的半圆形帐篷，这帐篷设有窗户，像书里说的乌篷船，只是功能不一样，是放置在干旱的地方用来住宿的，里面住着牧鸭客。每逢秋收，牧鸭客追随稻田里的谷粒迁徙，白天赶着鸭子享受悠然时光，黄昏时在帐篷里燃起炊烟准备晚餐；冬天临近，他们就慢慢往老家的方向移动，肥鸭子是他们最值得骄傲的成果，他们也让残留的谷物做到了颗粒归仓。那时候，我带着圆圆去追逐牧鸭客，听这些抽着旱烟的牧鸭客讲奇异的故事。

我想给圆圆写封信，把我心里的忧郁和思念告诉她，于是我点上蜡烛，写起信来：

圆圆公主：

你还好吗？

本来打算在中秋节再给你写信，可是，因为我近来心神不宁，习武懈怠，不知道哪一天会被道长赶下山。如果真这样，我又得奔波江湖了，所以趁还有稳定住所之际给你写信，希望你能早日回信给我。

说实在话，护送你去北国的时候，我心里就全是你的影子。当时我想，思念一个人是痛苦和幸福的，而思念一个朝夕见面的人又怎能用“痛苦和幸福”来形容。和亲使命在身，我不敢对你有非分之想。上天也许是故意捉弄我，佳人就在眼前，我因距离而痛苦，同时又因距离而幸福。

你是一个善良而神秘的人；你单纯的微笑改变了我对生活的态度。从你文静端庄的性格里我猜想你的生活一定平静无波。每一次走在你的身边就像是临近春天无风的湖面……

你曾说想去竟倾山看看，那是个美丽而又富有灵气的地方。我迷茫于生活和未来，但庆幸自己还有一颗跳动的心。天道总会酬勤，经过努力，我一定要去一次竟倾山，真希望你也能一起去。即使独自一人，我也会去的，因为曾经有一个漂亮的公主想去竟倾山，曾经这位公主陪我一起看秋天的牧鸭客。

寂寞的我永远是个孤独者，我需要在孤独中沉思，在沉思中领悟，然后用自己坚强的意志和激情去战斗，从江湖的历练中争来奇迹和幸福。

我还会跟随玄清子道长一段时间，地址不会变，但愿能等到你的来信。

写完后，我把信收好包起来，终于睡着了。清早起来后，觉得这信写了也没有用处，因为找不到捎信人。要是道长发现我胡思乱想，估计会责罚我，于是我转到东殿后的围墙下，准备把信给烧了。

“林南，你手里拿的是什么？给为师看看！”不好，道长来了。这下糟了，我一定会被赶下山，习武的事要半途而废了。这一惊我终于醒了，发现窗外阳光已经照进来，刺得我睁不开眼，又是个好天气。

我哪是在学武啊，我只是在学习功课。起床后精神百倍，我决心努力适应城里的生活，像学武一样学功课，于是立下计划，从今天起，先努力融入班集体。班上近五十人，只有我跟少数几个同学来自农村。城里的同学聊天玩游戏时，我们听不懂也看不懂；他们踢足球我们也不会，滑轮滑更不会。

跟他们聊点什么呢？聊城里没有的吧。田园风光？太老土的不能聊，比如在山上骂脏话捡牛粪的事一定不能说；只能跟他们聊农村的青山、绿水、花草、空气。起初这招挺管用，但聊了几天，大家渐渐失去兴趣，那位叫简富一的男孩居然质问我：“既然农村这么好，你来我们城里干吗？”我只好沉默。

聊不上来，我就行动上合群，跟他们一起玩。先跟他们踢足球吧，我也不会踢，我看他们都是一番疯跑，谁抢到球就往球门里射。于是我撒开腿，速度还可以，在农村放牛时追牛犊子练出来的，一秒钟我就抢到了球。我学着他们的样子，把球摆在草场上，身边突然走来一个瘦高男孩，穿着球服，一看就是城里的，因为农村孩子一般是没有球服的。他身边还跟着一个小胖子。这个瘦高男孩很严肃地冲我说道："你等等，这球有点问题。"

他把球拿过去，做出检查球面的样子，然后转身递给身边的小胖子。这小胖子真敏捷，我花一秒钟抢到球，他用半秒钟时间就把球摆好并射进球门。我茫然站在那里，这算是"调虎离山"之计吗？算不上，但我确实被耍了。我攥着拳头走了过去，心想这学我不上了，今天定要收拾你这混蛋。我迈步到这个瘦高男孩前方，准备给他狠狠来一下，突然远处有人喊他："孙芊竹，快点来组队！"这人转身跑开了，他最多用了四分之一秒，甚至连我攥拳头他都没看见。真是奇耻大辱，不吃我一拳也就罢了，怎么能视而不见呢，太伤自尊了。

"林南，你站在那里干吗呢？快要上课了。"我转身一看，是韩圆圆在叫我。好吧，我有重要的事情，先饶过这胖瘦两煞星。圆圆解开了我心里的忧伤，我都想跟她商量一下，邀请她陪我逃学，一起去浪迹天涯。

忧伤刚好一些，转天又发生点郁闷的事。正值周六下午，我去十字路口买面条。自从来城里上学，我就见这老头一直在这里卖面条，各种面条：黑的、白的、灰的；塑料袋包着的，报纸包着的，粉纸包着的……我在他小摊边站了一会儿，老头打量我一会儿，从他眼神来看，应该是看出我是个乡下来的穷学生。我问了价钱，然后买了一包灰色的面条。你不能说这种面条最便宜，只是花同样的钱能买更多的面，吃更久的时间而已。付完钱后，我画蛇添足，伸手去摸了摸粉纸包着的面条，感觉白白的，有些好奇，刚才忘记问这种的价钱了，于是问道："这种面条怎么卖？"

老头鄙视地说道："娃娃，那是盐水面，你吃不起！"

听到这话，我感觉整个天空都变灰暗了。都怪我多嘴，但他也不至于要这样恶语伤人！我默默地把灰色面条放回小摊上，然后对他说道："老人家，灰色面条我也吃不起，麻烦您把钱退给我！"老头把钱扔给我，脸上还是一副冷冷的表情。我垂头丧气地沿城南的小河溜达，心里一直琢磨：这样的老头值不值得尊重呢？

祥坤爷爷常跟我说要尊老爱幼，不仅仅是尊敬自己的亲人，对别人也应如此。其实我挺赞同的，但如果遇到盐水面大爷这样的，我真的有点为难。老头跟老头确实不一样，有的温文尔雅，慈眉善目，到哪里都受到年轻人的爱戴；有的则不然，倚老卖老，让人反感。多年后我离开学校走向社会，就遇到很多不厚道的老头，我常跟他们起摩擦争辩起来，因这事爸妈老骂我，说我太较真。

有一次乘公交车，人很多，我有座位。突然上来一个老头，其实也不老，六十岁上下，身板还挺直。他走到我身边，抓住拉环，目不转睛地盯住我，对我说："小子，快让座！"赶上这种情况，我心里就很不好受。

又有一次是在机场问讯处，也是个六十岁上下的老头，穿戴很齐整。我跟他一起排队咨询航班情况，他在我前面，絮絮叨叨跟美女咨询员聊了仿佛有半年。我纳闷儿，这两人都在聊啥呢？仔细一听，老头的确问了一些关于航班起停的问题，但后来慢慢跑题，让美女咨询员教他如何使用微信，问美女能不能加个好友，还打听她的隐私。这哪是咨询啊？我当即上前打断，插话问正事。老头被晾在一边，气得直发抖。他是怎么抗议的呢？他的抗议方式居然是一边小声骂我，一边在我面前使劲儿按自己的手机屏幕！结果呢？一不小心，“啪”，手机掉地上摔碎了。这些老头真让人搞不懂，很多人都令人搞不懂：生别人的气，糟践自己的东西。

尊敬长辈确实是应该的，但如果遇到那些色老头、坏老头、臭老头，我心里难免会有些不舒服。

不说老头了，说求学的事。

到城里上初中的三年时间，说来也怪，我没有怎么用功，只是随便听听课，但每次考试门门都是第一名，一直拔尖到中考，气得那些努力学习但效果不佳的孩子把我躲得远远的，其实这并不带代表我有多聪明，只是我的兴趣点恰好在这里。

三年来，除了瘦猴孙芊竹和小胖子张磐，没人跟我玩，我只跟他俩走得近。自从那次他俩抢走我的足球后，我找了个机会，用同样的方法，从他们手里夺回了球。说来也奇怪，报复后他俩不仅不生气，还哈哈大笑，夸我高明。这就是书里所说的一丘之貉吧。虽然他俩是城里的，但从那以后，我们仨就成了形影不离的好朋友。我们在一起互相称呼傻瓜、白痴、二货，但玩起来开心得像三只狗崽子。

他俩成绩不好，我第一，他俩第一或第二，不过是倒数的。我们凑到一起，老师也觉得奇怪，他说“物以类聚人以群分”这个词对我们三个人不适用。其实真正的原因我很清楚，首先我们在一起玩没有顾虑，从不在意彼此成绩的差异，也不关心城里乡下的分别；其次，我常给他俩讲解题目，他俩也投桃报李，经常请我下馆子吃牛肉粉。我相信等我们仨都老了，一起在轮椅上唠嗑看夕阳时，也会称对方是傻瓜、白痴、二货，一定还会乐得像三只老狗。

他俩生病请假或者外出的时候，在班里我就独来独往，我表面装着无所谓，其实心里孤单得要死，但看到自己各科优异的成绩，就有点“高处不胜寒”的感觉。这句话对我这个中学生来讲，其实就如同大雪天睡在十九楼，铺盖薄被冻得要死。我想多了，上中学的时候，整个县城最高的楼是五层。比五层楼还高的建筑只在电视里见过。

第三章　从军中离去

转眼在小城里住了好几年。日升日落，大街上的黄包车，无穷尽的灰尘，嘈杂的小贩声音，年复又一年。我并没有感到自己在长大，上周末回家，到山腰去看祥坤爷爷时，脑袋被小木屋的门框磕了个包，我才意识到自己已经跟成人那么高了。

那个卖盐水面的老头还继续在十字路口摆摊。自从上次因为他的话而郁闷之后，我就不再找他买面，其实他的面也不错，但我不喜欢他，我宁愿多走五里地去学校后山下的面条坊买。后来小城里多了一位沿街叫卖的老奶奶，每天放学都能遇见她，或者在桥头边，或者在巷子里，或者在客车站，她用清脆又苍凉的嗓音叫卖着："香烟……花生……盐葵花……瓜子……"那"瓜子"二字拖得老长，余音能从城东飘到城西。小城的样子没变，只是我的成绩变了。

上了高中，我对小城越来越熟悉，对学校却越来越陌生。老师是陌生的，同学是陌生的，课本教辅资料也是陌生的。很熟悉的数学公式变陌生了；背了一千遍的单词不认识我了；黑板上方的大钟表走成了蜗牛的速度。我开始讨厌上学，我讨厌每天从早上七点钟一直学到晚上七点钟可成绩还是上不去。与此同时，孙芊竹的数学成绩快超过我了，而张磐常常晚上十点还在自习室解应用题不回家……

上午四节课，到第三节课时，实在不想上，于是我把课本和笔盒整齐地摆在桌子上，然后到小城里去转悠。老师见我的课本摆放得很整齐，一定会觉得我是有别的事临时出去。这不，课本还在桌子上呢，很快就会回来的，温酒斩华雄，凯旋后其酒尚温。我也没啥好战胜的，非得找点胜利的话，就是每次逃课溜达回来后，我心情都会好很多。

回来之后，我心猿意马，实在无法集中精力学习，只得趴在桌子上，昏昏沉沉，听见有人正窃窃私语聊着什么。注意倾听，其中一人说道："这冰天雪地的真是活受罪，也不等到开春了再出征……"

我抬头望时，只见山川已被大雪覆盖，窥狼河的水面已经冻住了，冰上积了一层雪，四处飞鸟隐迹，整个世界都安静了。在河畔的官道上，有一支蛇形的队伍，刀枪林立、旌旗飘扬，果然是在出征，由东向西浩浩而行，前后绵延数十里，这是博国的大军，正兵发河鄣，准备扫平棉支国。

我骑马走在中队，看了看跟在身后的随从孙芊竹，这位年轻的武士衣服有点单薄，身体一直在颤抖，觉得有些可怜，于是我关切地问道："孙芊竹，你冷吗？"

"公子，不碍事，还受得了！只要不停歇，就感觉不到冷！"

我不太相信，于是从马鞍上拿出酒壶扔给孙芊竹。孙芊竹咕嘟咕嘟猛喝两口后把酒壶还给我。我激励孙芊竹道："打起精神来，听说棉支国处处是牛羊，此仗结束后，你会得到丰厚的战利品。"安慰一番后，我把麒麟枪往后背一横，很精神地向前催马而行。

此次博国的三十万大军，都是久经训练的猛士，棉支国数年来不停地骚扰边疆，此次博国下定决心要踏平棉支国。

说实话，此次出征我还是挺担心的，以我的武功，倒不是担心要去战场上拼杀，只是我自己从小就很容易恐惧。曾经族人给我行成人礼，换上长衫后，我心里就充满了恐惧，觉得自己已长大，再也回不到过去了，后来对新衣服的恐惧心理已经克服，但我知道这种恐惧来源于未知和变化带来的不安全感。到达棉支国后战场上会发生什么？此战怎么个打法？第一次杀人会是什么感觉？棉支国的女人真的有传言说的那么漂亮吗？赢了此仗后还有别的战争吗？

五年来，家父一直督促我用心读书，刻苦练剑，一心想用文武艺回报帝王家，也追求个光耀门楣，看来今天到了关键时刻。虽然控制不住自己多想，但我还是刻意提醒自己：上沙场不可如此顾忌。于是我又猛喝了几口酒。看看周围的将士，大多数人兴高采烈，跟我微微低落的情绪形成反差。这些将士好像不是去打仗，而是去领取唾手可得的战利品，他们认为棉支国正规军队只有三万，加上宫廷护卫最多四万人，肯定是不堪一击。我从来没有见过如此亢奋的军队。

如果这次我很幸运，立下功名，将来在朝中的日子会很舒坦了，父亲总是深谋远虑。想起这些，我的心情稍稍振奋起来，很荣幸能跟随这威武的大军去平定边疆。

我走在后队，继续跟身边的伙伴孙芊竹搭话。此次出征征兵三丁抽一，我家里两个弟弟还小，于是就只得我入伍；这个孙芊竹，属于高挑身材，长得跟竹竿儿似的，过去是草料库的看守，这次由于兵丁不足，被强行编入。我跟他边走边聊，在一起嘀咕了好几天，从博都一直聊到河鄣，很是投缘。我们的声音压得很低，具体聊的都是可能被杀头的话题：

“孙芊竹，你说这次真的能打胜仗吗？”我问道。

“我看未必，长这么大，棉支国的人长啥样我都不知道，听我娘说，他们个个身长九尺，徒手就能把人拧折了。”孙芊竹说道。我纳闷儿，难道他老娘去过棉支国？

“可我听南宫将军说，北人都是小矮个儿，见咱们的军队来了都得躲。”我辩驳道。

“我也不清楚，过几天不就见到了。到时候战场上咱们互相防御彼此的后方啊！”孙芊竹提出建议，我看出他的恐惧来了。

“贤弟，这个自然。你说棉支国的女人漂亮吗？听说有很多女兵。”我问道。

“你是不是认为女兵没有力气，很容易就能拿下？”孙芊竹乐呵呵地说道。

“千万别拿下，长得好的留着带回来，我还没娶媳妇呢！”我开了个玩笑。

“哈哈哈……”孙芊竹笑得更灿烂了，不过他很快收起笑容，接着说道，“哎哎，你真的那么想吗？你以为棉支国的女兵是好惹的？去年杨一峰带兵出征，中了诱敌之计，结果差点全军覆没，只逃回三名伙夫。”

“我当然是开玩笑的！小声点，乱说不吉利的话，你不要命了！”我提醒他道。

“我说的是事实，”孙芊竹把声音压得更低了，然后继续说道，“在战场上搏命，胜负谁知道，即使大军胜了，万一我有个三长两短，爹娘可咋办。林南兄，咱们逃吧，我好害怕，从没杀过人！”他竟然出了个馊主意。

“小点声！当心被听见。兄弟，说实在的，我长这么大，不要说杀人，连羊我都没宰过。我娘说不指望我大富大贵，只要我做个普通人，平安地过一辈子。你要有此心，咱们合计合计，想个稳妥的法子离开这里吧。”我居然被孙芊竹的馊主意给打动了。

正说着，前面一阵骚乱，我们两人向前看时，见一群军士捆绑着一名二十出头的小伙子，刽子手已就位，准备斩首，领军王永甚过来宣读罪状：

逃兵褚围勇扰乱军心，现依律斩首示众，望军中引以为戒。如再有逃逸者，格杀勿论！

孙芊竹看了我一眼，吓得说不出话来。台上那位被五花大绑的褚围勇，正哭着被推向前面的斩首台，褚围勇边望着斩首台边拼命后退，哭着喊道：“我不想死！我不想死！将军，我错了。”王永甚见两名兵士拖不动犯人，又吩咐增加两名大汉，才将褚围勇拖向前来。褚围勇大喊大叫，拒绝下跪，够不着斩首台。刽子手说道：“兄弟，别挣扎了，一会儿就好！二十年后又是一条好汉！”这刽子手够狠的，我心里骂道：说什么二十年后也是一条好汉，我看杀的不是你，你要落到褚围勇的境地，估计比他还要惧怕。

只见褚围勇使出吃奶的力气，好像认为只要不接近斩首台就能活命，王永甚大怒道：“来人，摁倒就地行刑！”兵士也不将褚围勇往前拖了，只把他摁倒跪下，一把扯了头发，看看扶正，一声令下，褚围勇的叫喊声戛然而止，人头落地，雪地里溅起一片红。我内心一阵凉，几乎要呕吐，如果我跟孙芊竹逃走，被抓住了也是如此下场，没准会被腰斩，那就更惨了，估计半个时辰才能死去。

王永甚拔剑号令军中道：“各队要严加看管，增加双倍巡夜人，不可间断！不得再有逃逸之事，如有发现就地正法。”

这下糟了，逃离的机会愈发渺茫了。当夜孙芊竹找我商议，对我说道：“公子，夜哨盯得紧，看来晚上逃脱的想法是不行了，咱们来个反其道而行之！”

“怎么个反其道而行之？”我问道。

孙芊竹卖了个关子道：“先别问，到时候您就知道了。”

当夜无话，次日上午，我们来到斥候队，谎称因天气寒冷，受王永甚将军委派，给大伙送酒，并作为增援，大家自然很高兴。斥候队执行侦探任务时，我俩也跟了去，一行八人比大队人马先行二十里，穿过河鄣滩涂，在岸边丛林中看见三分岔道，我俩对众人说道：“大家分头行动，子时此处汇合，然后汇报王将军。”各哨探分别离去后，我跟孙芊竹急急往西北方逃去。

走了半天，看后方没有动静，想是没有被发现，等我再次回头望时，我吓得心胆俱裂，七匹快马往我们这边飞奔而来，马上的人都带着弯刀，边跑边呐喊。我俩步行走不快，再看前方，真是绝路，天堑窥狼河横在眼前，河边有雪，河中央的冰不够厚无法行走，我们两人顿时吓出一身冷汗，这下肯定会被追上，必死无疑了。

孙芊竹拉我爬到枯木旁用雪覆盖了身子。追兵已经很近了，只听见有人说道：“将军，这里有两人的衣服！”原来孙芊竹刚才留下衣服是这个用意。此时只听见另一位军士说道："将军，想是畏罪游过对岸去了！"

接着传来王永甚的声音："如此甚好，这寒江都快要冰冻了，只怕这两人到不了对岸，让他们喂鱼去吧。集合收队！"

暂时躲过一劫，只是我们身上本来衣服就不多，这下脱了外衣，冷得瑟瑟发抖。当时正值中午尚能忍受，等太阳落山后，天气更冷了。我们虽然带了火折子，但怕被追踪不敢生火。没有火把，如果遇到野狼群也是凶多吉少。我俩左思右想，这样下去早晚是死，何况干粮也不多，只得顺河而上，看看有没有好的避难所。

正在又冷又饿之际，突然听见林中喊声震天："好家伙，那里逃，赶紧随我回去受罚吧。"我吓得大惊，只感觉脑袋一阵疼，原来政治老师正用书敲了一下我的头："林南，大白天的睡什么呢？"

老师救了我的性命，真想对他说声谢谢，但又怕他疑惑。原来我不是在做逃兵，而是想着逃课。还好，逃课最多是被老师责罚，不至于有生命危险。

最近我逃课确实有点多，但老师往往想不到我是逃课了，因为在他们眼中，我一直是爱学习的乖孩子，是自觉的孩子。每次逃课后，第二天我必定准时出现，也不用担心我会消失。那时候电话还不是很普及，转进街头巷尾，没有人能找到我。

赶上夏天，逃课的时候我就沿小河岸往下游走，然后穿过一座桥，登山到烈士陵园去。陵园里有好多参天大树，青松翠柏掩映着林荫道，非常凉快。我边走边看墓碑的记载，很多烈士来自其他省，是长征时牺牲在这里的。有的才十多岁，跟我年纪差不多，现在他们静静地躺在这里，当年他们为了别人的幸福，不惜献出自己的生命，突然间我流下眼泪来。

穿过烈士陵园，转过一座山丘，能看见山下蜿蜒的公路一直通向学校的后门。我沿公路行走，路边有一条河，由于刚下过雨，河里洪水汹涌，我真害怕自己掉进河里去。这种激流，即便你会游泳也无济于事。何况我不会游泳。去年夏天，有个孩子不小心掉进河里，他哥哥大声喊救命，我慌忙脱下衣服和裤子，只穿个内裤，冲到河边的时候才发现自己不会游泳，还是教体育的刘老师飞身跳下去，把这孩子捞了上来。孩子没事了，大家回头看着一丝不挂的我，红色的小内裤让我挺难为情。我还年轻，看来还是离水远一点的好，于是我穿过马路在另一边走，隔着马路看洪水在河里汹涌，这如隔岸观火，心里踏实多了。

一边琢磨着洪水，一边嗅到面包的香味。于是我不想洪水了，扭头看见路边的小店里有“特香包”卖。“特香包”其实就是面包，我也没吃过别的面包，所以觉得它最好吃。三年前姐姐给我买过一个，那滋味永远忘不了，撕开塑料纸，“特香包”很蓬松，几乎感觉不到重量。我猜这大块面包就是几克面粉做成的，但做工惊人——这面包虽然轻得感觉不到重量，面包皮却被烤得金黄，散发出烤面包油的香味。

到县城上学后，每次我逃课出来溜达，都会狠下心买个“特香包”，边走边吃。这种体积庞大却没有多少重量的美味，我一次能吃十个，但由于囊中羞涩，我每次都只买一个。边走边吃，每一口都咬得不能再小，这美味能一直陪伴我走到学校大门口。嘴里的香甜让我忘记了对洪水的恐惧，也忘记成绩下滑的烦恼。我想如果将来考不上大学，我就来找这位烤“特香包”的师傅拜师学艺，他要不答应，我就在他家门口跪三天；如果不奏效，我就娶她闺女，看他教我不教我。就这么办，什么考试啦成绩啦，爱咋咋的，有这条退路我还怕啥。孙芊竹和张磬你们奋起追我，那就追好了，以后你们吃不着“特香包”可别怨我。

想起这些，我心情好多了。大人们有烦心事，喝完酒就开心了，估计酒跟面包也是一样的。有机会我一定要喝点酒，李白写了那么多跟酒有关的诗，酒一定是好东西。我得意扬扬地往学校走，时间不多了，我得赶回学校上第三节课。

等我抬头时，突然见前方老远处，教数学的周老师走了过来。我正想躲但为时已晚，已经被她看见。完了，要是她告诉班主任我逃课，班主任再告诉爸妈，这可怎么办？我的脸唰的一下子红了起来。大家都知道的，学生见了令人敬重的老师，跟老鼠见猫是一样的。我竭力克制住紧张，争取主动，上前去冲老师打招呼：“周老师，早上好！”

老师对我笑了笑，很和蔼又很严厉地责备我道：“这次你的数学怎么考得这么臭！不是你的风格呀！”我正要说是因为考试前拉肚子，周老师没等我开口又补了一句：“下次认真点，别再跟我开玩笑啦！快回学校吧，我去趟书店。”整个对话，我一个字儿没有说，只微笑了一下，就结束了。

等我回头看时，周老师已经走得很远了。她四十来岁，风风火火，健步如飞，有一次她老公去北京出差，恰好赶上教职工宿舍停水，我亲眼见她拎着两桶水，噔噔噔一下子从一楼上到三楼。她好像没发现我是逃课了，可能以为我只是有事出来一趟，这让我松了一口气。不过，我真没想到她居然说“不是你的风格”这样的话。言外之意：我数学没考好，是意外或者没有重视，我原本是可以的。其实我已经下了好大功夫啦，到了高中我怎么努力成绩都上不去。看来我得加倍努力，确保下次发挥出自己的真实水平。

神思了半天，发现自己已经进了学校后门，手里的特香包还有半个，于是我花了半秒钟吃完，赶紧往教室跑。还好，刚好赶上上课铃响，这节课英语老师开始讲新单元。我摊开英语书，双手托着腮帮子，这是认真听见的姿势，当老师的都喜欢学生这样。

但我听不进去，孙芊竹和张磐的成绩都快追上我了，怎么办呢？高中生活眼看就只剩一年。我也不是不努力，一定是方法出问题了。每次我研习一本辅导资料，等我才看一半的时候，就赶上期中考试、期末考试或者是月考，每次我都担心别人会超过我，于是我放下教辅资料去应对考试，之前的学习计划被打乱。看来问题出在学习计划，我没有管理好自己。

孙芊竹的成绩在什么水平我是知道的，还不至于挑战我！但这世间的事，总是怕什么来什么，对手之间总会一决高下，我跟孙芊竹竟然在梦中狭路相逢了。

事情的原委是这样的，我带大军到达百花岭后，正赶上夜半，我也不让将士休息，让大家稍微饱餐休整，就勒令进攻，我先带一队人马到城西等候，张磐则在城东带领弓箭手攻城，等城西军士都被吸引到城东，我轻而易举拿下了城西门。

棉支国的大将孙芊竹到了城西，看见寨门在熊熊大火中燃烧，南军纷纷抢入。孙芊竹带领将士厮杀阻挡，跟我正好相遇，交手几个回合，我心里一惊，感觉他武艺跟我在伯仲之间，我暗暗惊叹：好一位异国将军。我们大战三十多个回合，由于势均力敌，我乐在其中，越战越勇；而孙芊竹在败军一方，已心烦意乱，渐渐乱了路数。突然有棉支国的军士喊道："孙芊竹将军，不好了，城东失守了！"

孙芊竹听了只得叫苦，他心里应该清楚：城东守军少，而今被突破，棉支国都城岌岌可危，王宫恐有不保。于是他对我说道："今日与阁下可谓是棋逢对手，今天先到此为止，来日再战。"随后他勒马徐徐后退。

我想事不宜迟，最好乘胜追击，即刻命令士兵跟上，稳稳推进，并派人到易燃处放起大火来，正赶上西风猛烈，棉支国的将士节节败退。孙芊竹看看抵挡不住，退往都城门户林泉关死守，并让副将带五千军士驰援城东，他自己却转过来，拖着霸王枪，摘掉披风、头盔，大吼一声："诸位想拿下棉支国，就请从我的尸体上踏过去。不怕死的就上来！"

张磐不知好歹，上前强攻，不到十个回合就败下阵来。别的军士不敢近前。我只得亲自出马跟孙芊竹对战，战了多时，只觉得孙芊竹是在拼命，我渐渐感到力不从心，心想如果失手，脸就丢大了。我振作精神，把自己的绝技都使出来，孙芊竹知道了厉害，带领残兵往星光林逃窜。

我紧追不舍，快到丛林入口，不想道路西侧杀出一队穿白色服装的巾帼战士，个个是绝色佳人，个个以一当十，博国军士畏惧退却，情急之下，我只得带头冲到前面，舞着麒麟枪接连挑翻几个女兵，军心才得以稳住。但我心里很不是滋味，每刺倒对方一个将士的时候，内心都在震颤，她们都是妙龄女人，为何一个个都不怕死，究竟是什么荣耀能让她们如此拼命？我也不敢多想，战场上从来没有男人女人，即便你佩服对方的武艺，怜惜对方的容颜，也只能性命相搏。

这些骁勇的女兵折了我方很多将士。正在左右为难之时，南宫将军接应的队伍到了，随后元帅局向南的将士也到了，紧接着太子的禁军也从南边赶来，我军瞬间壮大，军心大振。孙芊竹背对丛林，不愿后退，死命挡住我军，为棉支国的人逃跑争取时间，这些骁勇的女兵也纷纷保护着棉支国的文武百官，逃往星光林。

我敬重孙芊竹是条汉子，不忍心围攻他，于是示意众军退下，单枪匹马去跟孙芊竹对战。我没有直接上前进攻，而是想跟他公平决斗，于是我对孙芊竹道："将军力战多时，如果我再以众敌寡，胜之不武。如今我不用左手，只单臂跟将军对决，各位将士可以做个见证，这样公平否？"

孙芊竹不答话，只是点头示意赞同。我暗暗佩服这位北国将军，只可惜各为其主，否则我俩必定成为好兄弟。局帅喝退将士，众人观战。孙芊竹挥舞霸王枪，也不谦让，招招直奔我的要害。我格外留神，感觉自己随时可能命赴黄泉，也使出了看家本领。这一战，好一番龙虎斗，只把地上的尘土搅起来，两匹战马呼呼喘气和嘶鸣，也跟着亢奋起来。

孙芊竹知道我不会动左手，直攻左边，我没办法只得躲闪，孙芊竹再次攻出，我又躲闪，孙芊竹看着有机可乘，第三次攻左侧，我只得一咬牙，不再躲了，孙芊竹的长矛扎在我的左臂上。我忍住疼痛，把右手的麒麟枪往孙芊竹的小腹刺过去。

孙芊竹躲闪不及，他没想到我在紧要关头，居然左手也不要了。此时他收招已晚，我的麒麟枪已扎进他的身体，鲜血顺血槽奔流而出，他疼痛难忍，跌下马来，跪在地上，身子不住摇晃，只得把长矛拄在地上，使身体屹立，保留最后的尊严。

我很惊讶也很后悔，本想这招他是能躲过的，难道他力竭了？难为这位忠诚的北国将军，此时棉支国的人已经走进丛林，孙芊竹这位勇士的确给他们争取了时间。我站在那里，不忍心抽出麒麟枪。孙芊竹嘴角露出微笑，费力地说道：“将军好武艺，也好谋略，能死在将军之手也无憾了。还望将军不要枉杀，如果棉支国不再抵抗，将军就饶了他们吧。”

我回头看了看局帅，局帅微微点头同意，于是我说道：“我答应将军，如贵国不再进犯，我们就此罢兵。”

孙芊竹又道：“我的爱妻令狐晓，因打猎坠马死在这丛林里，就葬河边的大柳树下，我给她立了墓碑，请将我跟她葬在一处，感激不尽了。”

“阁下请放心，我自当照办！”

孙芊竹不说话了，脸上露出如释重负的笑容，他看了看周边的丛林，好像是在寻找自己童年最美的记忆。我还是没有抽麒麟枪，突然间，丛林里传来了悠扬的琵琶声，原来是一首北国曲子《孤雁飞峰林》，这声音凄清婉转，几乎让众军落泪，而孙芊竹脸上却露出了幸福的笑容。

我看孙芊竹的表情，知道他正沉浸在美好的回忆里，于是狠下心猛然拽出麒麟枪，孙芊竹小腹上的鲜血喷了出来。我半跪下来，伸手扶住孙芊竹，这位骁勇的北国战将靠在我肩膀上结束了人生。

按孙芊竹遗愿，我让将士们找到令狐晓的坟墓，将他俩葬在一起，在碑上刻下文字：孙芊竹将军与爱妻令狐晓之墓。拜祭后离去。

那逃往丛林中的棉支国官员，再也找不到踪迹。我们答应过孙芊竹不再赶尽杀绝。大军撤回休整，路过百花岭已经接近黄昏，突然山谷里传来狼嚎声，开始是一两声，大家也不当回事，后来嚎叫声越来越多，渐渐林中所有的狼都嚎叫起来。在这凄凉的狼嚎声中，南国久经沙场的将士们也感到毛骨悚然，惊恐之余，我赶紧伸手去握住刀柄，可怎么也摸不到，我的刀呢？刀呢？摸了半天，刀没有摸到，反摸到课桌上的一支钢笔。

我终于醒了，睁眼看见桌子上的教辅资料，原来又是南柯一梦。看来我很担心孙芊竹超过我，我得抓紧了。突然同桌推了我一下："嘿，老师让你回答问题呢！"

我赶紧站起来，老师问什么我也没听清，老师重复了一遍，问题是听清了，但对答案完全一头雾水。老师先让我坐下，然后笑着说道："同学们，我说的专心，不是像刚才林南这样一动不动目不转睛地看着我，这只是表象，你们的脑子一定要动起来，思维的勤快才是真正的勤快。"

老师的话点醒了我。我花了很多时间学习，上课时本分又不捣蛋，但问题在于脑子没有动起来。专心！做好规划！我决心变革一下。暂时先不考虑月考、期中考试、期末考试，目前最重要的，是狠下心来学习高考的各科知识点，全面系统地覆盖，来一个根本的提高。那些不会的知识点和试题，如果不死磕把它们搞明白，会一直成为你的软肋。

于是我把各科资料和课本整理一下，然后分配自己的时间。我再也没有逃课去闲逛。课堂上，我认真听讲，努力汲取新知识，如果老师正在讲的知识点我已经掌握，我就琢磨别的难题。还好，老师们从来不干涉我，他们知道我一向自觉。至今我非常感谢老师，他们让我争取到了更多的时间去研究我真正不懂的问题。

从那天起，在别人看来，我整个人都变了，脾气变得古怪。但我清楚，我正在跟那些拦路虎死磕，也就是那些不会的题型和知识点。每天我都坚持系统性学习，没有完成任务就不睡觉。有人打扰我就大吼“安静！”，我真是个混蛋，为了点目标，有些六亲不认的感觉。

我默默地坚持，但成绩没有进步。不出我所料，月考、期中考成绩又一落千丈。政治考卷发下来的时候，五十九分的下面，老师额外增添了几字：“你应该在该科刻苦努力！”其他科目也考得也不理想。除了少数科目的老师拿白眼瞪我之外，数学周老师和英语吴老师等仍然在鼓励我，他们的眼睛会说话：“这不是你的风格呀！”

每次在路上遇见老师，看见他们的目光，我内心都充满歉疚和无奈，但我铁了心不随月考、期中考翩翩起舞，我要完成我的系统学习规划。等老师们走远了，我只默默地在心里道歉：老师，请等等，谢谢你们的信任，我不会让你们失望的。

时光飞逝，我过生日时，老妈都会做一锅豆腐，年年如此。才记得去年过生日，我狠下心来进行系统性学习，当时我坐在土灶前，边看政治资料边往灶里填柴烧豆浆。等我再次往灶里填柴烧豆浆时，我的政治资料已经看到了最后一页，研习完一本书刚好一年。政治资料的唯物哲学理论深深刻在我的脑子里，“量变引起质变”，坚持付出一定会有收获。

老妈看我用功可怜，弄了一大碗豆腐花摆在我身边的小书桌上，我尝了几口，感觉很清爽，但不太像豆腐花，于是我随口说道：“妈，这锅豆腐恐怕要坏！”

老妈赶紧过来让我打住，还叮嘱我：“做豆腐的时候，不能乱说话！卤水下去时，一定要拣吉利的说。”

“那如果豆子本来就不好，怎么能做出好豆腐来呢？我看这锅就不像豆腐！”我又说道。这下把老妈气坏了，她做出要打我的样子，狠狠地说道：“快给老子闭嘴！”老妈每次骂我，总称自己是“老子”，老爸反而从来不这样骂我。我知道她没有真的生气，只担心因我乱说话会把豆腐做坏。我心想政治课本里的唯物主义哲学都说了，豆腐好不好跟乱说话没有关系，这是胡乱联想。今天我偏要给她证明一下。

我假装又在专心看书，等她下卤水的时候，我嘴里念念有词：“这锅豆腐要坏，点不出豆腐来！”老妈把卤水放下，捡起扫帚就追我，我跑得快，当然，她也只是吓唬我，跑出灶房就不追了。

等到晚饭的时候，一大锅白花花水灵灵的豆腐就搬到桌子上，弄一碟油辣椒水，加点葱花蘸着吃，比过年时吃肉都香。我对老妈说道：“妈您看，乱说没事吧，豆腐也有没坏呀。”

老妈乐呵呵地说道：“你要不滚出灶房，豆腐可能就坏了。”

算啦，解释不通的。老妈有很多唯心讲究和忌讳，她最高只上过小学三年级，“做豆腐和乱说话没有关系”这事跟她讲不通。她把我送到县城去读书学文化，没料到我文化学得越多，越跟她唱反调。其实不仅仅是在反对她迷信这方面，我担心我将来跟她之间的代沟会越来越大，虽然一家人还是乐呵呵地在一起，但内心的想法却很难聊到一个频道。想起这些，我突然伤感起来，很后悔刚才那样跟老妈对着干。

那个晚上的豆腐，深深地刻入了我的脑海。第二天一大早，老妈就给我整理好背篓，里面全是吃的，有连夜烘干的豆腐块，有洗净切成片的腊肉，有糍粑、豆豉和年糕。真是奇怪，一个晚上的时间老妈居然能准备出这么多东西，装在背篓里不下五十斤。

我吃了一大碗辣椒肉末面条，早早赶往小城。我得走二十里路，不过已经习惯，每次回家，我都是步行，最喜欢走路了。我穿过山梁，走累了就把背篓放在路边的土坎上；看到干净的石块，我就坐一会儿，远望群山，想象最远的山脚下，一定是精彩的世界，而此刻的我呢？可以是远征的将军，逃荒的乞丐，问路的远客……

我怎么也没想到，今天一个穷小子的求学生活，山路上的一阵神游，多年后成了我最奢侈的梦境。每个暑假我都回到农村，像鱼儿返回大海，感觉假期长得没有尽头。上午放牛上山，午饭后慵懒的人们为了躲避烈日安静地在屋里休息。翻开窗台上缺角的连环画或破旧的武侠小说，故事里的刀光剑影顿时冲进生活中来：店家端上来一盘牛肉和一壶好酒，浓香四散……暑假的景象越想越期待，巴不得这天气赶紧热起来，巴不得明天就放假。但我清楚这其实很遥远，因为这中间隔着一场鏖战：高考。

我背上背篓，用一上午的时间走到县城，一下子切换到城市的世界，觉得昨晚吃美味的豆腐，好像已经时隔多年。农村的人和事，一草一木一山一水，就像舞台上慢慢落幕的剧，已经成了回忆，车水马龙的城市才是现实。

别再神游了。我的系统性学习已经完成，就像我梦里的主人公经过一番折腾之后，学到了绝世武功，就等来一场武林盛会大显身手。其实对我而言，至少有两次武林盛会：一次是五月份的模拟考试，另一次是高考。孙芊竹、张磐还有同学们甲乙丙丁，这一年对我不是不屑一顾吗？你们等着，是我找回尊严的时候了。

第四章　无极岭之战

在高考前，学校在五月份组织了一次模拟考试。阵势跟高考一模一样，包括涂答题卡，也要求同学们一丝不苟。这一年来，考了很多次月考，我都没有当回事，当然结果也是一塌糊涂，初中时小有名气的学霸，一年下来也名誉扫地了。

这次模拟考试，我没有含糊，从头至尾各科都尽力做到最好。考完后放了三天假。我有点按捺不住激动的心情，不知道这一年的辛苦付出是否会有收获，如果没有，离高考没有几天了，我已无力回天。我总是后知后觉，当时激动压过了担忧，多年后才知道，我对这次考试极其看重，因为大学毕业后好多年，我总是做同一个梦：梦见快要高考了，可我有好多知识点都没学习完。

模拟考试的成绩下来了。情理之中，意料之外。从第一节语文课开始，老师把试卷放到桌子上，沉默了一下，然后说道："这次考试很有意思，有的同学近年来一蹶不振，现在又恢复了往日的风采，比如林南，这次语文分数他最高。"听完我的心都快跳出来了，同学们的目光都聚焦到我身上，我赶紧假装淡定。

第二节数学课，跟语文课一样的情形，数学我也考了最高分。接着英语、政治、地理……都考了最高分。到放学时，我都快要晕过去了，那感觉比吃“特香包”还开心。我赶紧看了一下圆圆，她看着我微笑。

我心里暗暗惊叹：原来老师的鼓励具有如此神奇的力量，原来学习规划和系统性管理对高中学习来说是如此重要！有趣的是，这时候谣言开始起来了，同学中有人说：这次模拟考卷之前在实验中学考过！言外之意，我是先研究了实验中学的试卷才考得如此高分。这些人怎么可能知道，我在努力进行系统性学习的时候，哪有兴趣在乎别的学校考了什么试卷。再说了，这次模拟考试是学校的老师们自行编制的试题，按这谣言，岂不是说老师们抄袭了实验中学的试卷？

这件事让我首次在学生中感受到“江湖”的意味。当你逆袭的时候，别人总会怀疑你，并且会找很多理由来恶心你。不过无所谓了，我心想，等高考后超过了他们，看他们还有何话说？

后来我走进社会才发现，这种人真不少。如果你混得比他们好，他们一定会说你家祖坟上冒青烟，或者说你家屋基风水好。赶上这号人，也有明理人看不惯的，讽刺他们：“既然你说人家祖坟位置好，回家赶紧找个风水先生看看，把自家祖坟迁个好地方，以后不干活都有饭吃！”

还是孙芊竹和张磐够意思，看见我各科都考了第一，他俩笑嘻嘻过来祝贺，在我书包和课桌里四处翻找我的学习资料。两人看见几本从头至尾密密麻麻写着批注的学习资料，一致认为找到了答案，赶紧把资料抢过去复印。他俩是对的，抢我的学习资料，我也没生气，被人懂的感觉真好。两人还真较真了，自从复印了我的资料后，放学后我去找他们玩，俩家伙竟然闭门不见，家长说在写作业呢。我心想哪有那么多作业，一定是在研究我的资料。

高考后，我回到老家，昏昏沉沉地睡了好几天，然后每天把老牛赶到山上。山下有个小湖，中午烈日当空，老牛会泡在湖里，直到太阳下山才上来。我也懒得管，中午热了，我也泡到湖里。老牛天生会游泳，去水深的地方也淹不死。我不会游泳只能待在水浅的地方。饿了也不用回家吃饭，掰个玉米烤了就能吃。就这样，我跟老牛在这小湖边待了整个夏天，各得其所。我在岸边水浅的地方读印度民间故事，老牛在深水区享受清凉。太阳落山，老牛很自觉，从湖里上来抖抖身上的水。我把化肥口袋往老牛背上一铺，它就成了我回家的坐骑。

但老牛又不总是厚道，午后的天空有时候会风云变幻，一开始从遥远的山脉里突出几朵黑云，我也不当回事，继续读民间故事。整段故事还没读完，四面的黑云向天顶涌上来，一下子遮住了日头，瞬间狂风大作。

我赶紧从水里出来，穿上衣服，可我怎么呼唤老牛它都不上来。我摘了些新鲜的玉米叶引诱它，它不屑一顾，仍悠然自得地泡在水里。我往水里扔石头，它也置之不理。算了，这该死的畜生不会看天气，爱浇雨就浇雨吧，被雷劈死我也不管，别祸害了我。

我一溜烟往家跑。刚踏入家门，天空就下起倾盆大雨来。那闪电越来越密集，一阵阵惊雷就在咫尺间。我开始担心老牛，要真被劈死在湖里可怎么办？这么多牛肉夏天可吃不完，家里又没有冰柜，要是运到城里去做牛肉粉，水牛肉又不受欢迎；实在没有办法，只好给乡亲们各家分一点了；

牛皮可以留着，风干处理后送给祥坤爷爷做床垫。

我正担心的时候，突然听见院子里有响动，原来这畜生受不了雨淋，自己跑回来了。这下放心了，等天气晴朗，老牛又会重新成为我的坐骑。其实牲口跟人是一样的，自己得争气，通过努力改变自己的功用和处境。耕地和当人坐骑，终归比被卖去吃肉强，老牛可不笨。

第二天到中午天才放晴。我带上小说，正准备赶着老牛去小湖，突然看见孙芊竹和张磐站在我家院门前。我差点没晕过去，这两位城里的公子哥儿，从没来过乡下。只见两人笑嘻嘻，神神秘秘地走进来。孙芊竹抱了一箱子东西，张磐背着个大包，鼓鼓囊囊。我好奇地问："你们怎么来了？箱子和包里是什么？"孙芊竹猥琐地笑着说道："噢哟，上你家来玩不行吗？"

"我没说不行。"我回答道。换是文人，我一定会谦恭地说："二位，是什么风把你们吹来了？"什么风？听起来就好笑，这酷热的夏天，只有狂风，还有雷公和电母。

"你这是要放牛山上吗？我们能不能一起去？"

"别卖关子，有屁快放。"

张磐抢上前道："等会儿你就知道了！"

我白了他俩一眼，说道："跟我上山可以，但老牛驮不了三个人，你俩得走路。"

孙芊竹不干了，正要挖苦我，张磐赶紧过来拦住，还是笑嘻嘻地说道："没问题！我们跟着你。"

两人搬着大箱子，背着背包随我上山。才到山腰，俩家伙就气喘吁吁，上气不接下气。我憋住不笑，心想你两个憨包，在学校足球场上生龙活虎那劲儿哪儿去了？今天就让你俩体验一下山路的滋味。我特意使唤老牛转了个弯，绕过另一座小山，比平时赶往湖边要多走二里路。

张磐实在走不动，央求我坐下来歇会儿。我问他们找我到底有什么事，俩人还是不说，说这事只能山上说。本来我想抄近道，既然如此，只好再让他俩锻炼一会儿了。磨磨蹭蹭，快到三点才到小湖。老牛也热得熬不住，等我一解开牵牛绳，就一溜烟跑湖里去了。我看看孙芊竹和张磐，说道："说吧，到底是什么事？"

两人就像认山大王似的冲我一抱拳，齐声说道："恭喜大哥，你高考拿了全县第一，你是状元啦！"我心里一震，随即又挺纳闷儿，于是问道："我考状元，跟你俩有啥关系？"

二人又一抱拳，笑嘻嘻地说道："承蒙大哥的学习资料，我们是榜眼和探花！"

说完我们都定住了。他俩乐呵呵，我呈惊呆状，三尊雕像定住了三十秒，随后都哈哈大笑，像三只嬉闹的野狗追打起来。胡闹一番之后，我看见地上的箱子和包，于是问道："这是什么？"

孙芊竹赶紧嚷嚷道："庆祝啊！箱子里是啤酒，包里是吃的。"于是我们仨在草地上铺上报纸，把啤酒和零食拿出来，摆得满满的。在这山上，家长不管，学校不管，爱怎么喝就怎么喝，两人还挺聪明。我们歪着身子，对湖而酌。

那是人生的第一次喝酒，原来啤酒就是这味道啊，微微有些苦，喝起来不太习惯，但拿着酒瓶的感觉确实爽。我们以这种仪式庆贺高考的辉煌，对高中生活说再见。我们一瓶接一瓶地喝下三年的酸甜苦辣，喝下青春的滋味。到太阳落山，只觉得心里突突的，脉搏跳得挺厉害。张磐像死猪一样躺在草地上，孙芊竹坐在湖边看老牛泡澡。

我坐在一棵小树下，扶着树干，以防自己摔倒，原来喝醉的感觉就是这样。熟悉的山水变得朦朦胧胧。我考了全县第一，文科状元，这是真的吗？我是不是在做梦？这两个人是不是在忽悠我？

我精神恍惚，老牛变成了骏马，我骑在骏马上，就像自己词里所描述的一样，坐着金鞍，穿戴铁甲，带上神弓，跟随博国太子带领五万大军出征，在袖珍国前来助阵的十名白衣羽士的陪伴下，越过袖珍国的护城河，浩浩荡荡来到无极岭山麓。

军队逼近对方大寨，准备攻打。我策马观看大寨，只见各处守卫森严，弓弩齐整，暗暗叫苦。那各处的守城兵士，装备、武器、长相和身材都一样，甚是奇怪。回到军中召集众将开会，讨论无极岭的地形。商议多时，太子跟我一致决定派先锋进行火攻试试水。

于是在军中挑选五百名神箭手，箭头都涂菜籽油，点上火，一阵箭射过去，无极岭的大寨皆为木料做成，顺势被点燃，毕毕剥剥燃烧起来。我吩咐后军持盾牌砍刀等候，军士皆穿戴湿鞋，只等大寨烧坍塌，就冲进去抢夺寨门。等候多时，火熄灭了，大寨的木头仍然完好无损。

太子和我从来没有见过如此奇事，惊疑之间，无极岭的箭士纷纷射过箭来，我军一时伤亡无数，箭杆甚至穿透盾牌，伤了不少军士。我看得着急，跃马还箭，用千钧之力向无极的箭手射去，正中其咽喉，箭悄无声息穿过去，那人咽喉并不流血，竟完好无损，就像什么也没有发生过。

我手下数十名军士的箭也纷纷射中对方，但无极岭的箭手似乎有形而无质，都消失了，可我捡起来他们射来的箭看了看，都是桃木箭杆搭配黄铜箭头，也是真切的。我只好下令收兵，还好伤亡不是很惨重。

晚间在军中商议，一位从袖珍国前来助阵的白衣羽士说道："贫道当年在灵川修行时，师父他老人家曾说起无极岭有很多异士，带头的是玄净子，此人妖法极高，是无极岭的国师，但玄净子的妖法在月圆之夜的子时没有效用。据贫道观看，无极岭的箭士并非真人，大寨门也非真木。"

"原来如此，有何法可破此妖法？"我赶紧问道。

白衣羽士道："将军可暂时休战，静待五日，等月圆风高，让军士饱餐待命，在子时毁坏大寨，射杀守城的箭士。我跟道友等十人，在将军攻入大寨后，将随将军进宫擒拿玄净子。但必须神速，过了子时，事就难办了。"我和太子均无异议，就以此为计。

五日后，众军饱餐待命，到了子时，果然天公作美，一轮明月越过无极岭山尖，玉盘一般，把光辉洒在大地上，那林间飞过的鸟，狐兔掠过的影子，都看得清清楚楚。

随着一声号起，博国的军士纷纷射入涂抹了菜籽油，点上火的箭，弓弩手射杀营寨上的无极箭手，对方纷纷中箭，流白血倒地，随后变成白烟消散。

我令众军往燃烧的寨门泼水，水火相接，寨门瞬间在嗞嗞声中破碎。博国将士虎狼般地冲入。走到近前看时，无极岭的军士确实怪异，戴着奇形怪状的面具，穿着各种花纹的战袍，虽手提弯刀，却无战斗之力。妖法失效之后，他们的武艺远不及博国正规训练的军队，纷纷败退逃往山腰的乾坤宫。

“不要走了无极岭的妖道！”我大喊一声，冲在前面，手握钢刀亲自督阵。袖珍国的十名白衣羽士，挥舞拂尘，飘入宫中，从里面打开宫门，博国军士蜂拥而入。

无极岭的宫殿里亮着灯，等众军进入，发现到处都是战战兢兢的妇孺，我喝令军士不得屠杀无辜，随后率军冲进内殿。无极岭的大王宁规坐在虎皮椅子上，旁边站着一位穿太极服的道士，白袍白发白眉白须，台阶下站着瑟瑟发抖的官员，目瞪口呆看着手持兵器的博国将士，有的衣衫不整，显然刚从梦中被召集过来。

毫无疑问，这全身白的道士就是玄净子。我正要下令拿人，突然玄净子拿袖子在空中一拂，刮起一阵怪风来，把内殿各种物品刮得乱飞。博国军士看不清四周，也站立不住，我正无计可施，突然听见有人厉声呵斥道：“妖道，月圆子时，云淡风轻，朗朗乾坤，看你还有何能为！”

原来十名白衣羽士挥舞拂尘，自上而下飘了进来，瞬间怪风停了，殿内静若止水，不待众人看清，十名羽士已经闪到玄净子身旁，纷纷推掌压住玄净子，一名羽士伸手到玄净子袖中摸出一道众人无法辨认的神符，放入锦囊中，然后拱手对我说道：“将军，不必忧虑了，擒获此人，无极岭再也掀不起风浪。请将军发落！”

我下令道：“如此叛贼，不自量力。先绑了吧，回头监送到博都，等候陛下发落。”妖道被推下去监押不提。我向前走了几步，看了看王座上的无极岭大王宁规，只见他瘫软在那里，沉默不语，估计是被吓傻了。于是我吩咐军士道：“此人也绑了吧！”

我正得意之际，宁规突然站起来，从袖中掏出匕首，飞一样向我刺出来。我正在检查大殿的陈设，谁知宁规狗急跳墙，躲避已是来不及了，那匕首正要接近前胸，突然宁规“啊”的一声，右手被砍断落地。原来太子在旁边看见情势不妙，出手救了我。好险，我吓得出了一身冷汗。

宁规倒在地上，左手握住鲜血喷涌的右手，口中大骂。太子上前，从咽喉一刀下去，宁规顿时毕命。殿中有几名无极岭的武将，见大王被刺死，纷纷拔剑来拼命，皆被博国的军士杀倒在地，鲜血从大殿中央向四周扩展。

无极岭大王宁规既已被刺死，太子提议让我暂摄政。我心想，这不是把我往火坑里推吗？太子却说：“无极岭暂时无主，林将军可以暂摄政，待陛下平定北疆，自然会安排人来替换将军。”

我还没有回过神来，只听得下面喊道：

“大王，吉时已到，请早登大位！”

我环视周围，心里疑惑：这是在叫我吗？抬头一看，跪倒一片，果然不假！从此就要如坐针毡了！我强作镇定，心想既然太子有命，可行权宜之计，于是迈过无极王尚未冷却的尸体，假装镇定地坐在王位上，淡淡说了几句：

“众位爱卿，既然太子信任，诸位又如此抬爱，我权且即位，待天子派立新王，即当还政！尔等应各司其职，不可造次！”

台下山呼千岁！

我心想：自己跟随大军出征以来，忠奸善恶的人也见过不少，作为将领带兵我还能胜任，要在这里当王去管理人心，心底确实没底。这些新臣旧将中，不知道有多少口是心非的人，将来这些家伙要给我多少甜言蜜语，除了鉴别忠奸，还要提防那些阳奉阴违的人！

此时，无极岭受降的礼仪官上奏道："新王登基，应对后宫嫔妃进行甄选，美貌的留下，剩余的遣还故里，以示新王洪恩！"

我心想，此人也够无耻的，宁规刚死，这家伙就见风使舵，何况我少年将军，钟情的是圆圆公主，对选嫔妃不感兴趣，顿时大怒道："无极王旧妃纳之不祥，理当悉数遣散！嫔妃一事，从长计议！"

太子在旁边笑了笑说道："此事就依林将军，不得再提！"

次日清点无极岭兵丁、马匹和府库，然后重新编制和调度。一切整理停当后，我随同太子到白衣羽士的故乡袖珍国致谢。袖珍女王置酒庆贺，太子痛饮，彼此约好两国不论大小，将世世代代友好下去。饭后，太子辞别女王，率领三万大军回博都，袖珍女王苦留不住，派了艄公，渡太子过护城河，我带兵返回无极岭。

回到岭上，我带了护卫，爬上无极岭后山入云峰，在峰顶远望，将无极岭的版图尽收眼底，果然是好地方，群山里镶嵌着平原，到处郁郁葱葱，边界处有很多悬崖和林木作为天然屏障。不过跟博国和袖珍国相比，无极岭地势更高，虽阳春三月，但还是异常寒冷，即便我身披狐裘，凉风吹过，身体也不住打战。

遥望博国方向，我想已经是春暖花开了吧。出征前我曾跟圆圆相约，回军后就举办婚事，如今做了无极岭的王，遥遥无归期了。我不禁感叹起来，赋诗一首：

独步流连无极间，明净山河起延绵。
年尽骄阳风尤冷，何时春风过南田？

随后我带领侍卫回无极宫，侍从递给我从博都来的信函，打开一看，原来是陛下嘱咐我务必整顿无极岭边防，操练军士，等候将来在朝内铲除独孤氏之用。信中写道：

将军北征棉支国，南攻无极岭，不仅骁勇善战，又谨慎持重，不尚杀戮。孤见将军乃宽厚仁义之人，故全权托付无极岭之事，还望将军整顿边防，操练军马，待他日收拾独孤老贼时，须将军作为外援，使我博国不乱于独孤氏之手。

原来我在无极岭当王，是博王早有安排。我都当王了，何况是做个小小的状元，这次孙芊竹和张磐的消息应该假不了。等我醒来，已经是半夜了，看看钟表正值凌晨三点。

第五章　狂野的决斗

全县第一名！此事重大，我得赶紧去确认真假。第二天一大早我就赶往小姨家。她家在镇里，安装有电话。打电话跟班主任核实之后，的确没错，孙芊竹和张磐没有骗我。

这下可把小姨乐坏了，我看她比我还要开心。小姨是文化人，当年也是学霸，现在是镇医院里的大夫。小时候每逢假期，小姨和姨父都会接我去他们家玩。那可是我最开心的日子，跟过年一样，甚至比过年还要开心，因为在她家有数不清的好吃的，各种糖果、糕点、饼干，还有电视机。

印象中，每次去小姨家，临走的时候，她和姨夫都会给我一些钱。后来考上大学后，别的人也会给我一些钱，但我知道，同是给你钱，人跟人却不一样。在我家陷入困境的时候，小姨他们家都会慷慨相助，这使我永生难忘。无论你穷困潦倒还是春风得意，别人都一如既往地对你好，这种恩情黄金都换不来。求学过程中，有很多人帮助过我，但我总按“锦上添花”和“雪中送炭”的类别把他们区分开来。

小姨得知我考了第一名，饭也不做了，要赶紧带我去县城，说饿了就下馆子。我们风风火火，当即去等班车，一番折腾后，赶到班主任老师家。没有悬念，外国语大学的录取通知书已经到了，老师递给我蓝色的快递封皮，我先递给小姨。小姨打开后，我们仔细看了看，千真万确，但在老师家又不好意思太过兴奋，我们克制住激动的心情，等道别出来后，小姨笑呵呵地对我说道："小鬼，好样的！走，下馆子去。"看得出来，她是打心底替我感到高兴。

吃完饭后，小姨送我回家，宣告喜讯之后，不到一刻钟的功夫，亲戚朋友们都来了。到了晚上，祥坤爷爷拄着拐杖也来了，正慈祥地站在门外。

小姨摊开录取通知书，准备念给大家听，瞬间屋里安静了。小姨不仅念了录取通知书的内容，就连随附的入学须知和欢迎函也念了。念到"英语（国际商务）专业"和"你将在这充满异国情调的校园里度过人生最美好的时光"时，小姨用嘹亮的嗓音特别强调了"国际商务"和"异国情调"这两个词。念完她又高兴地拍了我一下说了声："你这小鬼！"她总喜欢亲切地叫我小鬼，整得我多年以后，听见别人叫我小鬼，虽然别人没有褒奖之意，我却感到无比的幸福。

有亲戚戏谑地对我妈说道："嘿，二伯娘，你儿子中状元了！"

老妈乐得合不拢嘴，她识字不多，最近天天看电视剧《新白娘子传奇》，正看到许仕林中了状元，而今自己的儿子也中状元了。看她脸上的表情，应该是把此状元等同于彼状元了。

于是我就开始飘起来了。作为凡夫俗子，赶上这种事，十有八九都会飘的，更何况我只是一个涉世未深的孩子。不到几天，我就像春天随风起舞的杨絮，找不到自己原本的位置了。甚至有人对我爸妈说，你家这孩子是个天才，将来必成大器。其实孙芊竹和张磐跟我的分数也就差了几分，我要是天才，他俩也接近是天才啊。其实这些都是分数排第一带来的幻影，但当时我没意识到，觉得自己真的是个盖世奇才了，喝了迷魂汤完全找不着北，越来越觉得自己才高八斗，飘到天上去了。何以为证？富大叔对我说：“将来要好好上大学，毕业后找份好工作。”我竟然仓促打断他：“难道只为了这些吗？”富大叔只好无奈地补充道，“当然，上学是为了干一番事业。”我心想这还差不多。

十年后，想起这些事，我羞愧得不敢照镜子，我不仅没有干出惊天动地的事业，连工作都干得不顺心。我只是都市里最普通不过的奔忙一族，为柴米油盐起早贪黑。这就是当年的那个文科状元的生活，我不禁感到愧疚：父老乡亲们，对不起，让你们失望了。

因为考取状元这事，我获得了四千多元的奖学金，亲朋好友陆续来我家给我钱，至今翻开发黄的日记本，上边还清楚地记着他们的名字。等到九月份开学时，奖学金加上亲友支持的金额，竟然有将近一万元。除了一年的学费，还有富余的生活费。学校的老师给我谆谆教诲：希望我发扬勤工俭学的精神，好好读书，将来不要忘记家乡。我感觉事态严重了，确切讲是“状元”二字分量实在太沉重。老师的意思是，将来我一定会飞黄腾达，因为只有这样，我才会有“不要忘记家乡”的前提条件。

这日子像梦一样。我常常问自己，这是真的吗？那些平时对我爱理不理的人，一夜之间变得友好和善，感觉这个世界所有的人都在微笑，感觉每个人都愿意为你做点事……

幻象，这一定是幻象！我反复提醒自己。但有一点不是虚幻的，九月底我就得离开家乡，去很远的地方。越想越伤感，恍惚中只见圆圆在远方向我招手，我赶紧跟过去，但她总是和我保持一定的距离。我加快脚步，圆圆也加快脚步，等我小跑起来，圆圆竟然飞起来了，一直往天空中的那一轮明月飞去。她彩带飘飘，越飞越远，到月宫里做了仙子。

情急之下，我拼命奔跑，居然也飘起来了，我脚下踩着云朵，下面的山川河流疾速后退，随着我慢慢上升，那月亮越来越大，渐渐看得清月宫里的花草树木了。圆圆正坐在凉亭边，回头看着我笑。我正要踏入月宫，突然一声霹雳，脚下的云朵瞬间消失了，我的身子迅猛下坠，只听得耳边呼呼声响，我摸了摸耳朵，变得如扇子一般，再摸了摸鼻子，变成了筒子。原来我被玉帝贬到荒山野林中，变成了一只猪，成了八戒。

从此我无所事事，成天只做两件事：饿了寻找野果子充饥；闲了写诗埋怨玉帝，思念月宫里的圆圆。等我醒来后，发现梦中的诗句历历在目，于是赶紧拿笔记下来，生怕自己给忘了：

八戒望月

（一）

妖魔下界空擒获，常思仙子有几多？
皓月银光千万里，取经岁月成蹉跎。
玉帝责我凡心罪，天宫嫔妃又若何？
携耙腾云复归去，砸碎凌霄娶嫦娥！

（二）

曾言菩提有净土，阿傩迦叶把门拦。

天宫月宫两殊异，佛心人心亦同然。
酒肉穿肠心却善，清斋淡饭性凶残。
十年修行佛缘浅，作恶回头金不换。
妖魔鬼怪去复返，雷音寺外歌舞欢。
金樽玉盏入勾栏，天涯微风愁绪翻。

（三）

银盘流转明空，水勇镇守天河。
年年岁岁望月，岁岁年年人殊。
梦里寻觅霓裳，仙子本非嫦娥。
五荤已然成空，三素无从着落。
天河滟滟微波，秋风瑟瑟霜过。

（四）

镇天河兮统水军，思霓裳兮惹灵官。
覆斗牛兮贬下凡，降福陵兮穷落草。
去云栈兮适高庄，迎圣僧兮归佛门。
担衣钵兮踏净土，过雷音兮悟法缘。
历苦难兮成正果，驮佛经兮返大唐。
封净坛兮食四洲，贪琼浆兮复旧态。
携钉耙兮回天宫，过瑶池兮故地游。
砸灵霄兮娶仙娥，出玉盘兮醉银光。

不行，我得赶紧去看看圆圆。当晚我就去了县城，跑到圆圆家楼下。她家的院门关着，我不敢敲门，里面有一条大黑狗，跟我不对付。上次圆圆带我去她家时黑狗就冲我叫唤，要不是圆圆妈妈看着，黑狗非吃了我不可。我伸脑袋透过栏杆看了看，“汪汪汪！”黑狗突然蹿出来，我赶紧往后躲，所幸黑狗是被铁链拴着的。于是我转到她家房子后面，在窗子底下叫她。过了半天没人答应，我在那片小菜地里来回溜达，用口哨吹李琛演唱的歌曲《窗外》。圆圆就是我的梦中女孩，这假不了，最近我总是梦见她。

《窗外》这歌词，就像春天的肥料，使少年内心的感情开始萌动，加上“状元”一事的浇灌，一发不可收拾。前天我就去小卖部打电话告诉圆圆，从初中开始我就一直喜欢她。她听后是这么回答的：“你说什么？信号不好听不清楚。来我家聊啊。”

圆圆，我来了啊，你怎么不开门呢？天快黑了，《窗外》已吹了二十遍，还是没有圆圆的影子，大黑狗都快叫唤哑了。

突然楼上窗户开了，圆圆她爸爸探出脑袋来，恶狠狠地朝我喊：“是哪个崽子，再瞎闹，打断你的狗腿！”我吓得浑身是汗，撒开腿就跑，一直跑到街道尽头的公交车站才停下。我见过她爸爸，跟他对视过一次，他面无表情，阴森森的，似乎不太待见我。当时飘飘然的我忍不住想，这人也真是的，居然敢这样跟状元郎说话，吃了豹子胆，等我发达了再好好收拾你。

对，必须收拾他。于是我神游起来，多年后，我穿着风衣，戴着墨镜，带上二三十个下属，驾车来到他家大门前。下属们摆开阵势，然后上前敲门。圆圆她爸爸出来看见这排场，以为我是来找麻烦的，对我不住说大人不记小人过。我想吓唬吓唬他，但圆圆在楼上泪汪汪地看着我，我最后还是没那么做。

“嘀嘀！嘀！”喇叭声把我从幻想中拉了回来，出租司机放下玻璃，对我骂了一句：“你发什么呆？走路要看路，别害人害己！”

我顿时大怒，怎么敢这样跟状元郎说话！正要发作，看见对方高我一头，壮得像头牯牛，我只好作罢，不住地说：“对不起，对不起。”司机白了我一眼，一踩油门，用一秒钟的时间消失在街头，只剩下飘起的尘土。

这一下午，我不仅没有见到圆圆，反而弄得疲惫不堪。回家后我随便喝了点粥，就躺在床上发呆。老妈担心状元儿子病了，过来摸摸我的头，没有感到异常，就出去招待过来庆贺的亲友了。

我躺在床上，琢磨着白天的事。突然听见村里的人在议论，说圆圆爸爸韩腾到水西庄来了，住在村东头贵大叔家，这老头子除了读书，就跟水西庄里的武林高手切磋武功，至今并无敌手。我按捺不住，要跑到村东头去看个究竟，如果真是他，我要跟他切磋武功，一决高下。他不让我见圆圆，还把我赶走，我跟他势不两立。

韩腾果然住在贵大叔家。我叩门后，韩腾走出来冷冷地问道：“这位小兄弟，你有何贵干？”

我回答道：“听说阁下是从城里来的，到我们这里切磋武艺？”

韩腾打量了我一下说道：“小兄弟见笑了，在下确实来自县城，但武艺平平，前日在孤雁岭出手博得个虚名，其实是因为对手都是当地百姓，不懂武艺，挑战武林高手的事，实为谬传。”

“阁下休要自谦，你我练武之人，如能寻得功夫在伯仲之间的对手一决高下，岂不是人生快事？”

韩腾似乎心有所动：“老弟，请进来吧，先陪我喝一杯。如不嫌弃，可否先对弈一局再说。”

“痛快！”我也不推辞，毫不客气地坐下来。贵大娘端来一碗鹿肉，给我们二人分别斟了一碗酒，我们开始对弈。起初我看对方棋艺平平，但到后来，发现对方先前走的每一步，都为后期布下天罗地网。到后来，我越走越为难，头上冒出汗来，于是喝一大口酒，感叹道：“痛快！痛快！”等我琢磨下子之时，已无立锥之地。

我拱手道：“先生棋艺盖世，在下佩服。咱们还是比比武艺吧。”

韩腾笑了笑说道：“不必了吧，胜败如此重要吗？我一生不求名，谁赢谁输对我没有区别。”

“但先生真的舍得放弃对决的机会吗？根据先生棋艺看来，先生思维缜密，功夫应该也是了得。”

“下棋和比剑，岂能一样？”

“先生真的不比试吗？”

“我看还是算了。”

真是不痛快，我忍无可忍，使了个暗器，只听见当的一声，韩腾腰间的慧灵符顷刻间变成碎片，散落一地。

“先生这下可以比试了。”

“你竟敢……真是无礼，比就比！”韩腾先跪倒在地上拜了拜慧灵符，然后小心翼翼拾起碎片用布包好，放在包袱里。

我这招很管用，舒黎城的人视慧灵符为圣物，毁坏圣物跟辱骂了祖宗一样严重，激怒对方跟自己比武，这一招果然奏效。韩腾的脸变得铁青，冲我说道："好！这就比试，但我得先说明，我不喜欢普通的对决，一般切磋分出胜负即可，不会伤及性命，这不过瘾，失去了对决的真意。老夫认为不战则已，战必死命相搏，阁下以为如何？"

"痛快！先生放心，我绝不手下留情！请吧。"

说完，我们也不听贵大叔贵大娘的劝阻，携剑走出房间。我们谈笑风生，如同挚友一般，别人也不会料到我们会以死相拼。村里人听说要对决，知道有好戏看，纷纷放下手里的农活，出来看热闹。

我们来到笔锋山下的平地，只见鸟语花香，山花绽放。看热闹的男女老少奔走相告，水西庄所有老百姓的家里都空了。这场决斗，成了这庄上春天里的盛事。

韩腾突然转变脸色，冷冷地对我说道："阁下一生杀人无数，今日可要体会被杀的感觉了。"

我笑笑回答道："还不一定呢。我平生只在对决时杀人，都是快刀致命，阁下不必担心，没有多少痛苦。"

这话把韩腾逗笑了："哈哈哈，没想到你年纪轻轻，竟如此轻狂，真是难得的知己。我有个提议，我们无论谁胜，都要替对方做一件事。"

"我答应你！刀剑无眼，但阁下不必拘束，尽管放开使出来，我也毫不保留。"

"好！你出招吧！"

我果断出手，嗖的一下剑出鞘，剑就像凭空变化到手中的一般，周围的人还没来得及看清我拔剑。

"好手段！"韩腾喝彩道，然后慢慢拔出宝剑，那动作慢得像不懂功夫的老农。

我毫不客气，使了一招“独钓寒江”，绕一个剑花，剑影如落英缤纷撒向韩腾头顶上。韩腾慢悠悠来了一招“叩问苍穹”，兵器交会在一处叮当响，我们彼此的招式都太快，根本看不清。三个回合之后，我们飞腾出圈外，我只觉得手臂发麻，韩腾也汗珠淋漓。我们在地上停留片刻，我心里暗暗佩服对方的手段，感觉今日对决别有一番滋味。而韩腾似乎也有同样的感受。两旁观看的人鸦雀无声，似乎觉得：即便是轻声呼吸，也会干扰这两位绝世高手对战。

随后我们又跳入圈内，我把宝剑背在后面，单手推出，韩腾也把宝剑放回后背。我们拳脚对抗，彼此虽年龄有差别，却像一对孪生兄弟心有灵犀，每一招都被对方猜中，每一招都攻到半路又退回来。

纠缠多时，我暗暗有占先的想法，突然横剑扫出来，这心思似乎也被韩腾猜到，他也竖剑来迎，同时把身子倒立飞到空中，飘落在我的身后，反向一剑刺出。我腾身躲避，但没有完全躲过，这一剑刺破我腰间的皮肤，韩腾剑锋被染红，剑上的鲜血滴了下来。其实我是想使苦肉计，所以故意卖了个破绽，他正得意，我右掌穿出，沉沉击在他的后臂上，震得他身子晃了一下，险些摔倒。

“好剑！”

“好掌法！”

我们几乎同时夸赞对方，几乎同时哈哈大笑。围观的人都半张着嘴，仿佛被定住了。其实他们只是在看热闹，怎么能理解局中人的快意？他们也不会明白为何刀剑比眼睛还快。

韩腾扯下一只袖子扔给我。我道一声谢，然后把袖子绑扎在腰间的伤口上。由于对方剑太快，我在腰被刺中的一刹那，只觉得有一丝冰凉的细线流过，毫无痛感，过了片刻，伤口的灼烧感才像小火苗慢慢燃烧起来，有点像浓烈的酒，一口下去，从喉咙到心口都是火焰，但灼烧感里却蕴含有说不出的痛快。韩腾的手臂也不好受。我用了一种巧力道，从皮肤到肌肉，再到骨头，都会被彻底震到，他应该是酸得无法抬臂。

我们相视而笑，转过身形，长剑再凌空，雄浑如雷霆，又向对方攻去。我们的剑锋相交，胜似心灵的相交。我多年都没有这种畅快的感觉了，心底沉积多年的孤独感消失了。遇到韩腾这样的对手，就像看见了朋友，又像看见了另一个自己，我心里的郁郁之气渐渐消解，就像大地的冰雪消融，迎来生机勃勃的春天。

我们使出全身力气，剑锋交会处，火花飞溅。彼此的呼吸越来越急促，精神却越来越抖擞。人群里有好事者开始说三道四，说这次我代表水西庄，韩腾代表舒黎城，这是一场为地方争光的争斗。人们开始分为两派，呐喊起来，都希望自己的一方赢。但也有明白人这样议论道："林南素来独来独往，走遍天下寻找高手对决，此次比武，看二人神情，似乎是棋逢对手了，跟派别无关。"

我们没有在意人们的评议，我们只想下一招如何击败对方，只沉浸于对方每一招饱含的韵味里。每一瞬间都是生死相搏，每一次生死相搏都是生命的巅峰时刻。这一仗，持续了近一个时辰，我的腰部血流不止，招式和反应慢慢弱下来。韩腾突然喊道："阁下，对不住了。"当空一剑压下来，我迎住剑锋，但已经是力不从心，腰间伤口的血滴在土地里，混合着泥土的腥味。我运力往外推剑，韩腾的剑有所松弛。

就这对抗之间，韩腾突然踢出左脚，右手移开手中的剑，由于力量不均，我的身子倾倒了，恰好实实地迎在他的靴子上，哪想这靴子上有千钧之力，我整个人被踢起来飞出圈外，重重地摔在地上。

韩腾走过来。我在地上已经无力起来，脑袋发晕，但我仍保持微笑，看着韩腾道："阁下好功夫，我输了！真是畅快！"

"你不仅输了，这将是你的生命的终点。阁下起来吧，我不想杀躺在地上的人。"

我一点也不惊讶，一开始就说好的，这是生死相搏，谁赢了都不会放过对方，于是我说道："好，愿赌服输，死在你的剑下也是快事。"

但我还是不甘心，虽然力量枯竭，我决定最后一搏。我撑着剑柄，吃力地站起来，克制住身体的摇晃，又把剑指向韩腾，做出攻势。

韩腾有些惊讶，没想到我还有力量进攻，他摇了摇头。待我近前，他突然使出一招"谦龙出山"，不偏不倚，一剑刺进我的小腹，剑刃穿过我的身体，只有剑柄在外。韩腾往前一步扶住我道："阁下还有什么交代的？我们说过，为倒下的一方办最后一件事。"

我右手的剑已经抬不起来，此时身体虚弱，再也不能进攻，只有说话的力气了。我嘴角微微露笑，流出鲜血来，对他说道："能死于阁下之手，此生无憾了，还请阁下把我身上的信转交给我心爱的人。”

“我如何知道你心爱的人是谁？”

“信封上有地址。多谢阁下，最后，再求阁下一件事，给我来个痛快的。”

韩腾叹道：“这又是何苦呢！”他果然给我来了个痛快的，又补了一剑。可怜我这位林侠士，一生以寻找高手交战为乐，竟落得如此下场。不过这也是我向往的死法：死在自己的逻辑里，没什么可叹的，死亡本身就跟游走江湖的侠客一样，也是来无影去无踪。

我倒下后，人们开始议论纷纷。韩腾大喝一声，众人吓得跑开了。韩腾不准这些好奇的看客胡言乱语，污染正午阳光，这位舒黎城武士站在风中，向我的尸体鞠躬，然后沉默许久……我感受到身体渐渐冰凉，再也记不清这一战究竟是谁先抽刀。

韩腾从我身上取下信件，放到衣袖里，然后把我抱起来，放在一棵杨树下，还让我保留了扶剑的姿势。然后他回到贵大叔家，骑上枣红马，一骑烟尘，往孤雁岭飞奔而去。

韩腾来到了信封上写的地点，原来是孤雁岭下的一间草房。从远处看去，草房上冒着炊烟。韩腾推开院门，圆圆竟从屋里走出来，带着几分柔媚姿态。韩腾惊问道：

“闺女，你怎么跑这里来了？”

“我一直住这里啊。你是谁，我怎么不认识你？”

“我是你爹爹啊。我有一封信捎给你。”

“你可能认错人了，我不认识你。”圆圆说。她之前出了点意外，失去了一些记忆，包括关于父母的，所以并不认得韩腾。她接过信打开看了看，面无表情放入口袋中。韩腾很肯定这就是自己的女儿，见女儿说得坚定，便猜测在她离家的这些年里肯定发生了什么。不过眼下不是适合追问的时机，他没再说什么，大步走进客厅，里面柴火正旺。圆圆赶紧给他倒茶。韩腾看看四周，没有什么值钱的东西，墙上挂了一些野味。韩腾想不到自己的女儿怎么会跟威震江湖的林南扯上关系，也不知道信里写的是什么。喝完半盏茶，圆圆问道："林大侠怎么了？还回来吗？"

韩腾拨了一下柴火，把剩下的残渣往中央移了移，冷冷地说道："他不会回来了，我杀了他！"

"啊！"圆圆一声尖叫，退后几步，随后猛地扑向韩腾，质问他，"你为什么要杀了他！"

韩腾擒住她的双手，然后说道："是他主动要跟我决斗，我们提前约好的。我不是故意要杀他。他临死前让我给你送信。"

圆圆似信非信，想要挣脱，无奈她爸爸有泰山一般的力量，她就像老鹰爪子里的小鸡一样动弹不得。韩腾等女儿冷静一点后，才松开她，继续用树枝拨地上的火堆，好让火旺起来。

圆圆怔了片刻，又打开书信读起来。这封信其实是我给圆圆写的情书，之前曾担心被玄清子道长发现，差点被我烧毁，终于有人替我捎给她了。圆圆坐在火堆前读着信，泪水模糊了眼睛，看看窗外，天气已经放晴，绿树红花把山川装点得十分妖艳。

我静静地待在大树下，心里默默地念了一句：圆圆，永别了。渐渐地，耳边又响起李琛演唱的歌曲《窗外》。窗外、情怀、远方、珍重……圆圆，永别了，我就要去很远的地方，我会想你的。跟随歌曲的旋律，我渐渐沉睡，看见圆圆笑嘻嘻地过来找我，拉着我去水库的大坝上疯跑，那里阳光明媚，微风在水面吹起涟漪，山上正弥漫着油菜花香……我郑重地对圆圆说道："你等着我啊，上完大学我回来娶你。"

第六章　秋天的离别

八月将尽，马上就要开学，我决定再去看一下祥坤爷爷。我拿出亲友送的糕点、牛奶、麦片之类，装在背篓里，然后顺小山而上，去山腰祥坤爷爷的小木屋。背篓里东西不少，累得我满头大汗，我坐在路边的青石板上歇气的时候，突然山梁那边走来一个人。

那人弯腰驼背，越走越近，原来是村里的贵大叔。他驼背很严重，手脚不方便，加上常常生病，两个孩子又在上学，生活非常拮据。去他家玩的时候，常常见他盛一大碗米饭，然后夹一个大大的红泡椒当下饭菜，看得我直流口水。后来回家让老妈给我弄一碗泡辣椒下饭，却怎么也吃不下去。我们不听话的时候，老妈常常这样吓唬我：等你爹回来揍你，把你打成贵大叔那样的驼背。老妈总觉得贵大叔的驼背是被上一辈打成的，陈年旧事，我也搞不清。我问过几次贵大叔为什么会驼背，他都笑着骂我：“小屁崽子，给我滚远点！”

现在长大了，我再也不好意思问他驼背是怎么回事，每次见到他我都主动客气地打招呼。见他从山尖下来，我问道：“贵大叔，您这是上哪儿去？”

他很严肃地说道：“弄了点玉米棒子，去赶集卖掉，买包盐巴吃。”

回答完急匆匆走了，他背上确实扛着一袋子玉米。走过了好几丈远，他突然转过来头来喊我：“你搞哪样去？”我说去看祥坤爷爷。

他又问道：“你什么时候开学去读书？”

“明天就走。”我回答道。

他回答了一声“哦”，然后仍急匆匆地走了。

我们乡下有个习惯，遇见别人，一般都会问对方去干啥，这是打招呼的方式。这跟县城里打招呼不一样，比如在学校，我遇到周老师，就直接喊一声：“周老师。”然后周老师点头示意。记得我还很小的时候，村子里人彼此见面，一般都会问对方午饭吃啥、晚饭吃啥，于是大家都回答“没啥菜吃，洗点腊肉炒着吃算了”或者“没有菜啊，只有点豆腐干”，又或是“前几天发的豆芽，还没吃完”。其实很多人是在说谎，他们吃酸菜、豆米烩白菜、清水豆角蘸辣椒水等，至于腊肉豆腐干豆芽之类，只有过节的时候才吃。

这样招呼人的方式一直持续了很多年，现在演变成问“你去搞哪样”，方便讲就说实话，不方便讲就编瞎话。编瞎话大家都驾轻就熟，乐在其中。至于后来我到了北方，人们打招呼问吃了吗之类，更是如出一辙，但后来生活条件好了，家家不愁吃穿，又演变成“早上好”“中午好”，简洁大方，终于步入了正轨。

我歇了一会儿，继续往祥坤爷爷的小木屋走。黄狗看见我，箭一般地冲过来对我又亲又抱，每次它都是这样。祥坤爷爷开门出来，接过我的背篓，看了一下责备我道：“就要去外地上学了，这些东西你带上吧，拿给我做什么。”

“爷爷，我用不上的。路太远，好几千里呢，我只能带几件衣服。”

爷爷不再推辞，把东西拿出来码放好，然后烧水给我烫粉吃。他边准备米粉边对我说道：“孩子，爷爷老了，有句话不知道对不对，说了你别生气，要好好记在心里。”

“没事的，爷爷，您说！”我随即回答道。

爷爷停了一下，把米粉放在锅台边，我即刻知道这话的分量，赶紧竖起耳朵听。

“孩子，爷爷看着你长大。你很有出息，今天考了状元，爷爷很高兴，但我的爷爷曾跟我说过，月满则亏，你要当心今后的路，别走迷糊了。”

“爷爷，我懂。”其实我压根没懂，他怎么突然说这话。

爷爷好像看出来我没有懂，接着说道：“这几天大家都来祝贺你，很多人都在夸你，他们也是替你高兴，但爷爷觉得不踏实，你还是孩子，经历的事情不多，我怕他们把你捧得太高……爷爷没文化，说不好，反正今后你不要把自己当成状元郎，你就是学生，好好学习才是正理。状元郎是旧社会的事。将来你的生活爷爷预料不了，但肯定还有很多艰难的路要走。”

听完爷爷的话，我没忍住，眼泪流下来了。我确实不明白他的意思，但我知道肯定有重要的道理在里面。我赶紧说道：“爷爷，您放心，您的话我虽然不完全明白，但我一定好好记住，将来无论走到哪里，我都会反复提醒自己。”

说完爷爷也流泪了，我们一起流泪，爷爷赶紧伸手过来给我揩眼泪：“你这小鬼！上大学是好事，怎么哭了呢。”爷爷说完转过身去，忙着煮米粉，这碗粉里不知道倾注了多少眼泪。

吃完粉，爷爷拿出一把崭新的拂尘让我带上，说听别人讲北方的蚊子个儿大，让我带上。我收好拂尘，发现墙上还挂着爷爷给我做的“常胜将军”，我又要哭鼻子，但怕爷爷伤心，于是使劲忍住。

“爷爷，我走了，您照顾好身体，放寒假我再来看您。”

他正坐在床上，听我道别，要起来送我，才起来一半，又一屁股坐了回去。我从来没有见过他如此激动。最后他还是扶着床沿起来了，送我到门口，靠在门框边，一直目送我到山下。我回头看时，小木屋里的灯亮了，这灯光成了我心里最亮的灯塔，为我照亮直到我步入不惑之年。

从祥坤爷爷家回来，进屋突然看见贵大叔坐在屋里跟爸妈聊天。真是奇怪，贵大叔很少串门，每年最多来我家一次。我在外上学，所以从没有赶上过他来串门。今天他居然来了，向我爸爸问这问那：学校有多远？北方冷不冷？铺盖都准备好了吗？

闲聊了一阵，他起身要走，爸妈留他吃饭也不听。我印象中他从来不在别人家吃饭。正要出门，他忸怩地掏出五十元钱，塞在我手里道：“林南，大叔没出息，只能给你怎么多。出去了好好上学，给咱们农村人争口气。”

这可使不得，他家一向不宽裕，这钱指不定攒了多久。我赶紧拒绝，但他死活不肯，最后说：“你要不接受，就是看不起大叔。”我也没办法，只默默收下。我没说谢谢，只说了句：“贵大叔，您再坐会儿呗。”他伸手摸了摸我脑袋，嘟囔着道：“这孩子，出息了！”说完他就走了。

我待在那里，有些茫然。老爸对我说道：“既然给了就收下吧，人家也是一番心意。”这五十元对贵大叔家来说，够半个月的菜钱了。把半个月的菜钱送给我，他是不想过日子了吧。父老乡亲的一片深情，沉甸甸地留在我心头，一辈子都抹不去。肚子里装满各种思绪，远行前的那一夜，我生平第一次失眠了。

次日清晨，老妈非得送我。我都说了不要送，东西都已齐备，还有姨父的照顾，不必担心。从车站入口跟她告别，我就没有回头，没想到坐上班车后，发现老妈站在窗外。我打开车窗说道："妈，您快回去吧，到了学校我给你们写信。"

那个年代电信正在发展，家庭电话还很少，只有少数商店里安装了电话。沟通一般用信件，或者约好时间去商店打电话，每分钟一元钱。为了省钱，打入的一方先把话想好，在 59 秒的时候一定要挂断。我不时用 IC 电话卡去公用电话亭给在外地上大学的老姐打电话，每次通话都控制在一分钟内，驾轻就熟，所有的事情交代完毕。

老妈没有听我的话，还是站在那里。其实写信也没用，她识字太少，一封信她估计得读一个上午，虽然如此，我上初中时她居然给我写过一封信，不到五十个字，错别字大概占一半，"床"写成"麻"，真拿她没办法。她把信折好放在米袋子里，托富大叔捎给我，这封信差点被我给做成米饭。内容大致是：冬天来了，床靠窗户的这一头太冷，要我睡在另一头，别着凉了。

车开动了。天哪，我的老娘，您怎么如此煽情？弄得像电视剧里的标准剧情，她竟然跟着客车小跑起来。等车加速跟不上了，她茫然地站在那里。小时候外公来我家，要离开的时候，老妈和外公都会难舍难分，也许老妈遗传了外公的性格，可我竟如此狠心，一点落泪的感觉都没有。

多年后我才想明白，当时我没有落泪，是因为有一个光明的前途和社会等待我去探索，而对老妈来说，自己儿子从此只能半年见一回了。换到古代，对那些进京赶考的人来说，告别家人，从此音信茫茫，真不知是何等滋味儿。

老妈跟着车追了一段距离，这一幕永久刻在我心里，正因为这一点，我对她又恼又怜。我恼她传递多愁善感的情绪，我又怜她舍不得离开儿子的辛酸。政治老师曾经讲过一个故事，这个故事中学生都知道，说桌子上有半杯水，乐观的人说：真好，还有半杯。悲观人说：完了，只有半杯了。老妈应属于第二种人，可我不希望自己长大后成为这样的人，我也不想成为第一种人，我想成为不乐观也不悲观的人。

因为这些想法，我常在大学宿舍里骂自己：你这个忤逆儿，老妈跟车跑了这么远，竟然无动于衷，真没良心。骂完自己，可我还是觉得：如果杯子里有半杯水，那就意味着既不是满杯，也不是没有，仅此而已。

第七章　从林星光飞舞

到了学校，校园处在偏僻的郊区，齐刷刷的洋楼，有山有水，确实很有异国风情。学业很忙，生活很充实也很单调。我从高考奖学金中拿出一小部分，买了很多张电话卡，每个周末自习完后，我就冒着大风，忍住蚊子的叮咬，在电话亭里通话一小时：打电话给小姨说学校很美；打电话告诉圆圆我有多想她；打电话给老姐说同学们很友善；打电话给爸妈说我身体很好……

打电话是大学生活的重要组成部分。每个周末，外地的同学都自觉排队打电话，也顺便听一下别人电话里聊什么。虽然是天南海北的口音，但能听个大概，总结起来主要是汇报大学生活情况和报平安，听久了也就习惯了，倒是有位大高个儿女孩的通话内容与众不同，她打电话告诉家长说校园里蚊子太多，被咬了好几个包，还抱怨食堂的饭菜里没有辣椒。

排队的同学们都不以为然甚至嗤之以鼻，怎么能如此描述大学生活呢。大学就该有我们高中时期望的样子，哪怕跟预期的不一样，也可以忽略不计。可后来我才明白，大学就是大学，就是另一个学习的地方，更高层次的学习场所而已。象牙塔里，一样的有蚊子和臭袜子，这段时光之所以珍贵，不在于这里环境怎么样，而在于你怎么度过。

我打完电话，已经快十一点了，我赶紧骑自行车赶往宿舍。我很规矩地靠马路牙子行驶，突然对面射来强烈的两束灯光，等我抬头一看，一辆飞驰的轿车已经到了我眼前。情急之中，我使劲儿往右侧的灌木丛倒过去。就在这一瞬间，我的自行车被撞飞了一丈多远。我从灌木丛里站起来，居然没受伤。车里下来一个满身酒气的人，握住我的手问有没有事。那时候涉世未深，心想也没啥事，就实话实说："还好，没事。只是自行车被撞坏了。"那人从兜里掏出五十元钱，说了声对不起，然后上车走了。

当时我在想，我曾经千辛万苦，从农村到城市，制订系统学习计划奋力拼搏；曾经被老家人当成状元很是器重。而所有这些，看起来具有各种价值和意义，差点一瞬间被这个醉鬼给终结。生命就是如此简单和脆弱。

换成是现在的我，一定不会轻易放走这个醉鬼，必须要告诉学校，把这人扣下来，至少也要训诫一番，不能让他再去害人。从这以后，我对酒后开车的人一直没有好感，即便是我的亲戚朋友，只要是酒后开车的，我心里都不喜欢。

一条小命，竟被路边的灌木丛给搭救了，今后可得小心。跟死神擦肩而过的情况，一辈子要经历多少次呢？为什么经历了那么多次惊险，我们还活得好好的？难道是上天眷顾？其实不是，如果我们在某次惊险中没有躲过，也就不知道后来的事了，也就不存在所谓的上天眷顾。这跟有的人心存侥幸开飞车是一个道理，他们觉得自己开了这么多次，从来没有出过事，但出事之后自己就永远不会知道了，所以在他们看来，永远不会出事。

回到宿舍，我也没有洗漱，也不跟室友说话，默默地躺上床，但辗转睡不着，突然听见窗外下起雨来，这雨越下越大，有点老家夏天时下暴雨的感觉。我发现身上的衣服越来越湿润，赶紧找地方躲避，但跑遍山岗，还是没有找到避雨之处，遥望半山有个石壁，我跑过去，幸好石壁下有一个岩洞。我赶紧钻进去，岩洞前的雨水形成雨帘，哗哗流淌不止。突然觉得人的生命实在是太脆弱了，今天的被车撞一事，让我斗志锐减，我有些想家了，看着这大雨，我伤感起来，不仅想家，还想圆圆，也想孙芊竹和张磐，都快要哭出来了，看着这雨帘，百感交集，赋诗一首：

大雨·等君归

潇潇点川泪如珠，跌落尘埃粘污俗。
云涛晓雾随风飘，巴山碧潭洗花骨。

等大雨停止，日头已经很高了，衣服已经完全湿透。我把外衣脱下来在树枝上晾晒。突然听见有人喊我："林南，快起床！要迟到了！"原来室友推了我一把，我不在岩洞里，也没有被雨水浇，而是好好地躺在床上。我赶紧洗漱，然后跟大家去上基础英语课。

想起昨天的事和昨夜的梦，我心有余悸。上课集中不了精力，总觉得活着太偶然了，一番折腾真是不容易，没准哪天赶上个混蛋司机，这一切都变得毫无意义。我一直深思到下课，课间时仍没精打采地坐在椅子上一动不动。

突然发生了一件暖心的事。我低头整理课后作业时，前排的女同学突然转过身来，默默地在我的桌子上放了一个苹果。天哪，我们可是完全不认识啊。刚才上公共课，这位女孩很安静地坐在我前排，很少说话，我也没在意。我看了看桌子上红红的苹果，再看前排的女孩，她一头乌黑的秀发，连耳朵也遮住了。

我说了声谢谢，她没有回头，小声地回答了一句“不客气”，还是安静地坐在那里整理书包，然后走出教室去上别的课去了。

我待在那里，等想起来问她的名字和班级的时候，她已经出去了。这事成了我最纯真的回忆，至今再也没有品尝到这么甜美的苹果。从那天起，我又觉得人间好温暖，生命并不只是偶然，我再也不去想被醉鬼撞的事情了。真可惜，人家给你红苹果，也不主动去认识一下，我也够傻的。以后每次上大课，我都注意观察，还是没有见到这位长发飘飘的女孩。快要失望的时候，事情出现了转机。

周五晚上，辅导员把我们召集到体育馆学跳舞。吃过晚饭，等我进入体育馆，里面聚集了好多人，有很多靓女帅哥。辅导员教给我们基本要领后，就让大家自由练习。我没怎么学会。看看大家练得差不多了，辅导员播放了优美的舞曲。

大家开始寻找舞伴自由组合。我由于步子不熟悉，只安静地坐在体育馆侧面临时搭建的吧台边喝饮料。我看着他们的舞步，有的跳得不错，和谐自然，动作跟音乐融为一体；有的却很生疏，总是踩到对方。

辅导员见我孤身一人坐在那里，于是走过来拉我去跳舞。这是我人生中第一次跟成年女性跳舞，我很紧张，但她鼓励我，说只要我保持自然放松，跟随音乐就可以了。我试了试，突然惊喜地发现，居然很容易就跟上了音乐。辅导员陪我跳了一段，就去带别的同学了。

我又一个人坐在吧台边喝饮料。别人跳得正起劲，我却被晾在那里。我看舞台上也没有别的落单的女孩，只好低头玩桌子上的三维方块。

“能陪我跳个舞吗？”突然听见一个温柔的声音问道，等我抬头，心都差点要跳出来了。原来递给我红苹果的长发女孩就站在我面前。她穿了一身淡紫色的连衣裙，高挑地站在那里，脸红红的，应该是有些腼腆。僵了十秒钟，我赶紧说：“好的！”

于是我拉着她的手进入了舞池。她的手软软的，水一样的柔和。她把手搭在我的肩膀上，我把手搭在她的腰间，我们随音乐翩翩起舞，原来她跳得比辅导员还要好。我不敢相信眼前的一切，觉得自己是在梦中，我也不敢抬头看她。这么高贵漂亮的女孩，怎么可能过来跟我跳舞，一个从小在山沟里长大的放牛娃，居然有天使般的女孩过来邀请跳舞。我感觉体育馆里的灯光变暗了，屋顶开始闪烁着星星。我忘记了时间，忘记了窗外的黑夜，也忘记了舞池里别的所有人。

等音乐停下来，我才知道跳完了。她微笑着说道：“你跳得不错啊！怎么称呼你？”

“我叫林南，请问你贵姓？”我赶紧问道，心想不能再错过机会了。

“我叫苏莹。”她笑了笑回答道，然后看了一下手表，抬头对我说道：“不好意思，我得去上法语课了，再会啊！”说完匆匆离开了。

我还没来得及问她来自哪个班级，真是遗憾，不知道今后能否再见到她。回到宿舍我又失眠了，觉得今天发生的事情，实在太美妙。我感觉就像在梦里，生怕被人推我一把回到现实。转念一想，对这位长发女孩魂牵梦萦，是不是有点对不起圆圆。虽然我跟圆圆连手都没拉过，但我不该在如此短的时间就喜欢上另一个女孩。

想着想着，来了困意，思绪又穿过季节，到了春天的窥狼河畔。春风穿过黑森林，吹化了百花岭下的冰雪，也把我在水西庄的家园吹得春意盎然。

这日我处理完军务，在水西庄后面的笔锋山练习一阵武艺，然后把偃月刀扔给随从说道：“走，看看‘苹果姐姐’苏莹去！”

等我推门进去，只见苏莹坐在房间，忧愁的脸上变得又惊又喜，赶紧过来迎接我，她恭敬地看着我，对我不再充满敌意。为了保护苏莹，不让她丈夫的仇家找到她，前段时间我把她带到这里，派人看着她，不允许她出门。事出突然，我来不及跟她解释，再加上我还做了另一件事，导致一开始她对我产生了误会，不过后来我让人向她说明了原因，现在她应是明白了我的苦心。

我冲她笑了笑说道：“陪我到后山走走呗。”苏莹默默地把披风系上，默许了。我过去牵着苏莹的手，走出厢房，转过一段小路，顺台阶来到后山的花园。我放开她的手，她默默跟随我，继续往山上走。

我很自然地说道：“住得还习惯吗？这段时间公务太多，也没过来问候。”

“习惯不习惯又如何，还不是一样做他乡客。”

“那你现在还要和我决一死战吗？你的刀我可没有拿走。”

苏莹红着脸说道:“之前是我误会了你。”

我笑了笑，看了看晴朗的天空，转移话题道:“水西庄跟你们灵川有何不同?”

“这里太冷，春天来得太晚了。”

“万物皆有时，这个不能比，我们这里的春天来得晚去得也晚。”

苏莹点头表示认同。

我突然问道:“你还恨我吗?是否跟我有永世不解的杀夫之仇?”

“我不知道，但你确实杀了他。”

没错，之前苏莹误会了我的用意，不仅是因为我突然将她关起来，还因为我杀了她的丈夫。

“他突然找上我，要和我决斗，我只得应战。说真的，我真希望他不跟我决斗，如果能成为兄弟就好了。”

“他不可能跟你成为兄弟。”

“为什么?”

“他心里只有天下第一，没有善恶，也没有亲疏。”

“看来这是他的归宿了，决斗是他的命，死在我的手里也是他的命。”

“嗯。我从小长在灵川，父王对我呵护有加，要什么就得到什么。后来母亲去世了，我才明白，在命运之前，权力没有用。我也信命了。”

“那你是不恨我了。”我理了理她鬓角的散发说道，“他身亡的消息传出去后，他的不少仇家都把仇恨转移到了你的身上。其实因为他想杀我，我原本不想管他的家眷。但我知道你没作过恶，再加上见到你之后，我感觉你似曾相识，所以我决定要照顾好你。”

苏莹看着我，欲言又止。

我继续道：“之前我放出消息，说你已经因为悲伤过度而去世了，这段时间，你丈夫的那些仇家找不到你，渐渐都相信了这个消息，如今已经不再打听你的下落了。从今天起你自由了。但我很希望你把水西庄当成自己的家。”

听到家这个字，苏莹眼睛里浮现出熊熊火焰来，接着又流出眼泪。我看在眼里，叹了口气对她说道：“不说也罢，陪我上山顶走走。”

苏莹仍然没有正面回答，默许了，跟随我身后，往山顶走，到了陡峭的地方，我就转过身来，给她一只手，她温顺地握住我的手。花了半天的功夫，我们到达山顶，红日开始西沉，我带苏莹站在山顶最高处的一块巨石上，极目远眺，向西边望去，景致真是令人赞叹：

山下沃野千里，山顶漂浮着云彩，好像伸手就可以够到。这原野里，到处是村落，冰雪融化，人们开始出来劳作了。老人小孩正在协助成年人做一些力所能及的事。一条浅而宽的河流，横穿在这画一般的世界里，河流中融化的雪水浇灌着树枝的嫩芽，夕阳的余晖铺撒在这片繁忙的大地上。更远处，群山起伏，红色晚霞映出了山脉的剪影。

苏莹突然说道：“没想到北国还有这么美丽的村寨！”说完她脸上洋溢出畅快的表情。

我也笑了：“只许你们南国有吗？”

苏莹说：“我没有说只许南国有。”

我继续道：“有生之年，你想不想住在这种地方，养一群孩子，耕读劳作，陪自己心爱的人老去。”苏莹没有即刻回答，若有所思，坐下来把双手放在膝盖上，托着腮陶醉在这迷人的景色里，我也在她身边坐下来。

苏莹继续我的话道："如果没有战火，能安静地在这样的地方老去，应该挺好。"

我笑了笑："我在这花园里长大，从小我都会爬到山顶看那里，那时候我在水西庄里一直出不去，没有近距离看过山下的生活，直到有一天，父亲带我去那里的街道里逛，买马匹和药材，才知道那里的人们过得并不快活，他们之间充满了猜疑和嫉妒。"

"你是说这些风景，遥远看和深入其中体验是两码事，对吧？"

"正是此意。自从那时起，父亲就让我学习武艺，游历天下，后来我慢慢发现，最美的景里的人未必快乐。这些地方，偶尔住上三五天还可以，但深入其中时间久了，也不过如此。"

苏莹回应道："也许是吧。我也没有去过多少地方，灵川山脚下，也没有几户人家，只是经常有大军路过。我不知道灵川在外人眼里，像不像今天这些景象给我们留下的感觉。"

"时候不早了，等有机会，我带你去那个地方走走，看看那里的风土人情算不算真正的世外桃源。"

夕阳已经落山，晚霞散去，早春的大地开始回归寒冷。我把狐裘拿过来给苏莹披上："走，我带你去看一个地方。"

我们从另一条小道下山，来到山脚的一片针叶林，天上的月亮洒下清辉，星星点缀着天空，清冷的春风扫过树林，发出唰唰的声音。苏莹跟着我，穿过灌木丛往林中走去，行不到半里，只见前方林中闪烁着很多金色、橙色、红色的光，轻柔如柳絮，把林中照得通明。遥望远处，有数匹狼正向天号叫。苏莹有些害怕，有退缩之意。我一把拉住她的手，暗示她跟我穿行这片针叶林不会有任何问题。

我想展示一下跳纵功夫，于是对她说道："抱住我，不要放手！"苏莹照做了，我双脚一使劲，飘到一棵松树的枝头，这下林中的大部分景色都能看清楚了：竟然有十几处都闪烁着这五颜六色的光。此时狼叫声此起彼伏，让人觉得像在举行什么盛会似的。

苏莹不解地问："林将军，这个地方为什么有狼群和如此多不同颜色的光？"

"我也不知道，我父亲带我来过这里几次，每次在这里都看到狼群和这些光。听他说，这些光就像是狼的眼睛，每个夜晚都望着我们，我们的祖先在窥狼河边也看见过这种景象，窥狼河正是因此得名的。"

"原来这就是窥狼河名字的来历！"苏莹回答道。

片刻之后，夜空渐渐被云层覆盖，月亮慢慢隐藏起来，那丛林里的光也逐步淡去，狼群也散了，林间变得一片漆黑。我背着苏莹轻轻从松树上飘落下来，然后拉起她的手，走了多时，进了一扇门，里面灯火通明，已经回到厢房了。

我对苏莹说道："今天你也累了，早点歇息吧。"

苏莹说了声："慢走。"她看起来很舍不得我离开。

于是我吩咐房间的丫鬟道："你们去准备点芙蓉汤，好生照顾小姐！"

出屋后，天气又变了，淅淅沥沥下起雨来，这雨从戌时一直下到午夜，幸好雨不太大，水西庄的农家很寂静，居然能透过雨滴听到蟋蟀的叫声。微风中摇动的芭蕉叶，用滴答声测算着雨的密度。

等我醒来后，觉得非常惋惜，这个梦有些残忍。苏莹好心陪我跳舞，我却在梦里做了这些事，我心里充满了内疚感。整个大学四年，苏莹居然只在我的生活里出现过两次。我一直在寻找她，在校园里漫步的时候，也看到很多相似的背影，等我加快脚步走到前面，假装回头看别的东西，顺便瞟一眼的时候，发现均不是我寻找的人。

上大学这些年，我一直在等她出现。如果再见到她，我一定要鼓起勇气向她表白，让她做我的女朋友。至于圆圆呢，她上了别的大学，没准早谈对象了，不必担心。

有一天晚上自习，我路过学术报告厅，听见里面正在组织演讲，里面有个声音很像苹果姐姐苏莹，于是我走进去看个究竟。里面人山人海，等我踮起脚尖，看见舞台上确实有个女孩在演讲，声音跟苏莹一模一样，但这位女孩是短头发，瓜子脸，正在一本正经地演说。记得她讲的内容是：吃亏是福，能吃亏的人，运气总不会太坏。听完这话我心里即刻就不舒服，既然吃亏是福，那我只好祝你幸福了。

不到两分钟我就离开了学术报告厅，幸好台上站的不是我要寻找的人，如果是她，她也在那里讲“吃亏是福”，我还会喜欢她吗？我们会不会因为喜欢一个人而喜欢她说的话？或者因为喜欢一句话而喜欢一个人？

无论如何，大学时光匆匆过，我查询了教务处的所有名册，同名的人倒有几个，但最终也没找到这位长发飘飘的苏莹。大学四年，我除了跟室友们卧谈隔壁班哪个美女长得最美之外，一直没有谈恋爱。

毕业后我还是孤身一人。家人和老师开始催促我：“你什么时候搞对象结婚啊？”我何尝不想搞对象，只是没有遇到喜欢的人而已。他们反复絮叨的时候，我真想做个忤逆的人去质问他们：你们把恋爱当成什么了？买白菜吗？三两天就能搞定？上大学时，你们叮嘱我要好好学习，不要分心，毕业后你们又来催促我谈对象？

其实毕业后谈对象也不晚，只是很多人在谈感情的过程中混入了各种功利性的考量，如同浓烈的二锅头被加了水，味道还在，但毕竟淡了。

第八章　豪性子与柔气质

毕业后其实有很多选择，首先可以继续考研，但我觉得如果扎实学满四年，本科毕业也就够了，本来家里条件也不宽裕，我不想再念书了，决定早点出来挣钱补贴家用，所以考研这一条排除掉。

其次是考公务员或事业单位，有这个计划的同学早在上学期就开始准备了，但这不是我的兴趣所在，我学的是“国际商务”，既然是国际加商务，就该去公司里展现自己的才华。当时我的心境，跟高中毕业考取所谓的状元时是一样的，双脚仍然踩在云上，铁定毕业后要去公司。

大四下学期我开始逛招聘会。逛了几场，物色到几家实习企业，其中一家号称是来自欧洲的独资企业。典型的外企，好大一根葱，实习期间给的薪酬还不错，于是我选择了他们。

过去报到那天，等我办完入职手续，突然在一楼接待大厅看见一个人感觉好面熟，想了半天，原来是上次在学术报告厅里演讲“吃亏是福”的那位姐姐，虽然我不太喜欢她，但毕竟是同学，我赶紧过去打招呼，原来她叫何馨兰。她很惊讶，见到校友就像见到亲人一般，说太好了，以后可以互相照顾，听那口气就像想跟我谈对象似的。她陪我去商店买生活用品，过马路时也不忘拉着我，生怕我被车撞。

作为涉世未深的毕业生，我们对社会充满好奇和恐惧，同校学生能到同一单位实习，有点相依为命的感觉。这也算是缘分吧，更有缘的是，后来我们被分配到同一个办公室，做同类的工作。工作内容零零碎碎，不提也罢。等到中午，何馨兰朝我喊一嗓子："帅'锅'，吃饭啦！"

于是我俩拿上饭盆和汤勺赶往食堂，里面熙熙攘攘，很多人在排队打饭，不住地用不锈钢勺子把不锈钢饭盆敲得叮当响，毫无节奏，一点儿也不悦耳。我和何馨兰是第一次见到这种阵势，在学校时，同学们用的也是不锈钢勺子和饭盆，但从来不敲打。我也不知道有什么好敲的，难打是因为饥饿？或者是出于无聊？或者为了释放工作的压力？至今我也没弄懂。如果我要在这家公司管食堂，首先我得规定他们必须用塑料饭盆和塑料勺子吃饭。

食堂开饭时间是 12：00，此时 11：58。门外突然人头攒动，有人喊道："老板来了！"那些敲饭盆的员工顿时鸦雀无声，不仅如此，不到半分钟，他们全部作鸟兽散，只剩下我跟何馨兰留在那里。我对何馨兰道："咱们又没有敲盆，怕什么！"于是我俩稳稳地在窗口等开饭。

此时进来一个肤色白皙、身材臃肿的白种人，他冷冷地扫视了周围一眼，里面的厨子都朝他微笑致意，他应该就是老板了。来这几天，还是第一次见老板，于是我们不约而同，用纯正的英语打招呼道："老板，上午好！"

他好像没有听见，只是抬头看了一眼食堂墙上的挂钟，此时正好 11：59，然后瞪了我俩一眼，用标准的英语问道："你们俩是哪个部门的？到吃饭时间了吗？赶紧滚回办公室去。"

啊？！这一瞬间，大学四年我对外企的所有印象都改变了，他的意思是让我们用一分钟的时间回到办公室，然后等12:00再回来。我正要上前解释，说现在已经快12:00了，何馨兰拉了一下我的衣袖，我明白她的意思，于是我俩回到办公室。我抬头看她时，发现泪水已经下来了。我叫她再回食堂吃饭，她死活不愿意，我只好一个人去食堂。看见我走进食堂，刚才敲盆的那些员工窃窃私语，就像我是外星人一样，有的人还在发笑。我也懒得在这破食堂吃饭了，我打了点饭菜，给何馨兰买了两个包子带回去。可这姐姐大概是转世的林黛玉，吃了半个包子就不吃了。我只好吃了剩下的所有的东西，虽然我也很烦闷，但我越烦闷胃口就越好。

每天的日子很单调：工作、吃饭、加班、睡觉。不加班时，我偶尔陪何馨兰去逛街，可她总是买一些灰暗色调的衣服。二十多岁的女孩子，竟喜欢选一些棕色、灰色、军绿、迷彩之类的T恤和裙子。我让她买鲜艳的，可她就是不听，我也懒得管了，又不是我女朋友。

转眼过了两个月。有一天早晨，我吃完早餐正往办公室赶，突然看到何馨兰站在门外，脸上的泪水比上次还要多。我问她是怎么了，她说副总说要辞了她。我问为什么，她说自己也不知道，只是说前几天在广场遇见那个外国老板的时候，跟他对视了一下，没有打招呼，后来部门领导把她找过去谈话，说大学生除了学习文化知识外，还要学会懂礼仪，见到上级或领导不主动打招呼，这是很不礼貌的行为。

我听完了差点要气炸。这还了得，我来上班，只有义务做好工作，没有义务主动跟谁打招呼，我只主动跟我喜欢的人打招呼。于是我跑到何馨兰的部门领导办公室跟他谈谈，其实他也是我的领导。领导还是那句话，跟何馨兰说的一样，还说这是职场里天经地义的规矩，问我有什么异议。我说职场里哪有不打招呼就辞退的规矩，领导顾左右而言他，把我支出来了。

等到下午四点钟，辞退我的信函也送到了。他们效率够快，信上说我藐视公司规定，不服从管理，协助同事挑战公司文化，鉴于此，即刻辞退，扣除本月工资。

说来真是缘分，我跟何馨兰一起来公司，一起卷铺盖走人。何馨兰的工资也被扣了，理由差不多，没有确切的说法。我问她打算怎么办，她说“吃亏是福”，就当学教训了，以后找工作当心点。我又无语了，这种亏也要吃吗？这跟幸福半毛钱的关系也没有。

我们回到学校，经过这番折腾之后，发现校园里是如此之祥和友爱，跟社会真是天壤之别。一个月的工资不能就这么算了，我找到何馨兰，收集整理了这段时间的相关资料，然后提交给劳动部门仲裁。公司的效率也挺高，头天提交仲裁，第二天他们就响应，不到一周的时间，仲裁员就把双方召集到一起。仲裁员问他们，这两位被辞退的员工具体违反了公司的哪条规定？为什么要扣工资？公司的人遮遮掩掩回答不出来，说愿意即刻支付所有拖欠的工资，并补齐加班费。我都觉得意外，早的时候你们怎么不提加班费，现在还挺自觉的。仲裁员严正地让双方签字，并提醒他们，如果不履行承诺将会由法院强制执行。

仲裁员是位大美女，风风火火，说话斩钉截铁、条理分明。显然她一下子就看出了此纠纷的原委，每一次提问都切中要害。仲裁完成后，我不住地对她道谢。她微笑着说道：

“应该的，用法律捍卫自己的合法权利，我们一定会支持。”

离开仲裁庭，天空下起了连绵秋雨，微微有点冷，可我心里却暖烘烘的。庆幸自己生活在这个伟大的法制时代，庆幸我跟何馨兰这种普通人，有国家法律的保护，不至于被那些混蛋企业欺负。这些企业也真是的，管你外资内资合资，想好好干事业，就应该遵守国家法律，尊重员工的合法权益。

我收拾好裁决书，打了一辆出租车赶往学校。司机见我从仲裁庭出来，问我是怎么回事。听我说完，他火冒三丈，看来这大哥是个豪侠性子。他使劲拍着方向盘说道：“这些企业，若不是国家法律管着，他们啥事做不出来！小伙子，当心点吧，社会上坏人不是少了，而是被法律管住了。”

司机师傅说这话时，后脖颈涨得通红，我想他一定是鲁智深转世，这情绪太猛了，我赶紧劝他：“师傅，没事的，已经解决了。您好好开车。”

告别“鲁智深”，我回学校把这个好消息告诉何馨兰，她说了声谢谢，但情绪还是不高。等到毕业后，她家里人让她回老家去报考教师岗位，这一去我再也没有见过她。希望她不要再吃亏。

法制时代，合法权益受到损害，不能忍气吞声，否则会给坏人惯出毛病来。真正的幸福要靠自己去争取，吃亏那种所谓的幸福，不要也罢。

第九章　空杯留香

我就像一只昂扬的雄鸡，斗志浑然不减。既然初次就业以失败而告终，我就先等等，以后有好的机会再说。闲着没事的时候，我也得做点事挣些零花钱，于是我拿出手头剩余的所有生活费二百多元，去批发市场上买了一些数码小件，装了一大编织袋，有耳机、优盘、光盘、磁带、MP3 之类，拿到学校侧面的夜市上去卖。

我拎着编织袋，五点左右就到夜市。找到空位，扫视了一下周围发现都是陌生摊主。我突然变得好紧张，什么事第一次干都会紧张的吧。平时天不怕地不怕的我居然难为情起来。我想如何叫卖才好呢？我要喊“耳机超便宜快来买啊”吗？不行，这样别人一定会说便宜没好货。我应该喊“数码小件，质优不贵”，但听起来文绉绉的。实在想不出好的词，过了老半天我还是不敢打开编织袋拿出货品。我究竟害怕什么呢？怕同学遇见笑话我？这有什么可笑的？怕别的卖主不让摆？这跟他们有什么关系。怕遇到地头蛇收保护费？学校附近不至于有地头蛇，即便有来了再说。

我再扫视一下周围，人们开始关注我。我不能再露怯，时间一久就迈不出这一步，到时候还得灰溜溜回宿舍，我绝对饶不了自己。于是我一咬牙，假装满不在乎的样子，默默地打开袋子把垫子拿出来铺好，像个老江湖一样，我把货品分门别类整齐地码放好。

然后我用复读机播放起流行音乐，说来也奇怪，这音乐一播，一切都变得简单起来。周围的摊主们有音乐听，一个个都变得美滋滋的，后来每次我过来摆摊，忘记播放音乐时他们都会提醒我："小伙子，歌曲整上，整上。"不到一周，我就跟他们所有人成了好朋友。好到什么程度？具体是这样，他们有卖袜子的、卖手套的、卖水果蔬菜的、卖盆花的……无论我买什么，他们都给我内部价，久而久之，每天摆摊后我都会替同学们采购一番。

播音乐的另一个好处是能吸引不少好奇的人，尤其是那些大妈和老头。其实数码产品跟他们本不太相干，但听见音乐他们就喜欢过来凑热闹。我也挺欢迎，他们一过来，别的年轻人也跟着过来。有的人好奇地把玩我卖的物件，我也乐呵呵没有意见，他们把玩得够了觉得过意不去，也会买点东西带回去。

到了晚上，东西卖了十之八九，首战告捷。回到宿舍点点手里的钱，居然将近四百元。好家伙，早知如此，大一的时候就该干这事儿。

第二天我又去了批发市场，拎个大编织袋，特意穿了双拖鞋，邋里邋遢走到批发商店里，就做出很老到的样子招呼一下："上点货。"于是他们头也不回地回答："架子上自己配好货，一会儿给您结账。"言外之意，你就放心挑，保准批发价给你。

于是我乐在其中，二百元的成本，周转了几次，一个月左右的时间，竟然变成了两千块。这期间我不仅赚了钱，还认识了一大堆摊友，还有几位胳膊上文有龙虎的哥儿们，他们虽然没有买过我的东西，但每次见到我都乐呵呵先打招呼。还有卖年糕的阿姨，推小车路过我的摊位，非得塞一块年糕给我尝尝。他们总是啧啧夸赞我：“这小伙子多懂事！文化人！还挺会挣钱！”

这种练摊生活居然成了我大学生活的一部分，在市场上认识的这些人，虽然他们并不富裕，都是小商贩，却充满爱心、义气和人情味。这是一种浓烈的人间烟火味道，摸得着看得到。如果再进一步深入其中可能会发现更精彩的故事，但毕竟我要毕业了，只好跟他们就此别过。

我决定去南方找工作，确切讲我要去东南沿海，那里是改革开放的前沿，一定有很多好机会。因摆摊这事儿，我赚了一千八百多块钱，正好手里宽裕，在离开北方之前，我得去看看长城。

正值秋天，到了八达岭，山上有些林木的树叶开始泛黄，但大多数还是郁郁葱葱。长城如巨龙，蜿蜒在崇山峻岭之上。登城时我没有坐缆车，从山脚到最高处的垛口，全是徒步。秋天是适合登山的季节，游人不少。除了青壮年，还有颤巍巍的老头老太太，我都替他们捏把汗。这么陡峭的城墙，要是摔一下老胳膊老腿怎么受得了，不知道他们平时有没有补钙，也不知道年轻人有没有督促他们补钙。游客中还有刚出生不久的小娃娃，父母抱着，估计这些小孩跟我一样，也是第一次登长城，不过他们长大了一定不记得。

除了观看游人，我还琢磨地形和山势。这巍峨的地方，排兵布阵已经是年久的事情，但我越往上走，越感觉到北面的风声呼呼作响。透过垛口一看，已经爬到最高处了。遥望远处的山峦，再看看城下的古松怪石，顿时耳畔响起千军万马征战的声音，原来历史也会凭借这年久的城墙，闯入现代人的心里来。

那种感觉我说不出来，不知道是沧桑还是雄壮。我找个石阶坐下，闭上眼睛，默默地待了五分钟，然后下山，在山腰的服务台买了两个玉米棒子当午餐。

吃完棒子后，再也不想徒步了，于是我去买缆车票，然后随人流去排队等缆车。缆车的车厢能容纳六个人，我前边是一家五口。本来还有一个剩余的位置，但我想还是等等吧，既然是一家人出来玩，就不要去打扰人家，我让他们先走，改乘下一辆缆车。

“你……为什么……不……走？”突然排在我身后的一位老外用结结巴巴的汉语问我。他偏着脑袋，很生气的样子。他们共有三人，两男一女。这样问的言外之意，是我本应该跟前面的一家子坐一个车厢。这家伙继续用不地道的汉语对我吼道：“你……好奇怪……的，为什么……不……走！”然后他转身对伙伴耸了耸肩，做出不理解和很无奈的样子，还说了一个“stupid（蠢货）”。他不知道我是学英语的。

我没有搭理他们，心想人家毕竟是国际友人，不能跟他们一般见识，争执一番，我岂不是成了他们一样素质的人了。于是我只默默地走进缆车车厢。他们三人没有上车，那位质问我的男子狠狠地拍了一下缆车门说道：“你走先！”把工作人员弄的一脸茫然。我独自乘一个车厢，他们三人乘下一个车厢。

山腰起风了，大风把缆车吹得左右直晃，本来我有恐高症，车厢摇晃得非把我吓吐了不可，但乘缆车过程中，我一直在琢磨这三位老外的事，把恐高这事儿给忘了，竟安然无恙地到了山下。

随他去吧，多好的草原都会有瘦马，跨国来旅游的，也不见得所有人都素质高。我在山下的公交车站附近找了家面馆，吃了一大碗臊子面，又喝了一罐可乐，感觉浑身舒畅。

上了公交车，大概两点钟。车上人不多，我坐到了后排。突然听见前车门外嘻嘻哈哈，跑上来三个人，仔细一看，真是冤家路窄，正好是刚才乘缆车遇见的那三个外国人。

其中那位金发女郎还挺文静，没有说话。另外两位男子就不一样了，大喊大叫跑上公交车，然后连比带画跟售票员嘚啵了好久。售票员英语不好，被整迷茫了。说话最多的就是刚才在山腰乘缆车时质问我的那位，他抢过售票员手里的扩音器放到自己嘴边，用一种不知是掺杂哪国口音的英语说了一堆废话，大意是：很高兴来到中国的，这里有好吃的好喝的，还有美女。说着看了看周边的乘客，伸手拉住一位前排女孩的手，把人家扯过来，右手搭在这位女孩的肩膀上，接着说道："你看，这里的人不仅漂亮，还很友好。"

那位女孩估计也不懂英语，被吓坏了，惊叫起来。那位金发女郎赶紧过来劝解，这位咋咋呼呼的老外才把女孩放下。

我身边的几位大爷很纳闷，赶紧问我："小伙子，你听得懂外语吗？他们在干什么？"

我气得血直往上冲，于是实话实说。几位大爷也很愤慨。大家纷纷议论开了：外国友人过来玩，我们理当欢迎，但这几位老外可不友善，怎么能这样对待女孩子？大庭广众之竟敢如此欺负女乘客！后排的两位大哥也看在眼里，我们三人决定上前去问个究竟，问这丫挺的为什么要拉扯这位女孩。

这时一位年长的大爷出来阻拦道："大家先冷静，已经放开不纠缠了，算了吧。"此时车门已关闭，乘务员让大家坐好，准备开车。我们只好坐下。

车到了市区，刚才被拉扯的那位女孩，起来准备下车。那位老外又嬉皮笑脸站起来拦住她道："别走呀，想跟你交个朋友。"当然，他是用英语说的，我给翻译过来了。

女孩吓得满脸通红，那样子快要哭出来了。售票员不知道怎么回事，又不会说英语，于是我上前去解释了一下。

那老外急了，使劲推了我一把，我往左车窗摔过去，所幸一位好心乘客给接住了。后面两位大哥也即刻明白，这家伙是在调戏女乘客，两人瞬间冲到前排，隔在女孩和老外中间。老外急眼了，冲两人嚷了一声："Stupid（蠢货）！"两位大哥问我什么那意思，我按实话翻译："他说咱们是蠢货。"二人听了，直叫司机停车。后面的几位老人也气不过，上前来助阵。

这老外居然毫无惧色，还大喊大叫，大概意思是你们这样对待国际友人太不友好之类。大家谁也没搭理他，等车刚停稳，两位哥们就把他给推出门外，老外开始动手打人，两位大哥制止不住，于是我绕到这家伙的身后使劲一把抱住，二人乘机把他手反过来按倒在地上，其中一位大哥正要扇他耳光，突然有位老人喊道："打不得！打不得！快打电话报警处理。"

大家才没有下手，另一位老外和金发女郎站在那里，一言不发，被吓得不住发抖。我们一直等到警车到达，警察了解情况后把三人带走了。公交车继续往市区开。

车上的乘客可炸锅了，有人说这是某些人崇洋媚外惯出来的毛病，有人说该好好揍这家伙一顿，有人说最好是注销这类人的签证永久拒绝入境……在我看来，这家伙确实太跋扈了，都什么年代了，凭什么如此嚣张。无论是哪国来的，如果你遵纪守法，大家自然友好相待；若要胡作非为，任何有正义感的人都不会坐视不管。

幸好那位老人提醒，大家没有下手揍他，否则就成了以暴制暴。交给警察确实是正确的处理方式。看来生活中只要留心，处处都能学到东西。

我到公交车后排找了个空位坐下，继续看窗外的风景。刚才乘客们展现出来的正义感就像车窗外的阳光，让人感到温暖。打抱不平、匡扶正义，做一名侠客感觉应该不错。我有些困，靠在椅子上打盹，气吞山河的侠客梦慢慢铺展开来。

我辞别父母，骑骏马背长剑，赶往博都就任征南大将军。我顺窥狼河南岸的官道而行，反正不着急，边走边看秋景，往博都前进。

这一日中午，行得我腹中饥渴，看见路边有店家挑出一面写着“高川牛肉粉”的旗帜，又见牛肉粉馆，这是我的最爱，于是走进去要了一碗，加粉加肉。店家笑了笑说道：“一看客官就是会吃的，小店的牛肉粉，曾经有棉支国的王子远行千里专程过来吃一碗。”说完店家高兴地送来一小碟泡菜和油炸辣椒。我品尝一口汤，吃完粉，浑身舒畅，扔给店家些碎银子问道：“店家，附近可有什么名胜或者好玩的去处？”

店家道：“说到名胜，此处倒没有，不过从这里往东南十里，有一座云脚山，上面都是枫树，时下正是深秋，满山都是红色的枫叶，甚是好看，山腰还有座寺庙，时常有文人骚客去那里游览。”

“有趣！”我赞叹道，这正是我向往的去处。

我一气把粉汤喝干净，作别店家，从官道分路，催马往东南的小径走去。半个时辰的功夫，看见前方一片深红的景色，原来满山遍野都是枫叶林。一条之字形的小道曲折盘往山上去。

我把马拴在山脚下小店的马棚里，付给店家照看费，就只身带剑上山。那林间小路旁，居然有一条小溪，流水淙淙，偶尔有枫叶顺溪水漂流而下。林间有很多游玩的人，男女老少，顺山而行，有的捡起地上的枫叶放入衣袖，有的观赏树梢的红叶，有的闲聊逗趣，有的拿出随身带的干粮边走边吃。行人着各色服饰，有达官贵人，也有平民百姓；有北疆来的，也有南国来的。深秋的阳光洒在枫叶林上，穿透树叶的空隙，点点光斑铺洒在山路上。

我顿觉神清气爽，一口气爬到山腰，果然看见一座寺庙点缀在枫叶林中，走到寺庙正殿抬头一看，上边挂着牌匾：鎏金寺。

正殿大门有人进进出出，我信步走进去，里面有一方铜鼎，很多人在烧香跪拜，青烟缭绕，飘过庙宇的房顶，混染到枫叶的色彩里。我不是信佛拜道的人，但很欣赏这寺庙的建筑，真是精致又不失大气。红墙灰瓦，屋脊精雕细琢，呈现出各种野兽和花卉轮廓，被清爽的蓝天衬托得格外分明。

我转过侧门，继续往内殿走。内殿更为精致，窗格子雕刻有花纹，龙形图腾柱屹立在藏经阁的两侧。这里比大殿幽静得多。我正在赏玩这建筑，突然听见左侧禅房后面传来叫好声，我寻声而行，转过禅房，豁然开朗，见空地上有一名少年，手提长剑，衣袂飘舞，正在那里展示武艺。周边有六七位游客在那里啧啧称赞。

看那少年，身高八尺，浑身充满锦绣之气，温婉中又不乏雄壮气概。再看他的功夫，时而慢如阳春飘柳絮，时而快如狂风卷乌云，步伐和身形均收放自如，美轮美奂。他右手携剑，左手提壶，边舞边饮酒，无论酒壶如何转动，那壶中的酒毫无滴漏。舞到极致，这少年旋转身形，轻飘飘向禅房的瓦梁上纵过去，宝剑扫过枫叶，枫叶如红梅点点漫天飞舞，居然让人想到了春天凋零的樱花。花瓣纷纷落地，少年也轻盈地踩到地面。

众人喝彩。

我对少年惺惺相惜，按捺不住上前拱手道："阁下功夫，真是让在下大开眼界，可否赏脸同游，下山去客栈喝一杯？"

那少年看我一眼，喝了口酒大笑道："哈哈哈，好！就看阁下的酒量了。"

说完宝剑入鞘，他准备跟我下山。此时禅房里的小道赶紧跑过来问道："燕大侠，刚才你写的诗句，是否还要带走？"

"哈哈哈，暂且存放，等我跟朋友喝完酒再来取走。有劳你家方丈了。"

我好奇问道："阁下写的诗？"

"就是昨日上山前，路过窥狼河，突然有感而发，却被禅房的方丈大师听见，非让我题在禅房墙上，并要给我誊一份留念。”

我问道：“可否让在下赏鉴一番？”

“无妨，无妨！兄台请随我来！”

我们进入禅房，匠人正在制作卷轴，我抬头看墙上，确有用草书写的一首诗，那书法苍劲有力，时而委婉，时而豪迈，看得出书写的人纠结在出世和入世之间。我细读那文字：

白露吟·剑客孤心

白露感清凉，劲草知寒霜。
不见伊人影，天水各一方。
梦乡寻故道，舟横水中央。
冷月点苍穹，长剑空流光。

我暗暗喝彩，只是此诗虽然意境优美，在儿女情长中却透露出不得志之意，看来这位燕大侠另有故事。至于那书法，真是无可挑剔，跟燕大侠的功夫一样飘逸洒脱。我们从寺庙出来，顺石阶下山来到山脚下的小店，进店拣僻静靠窗户的桌子坐下，小二跑过来把桌子擦得澄亮，我吩咐小二道：“来一坛刺梨酒，一只烤鸡，两斤牛肉。”

小二得令，向后厨吩咐一声，刺梨酒先端上来。我给燕大侠斟上，说了声请，我们一饮而尽。那刺梨酒的香甜瞬间散发到全身，我们相视而笑，都知道这酒是窥狼河一绝。有这么一个传说：一位酒仙痴迷刺梨酒，喝了三天三夜，还是舍不得停，后来只得关了自己禁闭，才不再喝酒。

须臾，牛肉和烤鸡上来了，我们边吃闲谈，彼此寒暄问过姓名籍贯后，都是豪爽之人，于是大杯吃酒，毫无拘束地闲谈。

我给燕大侠满上第五杯酒，试探问道：“阁下一身好武艺和好文采，正值青春年少，最是快意人生之时，怎么在阁下的诗句中却透露着失意？”

“唉，”燕大侠喝了口酒，“林南兄，说来话长。”

我笑道：“我今日无事，不醉不归。”

燕大侠喝了一口酒道：“好，酒逢知己千杯少。今日就跟兄台详细道来。”

我让店家续上刺梨酒和牛肉，也不管那天色渐晚，耐心地听燕大侠讲他的往事。

原来燕大侠是孤雁岭人氏，从小家道殷实，饱读诗书，但性情放浪不羁，投军几次，却看不惯主将的庸俗，自己空有谋略和武艺，得不到施展。至于诗词中透露的儿女情长，倒没有这回事，只是借儿女情思来写愤愤之情。

我心想，此人文武双全，虽然放浪不羁，如果能因势利导，将来一定是不可多得的人才，而今国家正是用人之际，何不收到军中，为平定边疆储备人才。

于是我毫不隐瞒地说出了自己的意思。燕大侠爽快答应：“好，今日你我相识，也是人生快意之事。我们先痛快喝一场，然后我就随阁下到博都为国家效力。”

“好！”我佩服对方的抱负和志气，一饮而尽。随即吩咐店家把酒续上来。我们推杯换盏，一直喝到黄昏，小店里的人已散尽。我再吩咐店家续酒，店家抱歉说上好的两坛刺梨酒已经被喝光了，我们只好作罢。结了酒钱，晃晃悠悠，我花钱买了店里的红鬃马，赠给燕大侠当坐骑。我们上马，怎奈酒喝太多，坐立不住，又只得下马。我兴致正高，干脆给店家一锭金子，把店家用的篷车也买了，拿两匹马给套车上，也不管天色已晚，跟燕大侠一起驾车上了官道。

我们一路继续饮酒畅谈。天下大事，江湖趣闻，无所不谈。行了五日，日薄西山的时候，到了博都西门。夕阳的光辉把博都建筑照得通红，雄伟的宫殿掩映在夕阳余晖下，宫殿门口的大铜鼎巍然屹立阳光里。

突然燕大侠叫我停住，对我说道："兄台，看博都这雄伟景色，在下还想吟诗一首。"

"好雅兴，快请！"我赞叹起来。只听见燕大侠随口吟道：

红云迷醉车行处，手把铜鼎饮残阳。
吞尽尘世清浊泪，空杯换盏亦留香。

我赞叹道："真是英雄所见略同！这首诗可以题名为'醉驾博都'了"，说完我二人相视而笑，催马进城。

等我睁开眼睛，发现公交车已经到站，我赶紧下车，赶往客车站坐大巴回学校。

第十章　北国有佳人

我没有才华，但有棱角。从小时候开始，我就知道自己是这样的人。有一天我起床照镜子，发现脑袋饱满了，啤酒肚有增无减，原来这些年，我不仅被社会磨平棱角，也被岁月改变了体形。

昨晚计划今早五点起床，可闹钟连续响了两次都被我关掉了，然后继续睡。闹钟可不干了，抱怨道："主人，你是个什么玩意儿？既然让我五点叫醒你，怎么又不起来。闹了这么多年，没见过你这样意志薄弱的。"我也不在意，继续每天设闹钟，每天都晚起。

其实起得也不晚，我七点起来，刷牙洗脸后，匆匆嚼了块面包，拿着牛奶赶往停车场。我启动引擎，打着哈欠，像幽灵一样隐匿在上班的大军里。我在想，这上班大军里有多少人跟我一样曾经很叛逆、高傲、捣蛋，而今不得不为了柴米油盐乖乖就范。想着想着，突然发现导航屏幕已显示 7：55。我赶紧一脚油门下去，速度刚提起来，前面正赶红绿灯，我又一脚刹车踩停。后面的车使劲鸣笛抗议，应该是差点要撞上我的车尾。

我总觉得早晨 8：00 前这几分钟，是公路上最危险的时刻。无论是开车的骑车的步行的，都处于危险之中。很多交通事故都是为了赶打卡造成的。但说句公道话，这种危险不能赖打卡，如果早几分钟从家里出发，也不至于抢点。如果不打卡，不知道有多少人要投机取巧，在家里待着还拿全勤工资。

下班路上跟上班路上一样危险，虽然大家不赶时间了，但忙碌了一天，因为劳累或负面情绪，等着找人发泄。遇到加塞的、开大灯的、抢行的，我就忍无可忍。你看现在我车后就有一位，这王八蛋开着大灯跟我好几公里。我把车速压得很低，他又不超车。最后我索性把车踩停，然后下车过去问他怎么回事，等对方摇下玻璃，没想到是个人高马大的光头，光着上半身，脖子上挂着大金链子，遍体都是文身，好一个大胖子！我心里琢磨如果真对决起来，我必定占下风。这家伙恶狠狠地问道："哥们儿，你这是怎么啦？"

我不敢说是因为他开大灯的事，心里灵机一动，改用温和的口吻说道："大哥，刚才我跟在你后头，看见你车的防倾杆变形了，所以特意超车逼停你。你最好检查下。"

"什么？防倾杆？"他粗声粗气地问道。

"对。感觉太明显了，你从正后方瞧瞧。"

这家伙虽然强壮，却是个"二货"，果真打开双闪，下车跑到车后，跪在地上琢磨起防倾杆来。我忍住不笑，继续行驶，从后视镜看见这哥们还在那里检查防倾杆。其实防倾杆是什么功能我也不清楚，希望他能搞明白。

一路上我挺得意，觉得自己还挺机智。但也很瞧不起自己：这算不算欺软怕硬？如果今天遇到的是一个瘦弱的小个儿，我会不会装腔作势骂几句？如果遇到不会开车的女司机我怎么办？如果遇到情绪躁动的人，手里拿着刀呢？我这样做算不算见风使舵，看人下菜碟？

回到家，老婆已经做好饭。你一定会问，谁是我的老婆？是圆圆吗？还是何馨兰？或者是苹果姐姐苏莹？其实都不是。不多提了，我还是跟你讲讲在我梦中关于何馨兰的事吧。

自从离开何馨兰之后，时光飞逝，转眼就是三年。这次回博都，我一定要去看看她。等我到了她家府上，跟她见面时，只见她穿着披风，人瘦了很多。正因这一瘦，反显出沉鱼落雁的美人身段来。她带我进屋坐下，吩咐丫鬟给我倒了一杯茶，满脸忧愁，急切地问道："奎文为何没有回来？"

她又在担心未婚夫奎文的安危了，我赶紧回答道："公主有所不知，奎文将军现在是飞羽国的元帅了。"

何馨兰很纳闷地问道："怎么就成了飞羽国的元帅了？"

我只得详细将征伐飞羽国的经过讲给她听，并安慰她，只要耐心等些时日，等陛下委派了新元帅，奎文就能回来。

何馨兰一言不发，转身回闺房去了。他父亲赶紧过来道歉到："林将军，小女不懂礼仪，还请不要见怪"。

突然门外报宫里的洪公公求见。何馨兰父亲开门迎入。洪公公满面春风，进门看见我，抱拳打了个招呼，然后对何馨兰的父亲说道："王爷，恭喜了！"

"何喜之有？"

"是一门龙凤配的婚事，请问馨兰小姐在何处？请出来接旨吧。"

何馨兰父亲心里觉得奇怪，但接圣旨要紧，只得让丫鬟小翠把何馨兰叫出来。洪公公用他那太监特有的嗓音读道：

圣上有旨：

何馨兰长于博都，端庄贤淑，通情达理；琴棋书画，无一不精。为与北疆沙兹国修好，特赐婚何馨兰，与沙兹国王爷白顷木和亲，即日启程。钦此。

何馨兰听罢，满脸现出忧愁来，洪公公却笑嘻嘻地说道："公主谢旨吧。"何馨兰仿佛没有听见，还是王爷说了句："谢陛下！"

接了圣旨，王爷对洪公公说道："小女被老夫惯坏了，不懂礼数，还请洪公公不要见怪。"

洪公公道："无妨，无妨，恭喜王爷。咱家有事先走了。"

何馨兰不声不响，走到花园中，我怕她寻短见，于是也跟随其后。园中桃花已经开了。我本想安慰她，但不知道怎么说。何馨兰走过桃花走廊，伸手扫过一朵朵鲜艳的花朵，把花瓣薅下来，扔到旁边的小溪里。在后花园转了一上午，整个春光被这位伤心公主摧残得所剩无几，又有点回到冬天的感觉。

我试图给她讲一些征战的事转移注意力，可她听不进去。她跟奎文青梅竹马，本想嫁给奎文厮守终生，而今博国派她去跟沙兹国王爷白顷木和亲，这对鸳鸯从此真要天各一方了。

何馨兰坐到书桌边叹了口气，提笔写下八个字：咫尺天涯，等君相会。然后郑重地递给我，让我转给奎文。

"这是何意？"我问道。

何馨兰叹了一口气道："林将军，请把这几个字捎给奎文，并告诉他，此次和亲并非我有心辜负，我也是迫不得已。我一定遵守当年跟奎文定下的誓言，到了沙兹国，跟白顷木说明我已心有所属。如果对方相逼，自己就随时了断。”

我本想安慰几句，可找不到合适的话，只好作罢。次日醒来，宫里已经派出送亲仪仗队，十名侍女来给何馨兰化妆。博王让我带领三十名铁甲武士送亲。我换了将军装束，威风凛凛。博王说这次出使须不卑不亢，不得辱没博国的脸面。我近年因刻苦练习，武功已经非常人能及，也熟悉沙兹国的道路和风土人情，对此任倒不以为意。

送亲大队整肃完毕，旗帜迎风飘扬。何馨兰穿裘皮披风，在丫鬟的搀扶下走进轿子，香风四散，完全是绝美的上邦淑女的形象。王爷亲自给何馨兰饯行，还勉励几句：“女儿深明大义，到了沙兹国当勤勉家事，做个贤妻良母，让两邦永世修好。”

我辞过王爷，带领和亲队伍往北而行。大军经过北沙城，只见冰雪已经融化，到处呈现出一派初春的景象。何馨兰从小在博都长大，还没有看过北国的山水和城郭，走了三四天，伤心的感觉没有了。北方的树木、山水、人物，让她对沙兹国的畏惧减少，向往增多。

送亲大队离开北沙城上孤雁岭，轿子无法通行，我给何馨兰安排了一匹马，何馨兰骑在马上，说比乘轿子好多了，湖光山色都尽收眼底。有时候我看见猎物，射下来烤熟，何馨兰也过来品尝，觉得这些野鸡大雁是人间顶级的美味。

翻过孤雁岭，我安排轿子给何馨兰，但她骑马已经很熟练，于是拒绝道：“林将军不必如此，我骑马就行，也好让沙兹国知道我们博国女子不是弱不禁风的花朵。”

我暗暗称赞，她终于变强悍了，希望将来不再吃亏。次日大队进入百花岭，山并不高，但全是花海，正赶上春天，到处是各种杏花、桃花、李子花、杜鹃花、牡丹花……五颜六色，争奇斗艳，山岭弥漫着花的香味。何馨兰完全陶醉了，博国是她过去的梦，沙兹国是未来的梦，只有这芬芳四溢的百花岭，才是她最真实的生活。一个人进入一种生活状态，需要几天的时间，然后其他日子会成为遥远的回忆，但在百花岭，只需一刻的时间，送亲队伍所有人就切换了生活状态，大家把过去的事都放进记忆里。

大家依依不舍穿过百花岭，走到一片开阔地界，看见寨门和守卫，后面的高山耸入云端。寨门写着几个大字：沙兹国。

我有些替何馨兰感到悲凉，想这旅途经历，就像前半生，无论经历好的坏的，最后都会结束，而现在到了沙兹国，过去的人、事、景，都得统统收起，成为昨天的梦境。这位弱女子，就要独自面对陌生的异国世界了。

通报姓名后，寨门徐徐打开，里面走出来两队迎接的人，很是齐整，都穿戴着镶金边的衣服，带头的是一位腰束金带的人，侍女跟随着，这群人富丽堂皇，一点也不像边疆的野蛮人。

南国的送亲队伍跟随他们走，山道还算宽敞。只见沙兹国的都城都建在山上，城里的百姓都跑出来观看这位远方来的公主。何馨兰也不蒙面，沙兹国的人民一睹芳颜，纷纷赞叹上邦淑女风采。

行走数里到了王宫，沙兹国接见，互相礼毕后，我们被引到内殿跟白顼木相见。何馨兰看了我一眼，表情很紧张，等待着未来的夫君。我想这白顼木出来时，一定有特别的仪式。哪知仪式还没有开始，突然伴随爽朗的笑声走出来一位公子，这人说道：“我来看看南国公主是何许人也。”

何馨兰循声望去，只见一位身穿蓝袍的公子走了过来，步伐稳健，到何馨兰面前半跪致礼道：“在下沙兹国王子白顷木，拜见公主！”

“见过殿下。”何馨兰不敢抬头，只小声地回应了一句。

我打量了一下白顷木，发现这位王子一点儿也不粗野，反而跟奎文有几分神似，天底下怎么会有这么巧的事情。白顷木和奎文这两个不相干的人远隔千里，竟长得像兄弟一样，神色举止都很相似。我想这下好了，如果白顷木善待何馨兰，也算是上天的一种补偿吧。

安顿已毕，突然来了一位女人，拜见何馨兰道：“恭喜公主！公主能嫁给白顷木，也是前世的福气。白顷木文武全才，胸怀天下，为人又宅心仁厚，将来公主必定幸福。”

何馨兰有些纳闷儿，于是问道：“你是何人？”

对方回答道：“我是殿下的丫鬟慕容娇。”

我看这慕容娇，长得天香国色，一点儿也不像个丫鬟，从眼神和语气判断，此人对白顷木甚是倾慕。

慕容娇跟何馨兰打过招呼，从袖中掏出一把珍珠手链，递给何馨兰，当作见面礼。何馨兰也不推辞，欣然接受，一派大家闺秀的风范。我很担心慕容娇是白顷木的妻子，这样的话何馨兰岂不要做妾，但鉴于是和亲，沙兹国不至于敢如此无礼。即便慕容娇跟白顷木关系非同一般，也最多是白顷木的妾而已。

我在沙兹国住了几天，查看当地风土人情，细心梳理跟朝臣的人脉关系。白顷木对我非常客气，与何馨兰也是相敬如宾。何馨兰除了想念家里的亲人，倒觉得跟在家里一样，慢慢地她对沙兹国的食物和风俗有了好印象。

随后白府举行婚宴，我作为博国送亲的将军出席。只见府中张灯结彩，很是热闹。博国和沙兹国风俗不一样，但我看对方也没有刁难之意，于是一切任由对方安排。我劝何馨兰既来之则安之，并鼓励她要勇敢地活下去，将来才有机会见到奎文并解释自己的处境。我心想：一位绝世佳人，两位相似的潇洒郎君，他们以后还会很有多故事吧。

何馨兰心态平稳，欣然参加了沙兹国的婚礼仪式，慕容娟反而出事了。正当我和白顷木举杯之时，突然白顷木家臣来报:“殿下，不好了，慕容小姐不见了！”

白顷木听了当即放下酒杯回府，我不便细问，只跟随白顷木去寻找慕容娟。我们在府中前后找，没有人，又到后花园找，也没有人，再次回到慕容娟的房间，只见桌子上灯油未干，灯下有一封书信，上边写道：

殿下：

妾身薄命，流落朔方，不想遇到殿下侠义相助，对小女子照顾有加。本跟殿下心灵相通，原想伺候殿下一辈子，无奈殿下家国重任，和亲事大。何馨兰温文尔雅，殿下气宇轩昂，你们才子佳人，真是天造地设的一对。妾身不想为王爷徒添牵挂，原你们白头偕老。就此别过。

慕容娟

白顷木看罢，大喊一声，瘫软在地，这个热血男人眼眶里竟流出泪水来。我上前扶他，却怎么也扶不起来，正要安慰一番，突然听见有人喊：“快起来吃晚饭！”

原来老婆已经做好饭了，我赶紧进厕所洗把脸，然后坐下来吃饭。关于何馨兰的梦，不知道是吉是凶，看来我得给何馨兰打个电话问候一下，毕业这么多年，也不知道她过得怎样。

我没有跟老婆聊梦的事，怕她追问何馨兰究竟是谁，也怕她胡乱猜想。吃饭时，我只跟老婆聊一些白天上班发生的鸡毛蒜皮的事。我们轮流着说，只顾说自己的事，互相都只是“哼哈”迎合彼此讲的事。我也知道，我们对彼此的事都不感兴趣。很多人都是这样，同事之间、朋友之间、亲人之间大多数都是这样，聊天的时候很少倾听，只顾表达自己。而小时候，我常常见到很多人津津有味认真地听别人讲，我不知道是哪里变了，是因为当年的爆料太少？还是因为今天的信息太多？抑或是因为别的？

吃晚饭我就去洗碗。结婚后我一直坚持洗碗的习惯，因此我觉得自己还算个好男人，其实这是因为我别的事情干得太少，心虚没底，所以拿洗碗来找平衡。

我不知道有多少男人在家里洗碗，反正我挺讨厌洗碗这事儿。为什么不积攒两天洗一次？每天都是一样的操作，乐趣比炒菜差远了。媳妇炒菜的成就感我体会不到，但她炒菜后端上桌子没人吃的挫败感我也体会不到；每次我抱怨饭菜不合口味，她都会大怒，甚至要拿离婚来威胁。我想象着我俩站在民政局大厅，工作人员问为啥离婚，我们齐声回答：因为饭菜不合口味。

其实你别以为只是一顿小小的晚饭，这是家庭生活中的大事。我心里也挺委屈的，在单位心里不爽我忍着，在家里吃饭不合口味也要忍着吗？家里应该是一个坦诚表达意见的地方。正因如此，很多人对自己的亲人总是直来直去，但对别人却客客气气，虽然实话实说是亲近的表现，但这也很残忍，对方下班后不辞辛苦做了晚饭，即便不好吃，违心夸赞几句也是应该的。

洗碗过程中，突然觉得老婆很不容易，她当年是学财务的学霸，也算是学校的才女，而今沦落到因饭菜不可口就被老公数落，我真不是东西。老婆的这种处境我说不出来，算怀才不遇吗？不算，充其量算嫁错人，跟怀才不遇是两码事。

你看那些怀才不遇的人，多多少少都会觉得社会对不起他们，大多数都是小有才华但又不善交际的人，他们不重视流畅合理的沟通，丧失了很多展现才华的机会。从古至今，这些怀才不遇的人，他们都有非凡的才能，比如会打仗、会治国、会治水、会天象，但就是不善于协调人际关系。大多时候，怀才不遇是性情使然，未必是社会造成的。

难不成我也是怀才不遇？在单位我喜欢各种“自告奋勇”，无论是自己职责范围内的事或者其他事，我都主动参与，久而久之，属于不属于我的工作都落到我身上，反而那些看上去笨拙这不会那不会的人，更能做一个默默无闻的混世魔王。别人知道他们不会，也不会因为他们做不了某些事而责怪他们，看来努力工作的同时还得重视沟通技巧的提升。

想着想找，突然听见老婆在客厅叫我：“死猪头，你在干啥呢？洗个碗怎么费这老半天工夫？”

我才意识到走神了，我反复刷盘子，刷了四遍。

“死猪头！”这名号让我充满安全感，老婆这么骂的时候，感觉一切正常，哪天她不骂了，我反倒觉得缺点啥，心里空荡荡的。

收拾完厨房，我脑子还是没能静下来，于是我推说要出去散步，到楼下的广场去。我也懒得走路，白天累了一天，实在没力气。我点了一支烟，坐在凉亭边看大妈们跳广场舞。其实也不全都是大妈，有的很年轻，身材还不错。这些女人，平时在大街上走，看不出妖娆的身材来，等她们跳舞时，别看都是中老年妇女，还挺有风姿。领舞的是位大爷，那风姿比女人还妖艳。在不紧不慢的乐曲中，他们转啊，转啊，转了一圈又一圈。听着这广场舞的乐曲，时光视乎变慢了，永远不会老去。这跟在遥远的山里老头饭后抽旱烟一样，永远那么悠闲自在，时间总是在此刻停了下来。

看着他们跳舞，我不停地抽烟，点了一支又一支烟，感觉手里没有烟就配不上这乐曲的节奏。我在想，多年后等我老了，加入他们一起跳广场舞的时候，还会有多少次被别人在没有功利需求的前提下想起？如有三五个这样的知己，我就没白活。

我继续抽烟，烟一停就不能好好思考。为什么我这么累呢？可能是太过认真的缘故，这算是强迫症的一种。每一项工作任务我都认真对待。我也知道，有些项目文件什么的，阅读的人根本不会在乎文件的格式和标点，但我还是字斟句酌，做到完美。这些细节不会在我的工资里体现，但我已经走火入魔，无可救药。

只要经我手的文件，我就想调格式，就像看到一颗钻进墙里只没入一半的钉子，我非得用锤子把它砸到位，否则我会睡不着觉。这跟当年上学时英语课本里的故事一样：有个人每天睡觉前，都会听见楼上两声响，原来是楼上的人睡觉前脱鞋扔到地板上的声音。但有一次，这人只听见一声响，于是失眠了一整夜，因为他一直在等另一声响。

我不知道这样比喻是否得当，总而言之，我觉得自己器量太小。大事小事不分轻重，操同样的心，最后只能让自己过度损耗，早早老去。

我伸手再掏烟，发现一盒烟已经抽光，终于再也想不下去，还是赶紧回家做项目报告书吧。

第十一章　成千古恨

认真的毛病还是改不了，昨夜熬到十二点，把项目报告书做好了。工工整整，包含封面的字体以及封皮的颜色都很考究。

今天我准备去拜访一下老黄。

我拿着这份项目报告书，八点多就冲进地铁站，感谢身强力壮的保安把我推上车。辗转换乘之后，从地铁站出来，去那栋最豪华的办公大厦，他们称之为 tower（塔），我一直琢磨不透塔和大厦的区别。

大厦门口的保安穿着制服，很威武。上次我来送文件，穿得很邋遢，这哥们不屑地看了我一眼，硬是没让我进去，后来我打电话给老黄，他才放我进去。三个月了，我想他已经不记得我，这王八蛋怎么也不会料到：今天的我穿得如此光鲜。

我整理了一下领带，抬头挺胸走过去。我觉得自己的气势很像老板，公司注册资本少说有一千万的那种老板。我根本不稀罕瞅他一眼，我大踏步走上台阶，他娴熟地过来给我拉开门，我径直往电梯口走去。

上到十六楼，电梯打开，整层楼都属于“ABCD 繁荣昌盛有限公司”。老黄笑嘻嘻地站在门口等我，跟我寒暄，问我怎么来的。我没好意思说是坐地铁来的：“哦，我从开发区过来，司机不太熟，晚了几分钟！”说完后我使劲憋住不笑。居然编出我的“司机”，我都惊讶自己脸皮厚到如此程度。

其实老黄不姓黄，他本来姓白，但一开会讨论，无论任何事，他就喜欢把话题往性事带，后来大家只好称他叫“黄总”。

老黄把我带进接待区，绕过一个大厅来到会议室。黄总说：“林南先生，您先坐会儿，我安排他们给您倒茶。”老黄出去了，会议室的门砰的一声关上，顿时外边大厅里的声音完全被屏蔽。我把文件放在桌子上，不小心碰掉一颗曲别针，掉在地砖上叮当一声响。我想这会议室里，蚊子盘旋的声音也能听得到。

我站起来围绕会议桌转了转，只见墙上挂着各种字画，确切来讲是古诗词，有李白的《将进酒》、苏东坡的《赤壁怀古》，还有柳永的词。我搞不懂老黄是怎么想的，企业挂《将进酒》还有几分奋进的意思，《赤壁怀古》和柳永的词，总让人感到伤怀。

我太了解老黄了，他没怎么念过书，内心有种“学历自卑感”，他以为大学里学过的东西，在校外是无法补上的。老黄的这种自卑感我是怎么看出来的呢？因为整个公司上千人，招聘任何员工，老黄都要求应聘者必须是本科学历及以上，这快把人事经理给搞疯了。

突然有人敲门，有位年轻美女送来茶水，向我笑得好甜。我示意她把茶杯放在离文件远点儿的地方。我每次见到这些微笑的美女，都很好奇：她们脸上的笑是不是因工作需要装出来的，她们是不是发自内心地笑？我曾经在保养车时见过某些售后服务店里的工作人员，笑完不到三秒钟，马上面无表情地给告诉你："先生，这几项是不包含在优惠价格里的。"

笑就笑吧，这是人家的工作。又何必介怀呢？笑与不笑，业务还得继续合作不是。

老黄突然来了，他弯腰表示歉意，赶忙说道："对不起！对不起！有点小事儿耽误了几分钟。"老黄总是这样，每次来都说"对不起"，每次都是因为小事儿耽误了几分钟，既然如此，为什么不把小事儿放下，先接待我，他的意思是我还没有"小事儿"重要。

老黄接着说道："项目的事情您请放心，明天我就把合同发过去。"我还没有开口回应，老黄就站起身来，热情地邀请我："上午我刚从德馨大学请来音乐教授，正在一楼多功能厅进行交响乐表演，您也去看看。"

我还没有说完"我有事"，就被他拽出来乘电梯去演奏现场了。说实话，这些大学音乐教授演奏得真是不咋的。我不懂交响乐，我感觉越听越烦躁，到高潮部分，我真想跑过去把那些乐器都给砸了。

"哎哎，老林！你想什么呢，看演出啊！"老黄笑嘻嘻地推了我一把，打乱了我的思绪。我也笑嘻嘻对老黄点头示意，但我心里想：老黄这家伙坏得很，从小没好好上学，如今成了暴发户，成天去这个学校请教授，去那个协会请专家，其实他并非真的想学东西，只是三番五次折磨这些文化人而已。说来也气人，总有那么一些人屈身就范，突然让我想起西门大官人家的喜事来：张灯结彩，各种吹拉弹唱的都在作贺。

我实在看不下去了，口里冒酸水，我说道："老黄，演出确实很有水平啊，恢宏大气！振奋人心！让人觉得牛气冲天，快马扬鞭自奋蹄！今天就到此，我还得回公司。"

老黄很得意，也不留我。我走出演出现场，找到卫生间，一溜烟冲进去，天昏地暗地呕吐了一地。打扫卫生间的大爷一定会骂我八辈祖宗，但我也没办法，起先我听乐队表演就有恶心的感觉，我忍住了，后来作别老黄时，我又说了几句肉麻违心的话，就忍不住吐出来了。

漱完口，我整理一下领带，照照镜子，发现自己跟进来时一样光鲜、潇洒、帅气，于是我大踏步走出大厦，那个保安又弯腰给我拉门了。我假装在停车场找司机和车，转过拐角，到保安看不见的地方，往地铁B入口飞奔而去，因为此时已经21：50，再过10分钟地铁站就关闭，赶不上地铁，我还得放血打车。

有人说，贫穷会限制想象力，对老黄这样的人来说，知识的贫穷大抵也会限制想象力的吧。想着想着，我对老黄从厌恶到憎恨，竟在地铁上做了一个残忍的梦。

地铁哐当哐当，把我送到了孤雁岭下的军营中，大家正围着篝火喝酒吃肉的时候，突然有快马送来报："林将军，黄雅卿把将军的父亲和哥哥都囚禁了，说是将军您太清高，目中无人，不把他看在眼里。"

不好！原来老黄看出我对他的鄙视来了，这人真是无耻，有过节不冲我来，竟然对我的家人动手，真是卑劣至极。我火冒三丈，但在军中又不好发作，我想现在没有战事，不如告假回去一趟。次日我就离开孤雁岭，赶往舒黎城来。

正值八月金秋，舒黎城的土地已经是收获的景象。士大夫的车马从驿道驶过。微风送爽，南国广阔的田野闪着金光，饱满的稻谷层层起浪。

可惜我没有松快的心情，这次老黄对我父兄下手，欺人太甚，我得好好给他点颜色看。我先召集了几名江湖侠士，然后在舒黎城内找了间客栈住下，决定乔装打扮后到老黄家问个明白。

骑马赶到了老黄家，门口冷冷清清，赫赫有名的大将军府居然如此冷落，有几个小孩子在门口玩掷瓦片的游戏，没有我想象的人多势众，倒是有个苍老仆人出来搭话，絮絮叨叨说老爷不在家。

突然之间，从房侧冲出一群牲口，马牛羊等潮水一般向我们冲来，我迅速躲到马腹下，试图冲过去，无奈一头健壮的公牛把我掀翻到路旁水沟里。等我再抬头看时，牲口已经无影无踪。我纳闷儿老黄府中怎么会喂养如此多的牲口，正想着，突然黄家正门开了，走出一位管家来，对我示意道："阁下请随我来。"我昏昏沉沉，被数名大汉簇拥着带到厅上，对方问来意，我谎称是北沙城的赵恒清麾下，特来祝贺黄将军平定叛乱。

管家说将军已经回军中去了，说完献上茶来，然后出去安排酒饭了，把我单独留在客厅。我在客厅踱步，房墙上挂满各种字画，跟老黄办的公司里挂的字画如出一辙。不一会儿饭菜上来了。吃完饭，我去侧房净手，在转角处听见正房里隐约有人说话，前半句听不清楚，后半句是："……不要让他回去报信，回程途中埋伏，等天黑就地截杀！不得有误！"

我登时吓出一身冷汗，蹑手蹑脚走回饭桌，装出若无其事的样子，管家出来，我笑嘻嘻地鞠躬道别："谢谢管家好意，我得回去了，等将军回来了我再上门拜会。"

管家抱拳送我出大门："阁下慢走！"

我说了声告辞后就赶紧离去。我先假装从大门大摇大摆走出来，转过弯道，在管家看不见的地方，迅速折了个弯，钻进枯黄的玉米地，绕小路从后山逃回。

回来后我一五一十把自己的遭遇告诉侠士兄弟，众人很是愤怒。我拍案道："老贼欺我太甚，此事不好明面解决，只能私下复仇！众兄弟可否与我同行？"

"愿意跟随！"众人果断地回答，很佩服我的气魄。

我又加了一句："事不宜迟，需要立即行动，现在黄家壮丁外出埋伏，其府上必定空虚。"

"好！"于是众人全部穿上黑色的蒙面装，各带短刀直奔黄府，趁月色摸进去，四名兄弟从后山跳入，另一名兄弟跟我走正门，谎称潜伏截杀成功，回来复命。

等管家开门，我一个箭步冲过去，一刀将其撂倒，里面冲上来三个帮忙的，被众兄弟左右挥动短刀，也送地府报到去了。此时听到厅堂上有打斗声，看来后山的四位兄弟已经得手！我冲进去，不费吹灰之力，也毫无伤亡代价，把堂上的四名敌手放倒。再看府中已无男子。

众兄弟擦干短刀上的血迹，商议接下来的问题：如何报官？妇女孩童如何处置？

我说道："兄弟们，妇女孩子就饶了吧，我这次杀了老黄的家人，他绝不会善罢甘休。兄弟们先远走高飞，我也要暂避风头，来日大家再相聚痛饮。各位相助之情，在下铭记于心！"

众人感叹不已，只能就此别过。我逃亡往霓裳国。这日在一家海鲜馆里吃饭，旁桌突然来了几个舒黎城口音的人，都是商人打扮。几人要了螃蟹和桂花酒，边喝边谈。其中一个大胡子道："在江湖跑了这么多年，真是各种怪事都可能发生，前几天冯员外家就被血洗了。"

另一名文雅的同伴道："冯员外一向宅心仁厚，没有江湖仇怨，怎么会发生这样的事？这事太怪异了。"

另一位回答道："有人推测，仇家可能是来报复黄将军的。上个月这黄将军刚把宅子卖给冯员外，估计是误杀！"我吓了一跳，如果真这样，岂不是铸成大错。

那位大胡子继续说道："怎么会有此事？"

文雅的人道："唉，江湖上的事谁说得清楚，再说晚间发生的事，误杀的可能也是有的。"说完几人的土碗碰在一处，随后他们将其中的酒一饮而尽。

我满脸燥热起来，红到脖子根，倒不是因为喝了几杯酒，而是预感自己犯了大错，为了报仇，不问青红皂白就把冯员外的家人杀了。吃完饭，我带上斗笠，取消了去霓裳国的计划，返回舒黎城调查事情的原委。

我夜间潜伏到黄府门口，只见大门上挂了白色的布幔，门口站立了很多兵丁，已经有人过来料理丧事。并没有看到老黄家的任何一人。我找了一个做杂役的老人询问，他一五一十给我讲述了情况，果然跟酒店里的人所说的一致。最后老人说道："也不知是什么缘故，只可惜冯员外一家，稀里糊涂就被一伙刺客血洗了，不知道他究竟得罪了什么人。"

"老人家，实不相瞒，是我带人杀了冯家人！你要报官就报吧！”我惨然道，身子瘫软在那里。老人先是吓了一跳，看我没有恶意，也没带兵器，于是放胆接问道：“这是为何？阁下跟冯员外有何仇怨？”

“我本来是找黄家人复仇的，怎奈我乔装来探时，听他们说要截杀我，于是断定没有错，此事从头至尾都是因黄家而起，不想如今错杀了。我这是罪不可恕！”

老人沉默了一会儿说道：“公子，你快走吧，就当我没见过你！你的事情我也不会提一字的。

我心如刀割，魂不守舍，游荡在大街上，大仇未报，竟成了千古罪人。但有一点我想不明白，既然冯员外并无江湖仇怨，我怎么偷听到“就地截杀”的议论呢？此中也一定有蹊跷。但转念又一想，冯家人也许跟别的人有过节。但无论如何，冯家跟我无冤无仇，即便他们把我错认为仇人要置我于死地，我也可以逃跑了事，不至于要满门诛杀，我这是干完坏事找理开脱，难道这是人的天性不成？

怎么办？我是亡命天涯呢，还是投官自首？若不早早决定，恐怕要寝食难安了。正在苦苦纠结的时候，突然听见一个声音说道：“乘客您好，终点站文化广场已到达，请下车！”

我悬着的心终于落下来了，我没有铸成大错，只是在地铁车厢里睡了一阵子而已。我内心不禁感叹，对老黄的反感之情，在梦里竟然演化成惊天惨案，我再也不怀疑梦的创造力了。

第十二章　说走就走的旅行

昨晚有点累，确切来说是有点恶心，其实老黄也坏不到哪里去，但跟他已经不是一个频道的人，再说我们的财富级别也不在一个层次。如果要按钱的多少来衡量才能的话，他是当空皓月，而我萤火之光都谈不上，对这些咋咋呼呼无处不显摆的人，我只能送他们三个字：你赢了。

不想这些烂事了。时光匆匆，冬去春来，运河边的樱花落了又开了。当年惦记着去南方找工作，后来因为各种牵绊留在了北方，只恨北方的春天总是姗姗来迟，即便到了四月底，到处还是光秃秃的，毫无春天的气息。我决定出去追赶春天。

时值五一劳动节，我就用此假期，开车出去转一圈，来一次说走就走的旅行。

除了追赶春天，另外还有个理由：小时候就梦想多看看祖国的大好河山。如果年复一年待在同样的地方，等自己老了，一辈子没有去过几个值得去的景点，岂不是很遗憾。

头天晚上下班直奔沃尔玛，买了饮料、面包、水果，主要是为了省钱，毕竟这个年纪各方面都要花钱，不能光为旅游不顾后果，所以本次旅行是地道的穷游。晚上兴奋得睡不着，该去哪里呢？这种未知的感觉让我有些亢奋。周边的景点，长城、故宫去过很多次了，海边也去过，不如一路向西，我决定先看五台山，之后的行程再说。

准备好了雨伞和衣服，早睡早起。次日清晨就出发，当天下午赶到五台山游玩肯定来不及，于是先到五台山东边二十公里的一个景点：阜平天生桥瀑布群。顺利到达后，我在网上团购了不到一百元价格的酒店，本没期望过高，入住之后有点惊讶，房间干净又宽敞，热水空调宽带一应俱全，老板还很客气。

办理完入住手续，我直奔瀑布群。景区现在雨水少，瀑布也不壮观，不过小河流水潺潺，清澈见底。我顺河边漫步，走了两里路，慢慢进入山里。人越来越稀少，这里与世隔绝，今天上午我还在繁华的都市，现在就到这寂静的山里，感觉一下子离开城市好多年。我已经完全切换到另一个世界。

晚上回到酒店，跟多年前住在祥坤爷爷的小木屋里一样，静得出奇，纽扣掉在地上的声音也听得见。我溜达出去找吃的。小镇上饭店都关门了，好不容易找到一家亮着灯的，也不营业，我走进说太饿了，吃什么都行。老板娘微微一笑，把我往里屋带，我心想是不是见我长得帅，或者见我穿得光鲜，要对我谋财谋色的。等我跟她进到里面，才发现自己多虑了。原来里面是一间敞亮的饭厅，他们一家子正在吃一种类似煎饼的东西，颜色金黄，香气扑鼻。老板看见有人进来赶紧让座。我也没客气，跟他们一家子坐在一起大吃起来，原来这饼是玉米做的，里面加了肉丁和醋，入口充满清香，瞬间一个吃完，我又要了一个。往复再三，七个饼已经下肚。他们家两个小娃娃好奇地看找我，原来我把盘子里剩下的饼都吃了。

我不好意思说了声抱歉，问共要多少钱。两口子乐呵呵地说，饭店已经打烊，这个算招待客人，不收钱。这怎么使得，于是我说道："大哥嫂子，你们要不收钱就是看不起我。"

他们终于收钱了，每个饼两元，一共才十四元。在酒桌上，如果别人敬酒你不喝，他就说你看不起他，所以你只好喝了。我把这招搬过来，居然也管用，但感觉有点玷污了他们一家子的盛情。

吃晚饭打算回酒店，天已经黑了，月亮还没有上来。老板竟然给我一个火把，又外加一根竹竿。我问这是为啥，老板说火把用来照亮，竹竿用来防狗，把我逗得哈哈大笑。我说用不着，我手机带有手电功能，但他两口子执意让我带上。

好意难却，带上就带上吧。也好，感受一下原生态的生活方式。于是我没有用手机照亮，点着火把，顺马路赶往酒店的方向。才八点多钟，路上竟然空无一人，也没有灯光。远远看去只有竹林和房舍的轮廓矗立在黑暗里。好喜欢这种感觉，整个世界一下子安静了，我沉醉在这静谧的时光里。

我举着火把，边走边想，一定要好好体验此情此景，这种地方，一辈子未必能来第二次。白天阳光明媚，干净的空气让人几乎醉氧，夜晚安静祥和，绝对的寂静。这情景永远只属于此时此地。

我正陶醉在这夜路上，突然听见远处有人家的狗汪汪汪叫了几声。我也没当回事，从小在农村长大，晚上偶尔听见汪汪几下，这很正常，是狗之常情。我继续往前走。听见狗叫声越来越近，等我抬头看时，对面一只大黑狗正向我冲来。此时如果我翻身逃走，必定被咬无疑。我想不如硬着头皮迎上去，没准能吓退它。于是我壮胆也冲过去。这黑狗不仅不害怕，反而叫得更凶。我们在不远的地方狭路相逢。

“不好！”我赶紧横过竹竿，那黑狗已经跑到我近前，跳起来攻击我的左胯。我甩过竹竿格挡开，这畜生很聪明，扭过头又来攻击我右侧。我又把竹竿转过来。这竹竿有点长，施展不开，几个回合之后，我的腿差点被咬住，裤子被撕了个口子。

完了，这样纠缠下去，我一定吃亏。看来长兵器真不适合肉搏战。饭店老板大哥，既然好心给我打狗棍，为什么不给短一点的，大黑天的我真是招架不住了。

我正分心，那黑狗纵身跳到我胸前，伸头过来攻击我的肚子。此时竹竿在我左侧，格挡是来不及了。无奈之下，我甩过衣袖去吓唬它。这畜生躲过后，又攻击过来。实在没办法，我就用手拨开它的头，居然没被咬中。

于是我放开胆来，急中生智，一边甩衣袖，一边拉拉链，瞬间把夹克脱了下来。这是个新发现，原来跟狗战斗，夹克比竹竿好使。

这黑狗也是不识时务，三番五次用同一姿势攻击我。我摸清门路后。等它跳过来时，我把夹克往它脑袋上一套，双手抱住狗头，使出平生力气，往路边的栏杆一扔，只听啪的一声，这畜生疼得哭爹叫娘，一瘸一拐地逃走了。听那凄惨的叫声，我瞬间判定自己已脱离危险，因为从小在农村长大，我能从叫声听出败绩来。

我累得满头大汗，火把也熄灭了，外套弄得全是土。我在路边找了块石头坐下，休息片刻，拿出手机照亮走路。抬头看天，星星月亮已经出来了，地面开始铺满银光，不那么漆黑了。我仍然把夹克抱在怀里，如果再来第二只狗，我也好防备。

我边走边想，尽量放慢脚步。我希望在这星光和月光底下一直走下去。今晚这些事：玉米饼、火把、黑狗……也许都不是偶然。这黑狗可能只是个幻象，就像人生中遇到的恐惧或困难，只要勇敢冲上去跟它们死磕，就会找到破绽将其打败。还有，要不是因为这黑狗，我已经到达酒店进入梦乡，也没机会看到这么明朗的星月了。

虽然没有喝酒，我却假装像个醉汉，蹒跚徐行，磨蹭到十点左右才回到酒店。进屋洗漱之后，我倒在床上睡着了，白天喝了一大杯浓咖啡居然不影响入睡。

第二天七点就起来了，叫醒酒店老板退房，老板瞅我裤子破了个洞，问我怎么回事，我笑了笑回答道："没事，这是潮流。"老板也笑了笑。其实这破洞是昨晚狗撕的，哪有这种形状的"潮流"啊？她知道我在说谎，但也不需要我解释，我也不想解释，但不影响我们之间客气友好的沟通。结完账我去马路对面买了个肉夹馍和一碗小米粥，这是最完美的早餐组合。

等上了高速，突然起了大风，车似乎被吹得左右晃。路过风口，阵风袭来，感觉车就要失控。我想如果开到一百二十公里的速度，如果风从侧后方吹过来，造成速度叠加，加上我的车的侧面受风面积太大，很可能被吹翻到山沟里去。

于是我决定下高速去走省道。跟随导航走直线。省道上一路阳光，风景也不错，偶尔能看见外出春耕的老农，他们扛着农具，悠闲自在地走在路边。公路随山而上，在山腰看见一个牌坊，上面写着“龙泉关”三个字。进入其间，街道两旁是古香古色的客栈，我都想找个地方住下不走了。穿过龙泉关，道路变成盘山道，往外一看，悬崖峭壁，烟雾缭绕。我的恐高症又犯了，我又只好又折回来，在古镇转悠了一会儿，看看风小了，我又上了高速。

我用九十公里的速度，慢慢悠悠行驶到五台山景区，到达时还不算晚，才上午九点。购票后直接开车进山。原来从游客服务中心进入后，去主要景点还有一段路程。一路风景如画，限速七十公里。两旁巍峨的大山高耸入云，山下树木正在发芽，山顶覆盖着积雪，而山外是蓝天白云，大自然把这色调搭配得刚刚好，难怪神仙都喜欢住在这里。

爬到半山腰回头望，看见了顺治爷的《顺治皇帝归山词》：

天下丛林饭似山，钵盂到处任君餐。
黄金白玉非为贵，唯有袈裟披最难。
朕乃大帝山河主，忧国忧民事转烦。
百年三万六千天，不及僧家半日闲。
悔恨当初一念差，黄袍换去紫袈裟。
吾本西方一衲子，因何流落帝王家。
来时欢喜去时悲，空在人间走一回。
不如不来也不去，也无欢喜也无悲。
每日清闲自己知，红尘之事若相离。
未曾生我谁是我，生我之时我是谁？
长大成人方是我，合眼朦胧又是谁？
兔走乌飞东复西，为人切莫用心机。

百年世事三更梦，万里乾坤一局棋。
禹疏九河汤伐夏，秦吞六国汉登基。
古来多少英雄将，南北山上卧土泥。
口中吃得清和味，身上常披百衲衣。
五湖四海为上客，逍遥佛殿任君栖。
莫当出家容易得，只缘累代种根基。
十八年来不自由，征南战北几时休。
我今撒手归山去，管甚千秋与万秋。

我站在那里待了二十分钟，仔细琢磨深意，无奈慧根太浅，弄不懂其中的精髓。五台山确实是一个清幽的地方。对我来说，我倒不打算逃离轮回或超越人生欲望，但如果能在这里找个禅房读书，应该最妙不过。除了读书，如此“静净敬”的地方，应该是安静思考的好去处。

随后我进入五爷庙，里面的香火非常旺盛。到这里烧香的每个人，内心可能伤痕累累，可能都有所求，求平安求富贵求姻缘……地上散落着各种香烛包装，附近是待命的消防车，随时应对可能发生的火灾。

我寻找最高的庙宇，向菩萨顶进发。刚走到半山腰，蓝天白云瞬间藏形，天空像切换幻灯片一样，用淡出淡入的手法换出灰色的穹顶，飘起大雪来。

上山的台阶都变湿滑了。行人小心翼翼费力登山。我正跟随游人艰难攀登，却看见一位衣衫褴褛、浑身打满补丁的僧人，一跪一拜匍匐向山顶前进。每一次拜倒在地，他的脸都会贴到冰冷的地上。

我在想，这宏伟的五台山，不知经历过多少岁月的沉淀，每一片砖瓦都是人的杰作。最令人敬畏的应该是人的灵性和思维吧。不一会儿，天幕又拉开一片蓝。蓝天跟白雪交相辉映，五台圣境被衬托得格外雄壮。这风云变幻的天气，就像历史长河中的沧海桑田。换到古代，这里上万人居住修行，有的僧侣担水，有的打柴，有的诵经，有的做饭，有的扫地，该是多么壮观的景象。

我在菩萨顶一直转悠到下午，又变天下起雪来。雪下得紧，因担心被困在山里，我决定马上撤。找到停车场，一脚油门直奔雁门关。雁门关是我最想去的地方，不仅金庸的小说里多次提到过，这也是历史上经过多次激烈战斗的地方，地形值得一看。

接近雁门关，感觉快要听见自己的呼吸了。天上的云彩低得伸手就能够到。关下的低谷一直延伸到广阔的平原。站在雁门关上，看得极远，有种唯我独尊，正在巡视天下的感觉：你们谁也别想通过，不服来战！

在雁门关附近有广武明长城，没有游人，也不用门票，我顺盘山道一直开车到山顶。这里的长城大多用土堆成，并不华丽，但却很狂野，能感觉到攻防的杀气。突然间我耳鸣起来，听见了千军万马的声音。登上古堡可以看见雁门关下的千里沃野。

离开雁门关和广武明长城，等再次上高速，已经是黄昏了。夕阳实在太美，我忍不住找了个加宽道，掏出手机拍了张照片，然后躺在车里闭上眼睛听班得瑞的轻音乐，感觉浑身每个毛孔都通透无比，就差长两只翅膀了。太阳已下山，我又重新上路，突然骂了自己一句：你这个变态，开车的时候你不听音乐，非得停车闭上眼睛听，不过还挺有情调！

当夜去附近的小县城找旅馆住了一夜，次日清晨起来，办理完离店手续，我开车走在县城里，看见城外的山丘近在眼前，似乎摇下玻璃就能摸到。小时候在老家，雨过天晴，祥坤爷爷带我上山，感觉远山似乎伸手就能够到，这是因为空气极其干净，才有如此明净的效果。这小城很整洁，大概前几天刚下过雪，还没有融化尽，我就在这天高云淡的小城里，尝尝美食，洗洗肺也洗洗灵魂。

在小城西边，遇到一位提供骆驼给游人拍照的老爷爷。他乐呵呵地问我要不要拍照，被我拒绝了，我不喜欢拍自己。这位老人不像那些不良商贩跟你死缠烂打，反而跟我闲聊了几句。老人家八十多岁了，他说这骆驼是自己养的。我完全相信，因为从小放牛长大，我很清楚，人和动物之间的感情能从眼神里看出来。这骆驼在游客的眼里是风景，在老人眼里是生计。

我走过去摸了摸骆驼，突然怀念起当年在湖里泡澡的老牛来。我对老人说我改主意了，需要拍几张照片带给家里人。老人还是乐呵呵的，很客气地吆喝骆驼配合，这次我拍了十多张照片，比我之前拍的所有照片都多。

当晚赶到家已经九点多了，统计了一下这几天的行程，共走了1304公里，耗费了大约500块钱的油，总共花了一千多块钱。这恰好证明：去向往的地方，不一定要花费很多，只要有时间和决心就可以做到。趁年轻多看看世界吧，等老了就走不动了。

希望今后自己有更多的机会去旅行。无论出发前是什么心境，很多事光琢磨是想不明白的，需要走出去，在各种互动、感知、对照和反弹中才能发现真实的自己。

第十三章　林将军自尽

第二天一早起来，又开始常规的生活，在路边排队买早餐，然后开车等红绿灯，到单位先做卫生，然后开始一天的工作。感觉昨天的旅行是过去很久的事，就像做了一场梦，梦里的一切历历在目，但按今天的生活状态，我脑海里无法重现昨天的感受。很后悔自己是一个人去的，如果有人陪伴，至少我的记忆或梦有人见证。明明我的车行走了一千多公里，但除了里程表增加数字，感觉从未出行过。

昨晚我倒是真的做了一个梦，梦见自己在跟同学们上日语课，老师让大家举手朗读句子，可我就是不开腔。最后老师只好点名让我读句子，我尴尬地回答道："对不起！老师，我刚在学五十音图，句子还不会读。"老师没有责怪我，下课后领我去日语教学处。我跟在她身后，见她穿着绿色的T恤，深蓝色的牛仔裤，匀称的身材显得十分迷人。

她让我在教学处门口等她，不一会儿，只见她拿着一叠全是羊皮封面的书出来，从中抽出一本递给我，和蔼地说道："这本是日语五十音图！"我欣喜地接过书，表面果真的是羊皮的，只是此羊皮卷非彼《羊皮卷》。原来，平时生活中不经意间摄入的一个词，在梦里可能会成为一个故事。

我赶紧道谢："老师，谢谢您，过几天我看完了就还给您！"

"等会儿，你刚才说什么？"老师笑着问我道。

"过几天就还给您啊！"我重复道。

"这样的话，现在就还给我吧。"她娇嗔地说道。

我一下明白了老师的意思，于是赶紧改口道："谢谢老师赠书，我一定好好学习，不辜负老师的期望。"

"这还差不多！"她赞许地在我肩膀上拍了一下。我拿着羊皮封面的五十音图，回到座位上，心想我跟老师的故事大概就要从这里开始了吧，但故事却从这里结束，因为我醒了。

洗脸刷牙后，我觉得很清醒，没错，旅行是昨天的事，五十音图是梦里的事，二者不会混淆。到了公司，我很不在状态，整个人都在思考旅行和昨晚的梦。看着窗外，楼下赶着上班打卡的轿车呼啸而过。

经过昨夜的大风，阳光明媚，但无论是天气明朗还是有雾霾，我的生活都是一样的。我像往常一样打开电脑，冲了一杯咖啡，然后趴在桌子上打瞌睡，昏昏沉沉，突然老板把我叫到办公室，对我说道："去泰国走一趟吧，到项目现场处理一下售后索赔的事情。"

这岂不是又来一次旅行的机会？我很痛快地答应了："没问题！"我当即收拾行李，早早出发。折腾了大半天，转机又转大巴车后，终于到达了项目现场。

进入客户的行政楼后，我被领进客厅坐下。感觉嗓子不太舒服，于是咳嗽了一声，发现鼻子流血了，紧接着，感觉一股血腥味儿蹿到了脑门。我用手捏住鼻子，喉咙好像不对劲，突然一大股鲜血喷了出来。我心想不会是血管爆裂了吧。情急之下，我拼命向大门口走过去，身材魁梧的保安就站在离我二十米的前方。我尽力大喊“救命”。

保安听见了，但他不仅没有过来扶我，反而跑开躲避我。我伸手示意停下救我，但他跑得更快了。我坚持往前走，鲜血洒了一地，离大门还差一米的时候，我站不稳倒下了。当时心里的那种绝望真是无以言表，我发出生命最后的感叹：原来这辈子我就是这样死的，死在异国他乡，要做孤魂野鬼了！

我仰面躺在地板上，呼吸和心跳已经停止，看着天花板，意识渐渐消失。完了，我已经死了，没想到这一天来得这么快，还没有来得及跟爸妈说再见呢。一切都没有准备，不过话又说回来，如果提前知道自己就要死了，虽然会有时间跟亲友道别，但一定会充满恐惧。此时我只有遗憾，没有恐惧，这样的死亡还不算太坏。

理智告诉我，我并没有死在异国他乡，而是死在胜利归来的路上。我是跳河自尽而死的，我全身湿透，不知道被江水冲了几天几夜，也不知道这块滩涂是什么地方。其实我一向很乐观的，但这次远征，由于受到小人构陷，确实忍耐不过，所以自行了断。

这事要从北征棉支国说起，此次出征已经顺利完成任务，三军凯旋途中，正值深秋，在清晨的窥狼河两岸，红色枫叶倒映在河水里，水天一色，如梦如幻，晨露带来刺骨的凉气。

我叫来副将南宫寒阳交给他一个包裹，吩咐道：“北国如此美景，本帅决计游览一番，请将军管束部下，安营休息，明日再启程吧。”南宫寒阳得令，安排众军驻扎去了。

我也不骑马，信步沿窥狼河的上游漫步，顺着一片红色的枫林走。脑海里不时响起“急流勇退”这几个字。看来只能隐退了，然平心而论，自己真的愿意隐退，从此再也不过问战事？三年前在灵川种地，我总是心不在焉，完全惦记边疆战事，后来果然在冥冥中被启用。这些年南征北战，自己似乎有些累了，如果再隐退，再出山，重复之前的经历，也非我所愿。

每次出征，经历一番苦战，凯旋后的欣喜和荣耀变成了落寞，那些奸邪小人，总有理由搬弄是非。从小父母就叮嘱我，做人不要刚硬，但这么多年来自己总是没有改变，每次战事都是只关注胜利，也没有将心思放到协调后方人事关系上。

想到此，我微微一笑，笑得很苦涩，突然想起岳飞。岳飞一生精忠，把岳家军训练得如虎狼一般，能征惯战却忘记做一些人事性的协调，忽视对小人防备，结果每次在前线拼杀，背后总有各种流言蜚语，还有那些因被触碰到利益出来反对的人暗暗在朝中使绊……

思索中，不觉已转过蜿蜒的河岸，窥狼河水在陡峭的岩石间变得汹涌起来，波涛滚滚。在河边有一块开阔地界，枫叶林已经在身后。这块空旷地方，侧面有一块峭壁，河对岸是茂盛的枫叶林，夕阳洒在翻滚的河水上。

和煦的秋日，蜿蜒的窥狼河，浓烈的秋叶，让我有微醉的感觉，脑子里突然萌生出一个念头来：与其将来老死在床上，或者被奸人陷害而死，倒不如在这个壮美的地方离开世界，了却一切烦恼，永久融进这秋景里。内心萌生此意后，顿觉释然，对死亡毫无恐惧。一生经历的人和事慢慢浮在我心头，过去所有的是是非非都成了一场梦。我站在窥狼河边，思绪随波涛翻滚，冲击着理智的堤岸。

我感觉自己不饮而醉，不觉间抽出了腰间的宝剑，在这空地上舞起来。从自己从军开始，一直武艺非凡，当上将帅后就不再练习，十年过去了，我居然能清晰记得各种剑势。我的招式越来越快，竟如行云流水看不出剑迹来，可在这飞舞的剑花中，我没有看到自己的出路，也没有看到死亡的恐惧，还感觉自己融进了这河畔的秋色。剑花越转越快，最后把我整个人包围起来，往那江边移过去，等到临近水边，剑花突然停止，我把剑嗖的一声插入泥土，反手把包裹挂到剑柄上，一个飞云纵，跳入江心，滚滚波涛瞬间把我吞噬。

艳丽的夕阳洒在枫叶上，除了地上多了一柄宝剑和一个包袱，就像一切都没有发生过。

当日深夜，南宫寒阳到我大帐议事，汇报两声无人答应，看帐里点着灯，也不便打扰，于是退回。次日天明，南宫寒阳再到大帐请示，仍无人答应，问两旁的卫士，说林帅外出未归。南宫寒阳诧异，带领属下四处寻找，众人沿河岸的枫林四处查看，不见踪迹，南宫寒阳心想昨日林帅说要游览一番，于是问当地的猎户："此处什么地方景色最好？"

猎户道："这里各处景色都不错，但要说观景最佳，要数沿河上游五里的飞云崖，悬崖下面有一块空旷的地界，是浏览窥狼河的最佳去处。"

南宫寒阳谢过，带领两名下属，飞马赶往飞云崖。三人沿河而上，果然看见一块雄伟的石壁，石壁上竟然有刚刻下的文字，南宫走进仔细看，石壁上文字云：

弓弦金鼓谈笑间，世故人情全不测。
进退顺逆仍自尽，百战凯旋空悲切。

南宫寒阳心里一惊，感觉凶多吉少，吩咐属下到周边寻找，一无所获。南宫寒阳辗转到河边，发现泥地里插着一柄剑，剑柄上挂了一个包袱，走近一看，果然是林帅的宝剑。南宫寒阳取下包袱，拔出宝剑。打开包袱，里面有几本兵书，兵书里夹了一封信，信封赫然写道："南宫将军亲启。"南宫打开信函，终于看见我留下的绝笔信：

南宫将军亲启：

此次荡平北境，功成还朝，我林某人心灰意冷，徘徊在窥狼河岸。见众军退去，旌旗萎靡，毫无出征当日威武气象。驻足江边，秋风瑟瑟，寒鸦飞鸣，想自此再无战事，金鼓之声已化作梦幻云烟；我将何去何从？若丢戈弃甲，赳赳武夫又能何为？

悲戚之余行至堤岸上，见滔滔江水，竟欲投江了此一生，也不失为洁静地归去。叹当年叱咤疆场的林将军，居然再无生的勇气！真要赴江自尽吗？想到此，内心不禁感到荒唐，不觉一笑。看这窥狼河浩浩奔流，虽值深秋，对岸巍巍山脉也不乏雄壮。多年征战，竟然是头一次赏玩山水。

南宫将军可能要问，既要自尽，为何不向陛下请兵继续北征，战死沙场，却也能赚取一世英名，而今偏要做这水鬼，他人将如何看待当年勇冠三军的林南？其实我林某人为将多年，杀戮太重，已不愿再战。曾记得与韩将军攻入涵州，敌兵皆降，本不该再杀，但为防降卒反复不定至生祸患，韩将军非得令我部坑杀八千俘虏。军令如山，我照办了，可那一日活埋俘虏的情景让我无法忘记，深夜时常噩梦连连，哭声、嘶喊声、折断的肢体、破碎的头颅，夜夜入梦。

不去北征，回朝做官不好吗？可是一想到宦官乐忠和国舅苻平昌那嘴脸我就心凉，我南征北战，屡次厮杀，败退即被罢官，胜利又遭构陷，众将士在外流血厮杀，抵不上阉竖的巧舌如簧。若能远镇边关不回朝，还不至于祸乱及身，现在回去，乐忠岂能容我。

自己轻文尚武，师父玄清子当年曾告诫我，乱世武夫或得立身，如天下太平，你何去何从？我不以为然徒自下山，一心想靠勇武博取功名，恨当年不听师父之言。不过我也深知，师父他老人家虽饱读诗书，如出世为官，虽才济天下，然师父为人刚直，可能死得比我还要惨。自从师父隐居竟倾山，屡屡与我信函往返，得知他老人家也郁郁寡欢，十年不见，不知是否健在人间？

其实也不是非得自尽，既然不去庙堂，就避匿江湖，回到灵川老家，凭借自身武艺耕种射猎，也足以安身立命，可是，此时耳边又响起师父的训斥声："竖子性情狂躁，想你怎能不甘寂寞，隐居世外乃痴心妄想！"师父所言极是，我深知自己性情浮躁，最难忍耐，最烦独处。

罢了，既然没有更好的出路，那就跳进这滔滔窥狼河，管他江水清与浊，一身皮囊付诸苍山流水也好。将军无须寻我，我已随着江水而去，他日再路过窥狼河，见到夕阳余晖映红流水山峦，就当久别重逢，望将军为我祭奠薄酒一杯。

将军少年英雄，心胸宽宏，将军将来在奋力成事之时，别忘记分心打点人脉关系，再无敌的战将，也要提防身后人的掣肘。方今天下太平，博国兵强马壮，但朝中也不乏小人，还望将军建言献策，为国家百姓福祉忧虑，竭尽全力守护博都。来世再与将军把酒长谈。

林南绝笔

我在窥狼河水中，只觉得身体被波涛卷了半日，渐渐沉下来，躺到光滑的地板上，觉得有些不对劲，好像搞错了，我并不是跳河而死的，而是吃火锅被噎死的。吃火锅这件事我仔细琢磨过，但此时我的躯体躺在大厅里，被噎死这件事好像发生在很久以前。

没错，我就是吃火锅噎死的。想起来了，噎死的那天应该正值初春，冷得要穿棉衣。我跟朋友们去吃火锅，很温暖很开心。大家有说有笑，万万没有想到，单位的活宝刘嬉然讲的一个笑话就要了我的命。笑话的具体内容不记得了，当时我只是觉得很滑稽，于是放开大笑，嗓子里未咽下去的菜叶窜进了肺管子，让我无法呼吸。我大喊“水”的时候，眼前已经一片漆黑，再也不能动弹了。只听见周围的朋友们喊：“快送医院！”周围响起一阵吵闹急促的声音，我还能感觉到自己躺在救护车里，看着车顶，耳朵里的声音渐渐消失，最后变成绝对的沉寂。

逻辑和理智告诉我：我已经离开人世，含笑而终！

此时此刻，我感受到了很多活着的时候无法体会和理解的东西，比如我能感受到我附近一百米内每个人的内心世界。但我却不能跟他们沟通。有时候，有人从我旁边经过，看透他们的心思后，我也主动为他们思虑和担忧，但就是无法给出警示或建言献策。我只是静静地做一个旁观者。

对了，我在何处？其实我自己的身体去了哪里我也不清楚，自从死去到现在，意念中自己一直待在那个要了命的火锅店。我萦绕在火锅店，每天感知来来往往的食客，看穿他们的心灵和思想。随季节的更替，我的情绪也跟着起伏，但这都是我一个人的事情。没有沟通，也许这正是死亡的寂寞所在。夏天的夜晚，天上有星星，我也怀念跟我一起看过星星的人。他们都在做什么呢？我还怀念那只跟我对战过的大黑狗。

我不晓得这样的日子还会持续多久。寂寞的时候我会到处“转转”，看看那些曾经熟悉的快餐店、影院、超市、泳池……然后“回到”自己的“住所”——火锅店。至于日子的意义，我不再思考也不用思考。我甚至渐渐忘记了语言的概念。

值得欣慰的是，当我在思念谁或者试图跟谁交流时，我就会出现在他的身边或房间内。当然我是不会被看见的，但我能看见别人。这样的状态不能用凡人所谓的魂魄来形容，我也不能做出一些奇怪的迹象让他们感到害怕，我只是看看而已。一切对我来说都没有意义，我不用吃喝拉撒，我不能交流沟通。对我而言，还有什么东西具有像凡人那样去死心塌地追求的意义呢？

如果实在太烦了，我就通过特殊的“意念”，去影响环境产生一些反常现象，然后专家们又得好好研究一段时间了，不过最终我都会在逻辑让他们能自圆其说。

说了这么多，你一定很奇怪：你不是已经死了吗？怎么还会写字？不必着急，当你看到这里的时候，我已经在你屋子里了。虽然无法沟通，但一会儿等你睡着了，我一定来梦里逐一解答这些疑问。

夜半时分，我又来到了情敌白顷木的梦里。上中学时他不让我跟圆圆一起玩，我视他为情敌。我对他说道："我血管破裂了，已经死了，现在在泰国。"

白顷木很惊讶，也表示同情，问我道："是否要把你接回来？"

我飘到他床边，回答道："不必了，你找不到的。"

对我来泰国这事，白顷木很迷惑，我只好换个解释，于是说道："其实我是吃火锅噎死的，以后你别吃火锅了。你要好好照顾圆圆。"

他突然用好奇的眼睛望着我，一本正经地问道："死亡是什么滋味？"

我语重心长地回答说："死亡嘛，其实很简单，就是在最后意识消亡的那几秒钟，你的内心充满 50% 的遗憾、30% 的不舍、20% 的恐惧。"

第十四章　妖艳的毒玫瑰

“嘿！嘿！”突然有人推我，我抬头看，原来是下属关倩倩，她笑着说道，“林南哥，你这是怎么啦，大清早的打瞌睡！”原来我没有死，刚才只是倒在桌子上做个了白日梦。我不孤独，看，同事们都在身边。我抑制不住激动的心情，赶紧过去给关倩倩来一个拥抱，不停地说谢谢。

关倩倩满脸通红，同事们也被搞蒙了，气氛有些尴尬。还是旁边的费义扬够机灵，他递给我两枚红壳的煮鸡蛋，打趣地说道：“领导，刚上班就精神不振，您是肾虚了吧，赶紧补补。”

我接过鸡蛋放到办公桌上，那蛋壳红得太夸张，着实鲜艳。费义扬真是奇怪，每天早餐都要多开车五公里，去便民巷的小摊前买红鸡蛋。别人卖茶叶蛋卤蛋荷包蛋，但红鸡蛋全城只此一家。我曾问费义扬，这红色的蛋壳是怎么弄出来的？有什么好处？费义扬一会儿说是食用色素染的，一会儿说是高粱壳煮的……每次说法都不一样。至于好处，他也是一问三不知，说这叫差异化营销，图个创意和新鲜，有红鸡蛋摊主大妈火红的生意为证。取“火红”之意还有几分道理。

其实这哪算是创意呀，红鸡蛋这玩意儿，五岁的时候我就吃过，而且吃过不少，那时候我是吃红鸡蛋的专业户。

小时候我是奶奶的跟屁虫。赶上村里有人家娶媳妇，奶奶都会被请过去给新人铺床。我们当地娶媳妇，新房布置完了，放置好刷着大红漆的床，主人家会邀请德高望重的老太太给铺床。奶奶就经常干这事，每次主人家都会给她一些红鸡蛋。我躲在门缝后面观察很多次，奶奶总是把红鸡蛋藏在床的四角，另外还会藏一些糖果核桃之类，但我只对鸡蛋感兴趣。等新人进来圆房的时候，奶奶念完四句祝福的顺口溜，孩子们就开抢。

每次我都占先机，因为早在奶奶摆好鸡蛋的时候，我就先去床头摸清鸡蛋的位置，然后退到墙角等。新婚夫妇进来后，他们都戴上大红花，坐到新床上。奶奶把帐子拉下来，然后说祝福的话，再把帐子拉开。这个时候，我看见新郎叔叔脸上笑呵呵的，而新娘阿姨总是一副忧愁的样子，后来长大了才明白，那种忧愁其实是掩饰羞怯的一种方式。

礼仪完成后，孩子们冲进来，一阵混乱，我抢到了红鸡蛋。鸡蛋的香味让人难以忘怀，小孩子尤其喜欢吃蛋黄。吃完鸡蛋后感觉意犹未尽，于是第二天清晨，我又偷偷摸摸溜进了新房，我没有摸到鸡蛋，床上也没有人。回头只看见新娘子正站在一面大镜子前梳头发，屋子里弥漫着脂粉的香味。我觉得不妙，于是一溜烟跑了出来，只听见新娘阿姨笑着骂了一句："这小屁崽子！"

我抬头对费义扬说道："嘿，哥们，以后你每天给我带俩红鸡蛋，按月给你结账。"

费义扬就像接受工作任务一样回答得很响亮："得嘞！"

我转过头，整个办公室的人都看着我俩，他们看见我的目光，都低下头窃笑起来。

这两天魂不守舍，旅行和梦境在脑子里挥之不去，感觉真真假假，灵魂要出窍了。我又冲了杯咖啡，看了一会儿窗外的车流，然后回到电脑边，把近半年的项目文件整理了一下。在忙碌中我内心已安静下来了，觉得日子又稳稳地握在手里。

不经意间已到下班时间。心情还不错，收拾完桌子，我乘电梯去负一楼的车库，电梯到了十五楼，进来一位美女。她微笑着看了我一眼，然后照镜子，又是整理头发和又是整理衣服。我默不作声，电梯到了负一楼，她才反应过来忘记按一楼了。她腼腆地冲我笑笑："忘记按了！"我客气地笑了笑回应，心里暗暗警告自己：以后不可以这么帅了！

等我打开车门坐上车，才发现刚才是我自作多情，我把西服的纽扣扣错了。看来还是没有找回状态，我没有启动车，只是通电后打开班得瑞轻音乐，然后闭上眼睛在车里听，在这空灵的旋律中，我又完全回到了旅行时去的地方，五台山的云彩、白雪、蓝天又浮现出来。

车库里很安静，于是我放纵自己，完全沉浸到音乐里，毫无约束，一直穿越天南海北，先去天涯海角追逐神仙，然后跑到沙漠里聆听驼铃，等我看见一片绿洲时，我小跑起来，跑啊，跑啊，想绕绿洲一圈，可这绿洲无穷无尽。天边的云彩从金黄变成灰黑，竟淅淅沥沥下雨了。我继续往前跑，从沙里跑到公路上，向地平线跑。

等我跑累了，看见路边有一辆单车，于是我扶起来，骑行向前，一直越过前方的地平线，来到一座宏伟的学府门前，大门上写着四个大字"绿洲大学"。

我在大门边把车锁好，站在石狮子旁抽了支烟。此时学校里走出来两名美女大学生，她们过来塞给我一张传单，说是正在寻找一起骑行去青海湖的队友。一下子说到我心坎上了，这是上天特意安排的吗？真不错，我正好把年假休了。互相介绍之后得知，两位美女，长发飘飘的那位是学金融的，高挑出众的那位则专修数学。

那位长发女生说："帅哥，咱们坐下来详谈行程细节，好吗？"

"没问题！"我痛快地答应了！

于是我们走进学校餐饮区的一家书吧，点了三杯冷饮。高挑的女生先坦白了她骑行的理由："我不想回家。每周末回家，都看见爸妈吵架。妈妈忙了很多家务，我爸却坐在沙发上抽烟数落我老妈。我看够了他们这种生活，我想逃离换换空气！"

另一位长发女生开口了："你够倒霉的！我倒不是因为家里的事，只是觉得马上就要毕业了，辛苦这么多年，我该出去休息一下！"

说完她们喝了口冷饮，抬头看看我，意思是该我讲讲旅行的理由了。我低头喝了口芒果汁，思索了一下，很自然地表达了自己的想法：

"我的理由吗？其实很简单，我一直想出去骑行，但没找到合适的小伙伴，今天遇见你们俩，让我感觉重新回到了学生时代！算是重走青春，追忆年华！"

其实这些只算部分理由，真正的理由更复杂。我工作了很多年，跟她们多少有点代沟，说出来她们也未必理解：比如我厌倦了日复一日毫无波澜的生活，比如我怀念久违的山水，比如我惋惜在社会染缸里失去的纯真，比如我想给生活注入一点未知的期待……我真想告诉她们，我已经堕落到靠网购来弥补对生活期待的缺失，这些我都没好意思跟下属说。

这些缘由属于社会人士的体验，太复杂，不适合跟象牙塔里的学生讲。再说了，又何必讲出来污染这次纯美的骑行呢？我只管休了年假就是。最后一点也是最“不”重要的一点：名牌大学的两位美女邀请你去骑行，拒绝的话是多么不道德！

喝完冷饮，我们一起去了高挑美女家。她父母见了我们异常的冷漠，一句招呼也不打。我想：如果他们家人之间多些坦诚沟通，孩子就不会有这种逃避的想法，但看样子做父母的还是执迷不悟。

第二天我们在书店见面，她们又约了另外一个帅哥，组成了四人队伍。这位帅哥很年轻，一米八的身高，笑起来更是英俊。他们仨聊得很开心，有时候我都插不上嘴，我甚至想退出骑行了。但后来我还是坚持跟他们一起上路。

我们用十天时间，汗流浃背地穿过了山西省，来到凉爽的河套平原。这位一米八几的帅哥是学历史的，一路上耐心地给我们讲解各地的历史遗迹！因此我也不那么讨厌他了！

等穿过甘肃的地界进入青海，昼夜的巨大温差让人受不了。我的膝关节疼得厉害，掉队好几公里！沮丧中发现前方长发美女回来接我了，心里有点小感动，这才够意思嘛！等我追上她，我们并排骑行在黄昏的公路上，远处的夕阳把沙漠照得火红！四野荒芜，有种孤寂的凄凉美！天地间留下两个骑行的剪影。

走了一段路，我们停下来休息。“帅哥，”长发美女开始跟我搭话，“你膝盖怎么了？有老毛病吗？”

“没事，就是在办公室午睡时空调给吹的，另外可能是因为运动太少，体质下降了！”

“我看也是！我们仨觉得你够‘蜗牛’的，这样下去何时能看到青海湖啊，扔下你我们又不忍心，我们一致商议，好事做到底，帮你解脱了吧！”

“解脱？！”我笑了一下，“这词用得！你真会开玩笑！”

“你觉得我是在开玩笑吗？”说着长发美女从背包里掏出一支左轮手枪。

现在的大学生真会玩，我笑得更厉害了，回答道：“大家都是成年人了，玩具枪也带出来吓唬人！”

“好吧，既然你不信，我演示一下。”

砰的一声枪响了，我摸摸头顶，太阳帽多了个孔！是真枪！

我想喊救命，可周围连个村庄也没有！慌乱中我跳上单车，扭转车头，按S形路线逃跑躲避，竟跑出几公里！回头看时，三人都追上来了！那位英俊帅哥一下子冲到我前方，我已经被围住，这下插翅难飞了！

我抬头看着这两位美女和这位冷酷的帅哥，心想，他们为什么要对我下毒手呢？

死也要死得明白，我正要问他们缘由，突然扭头看见我单车上的工笔画《灵川仲春图》。瞬间顿悟了：此画是当年美术老师送给我的，落款是南宫寒阳，我觉得不大可能，以为是赝品，也没当回事。出于对老师的感情，此画我一直带在身边，原来是南宫寒阳的真迹！可惜随身带着价值几千万的名画，自己居然不知道，确实该死！

“砰！”枪响了！

随着一阵剧痛，我站立不住，仰面倒在沙地里，红色的鲜血浸透了黄沙，慢慢扩展开去。原来这最后一刻，来得没有想象的痛苦，只不过惊讶、愤怒和不甘的情绪占了上风，跟上次梦里死亡的感觉有些相似。

长发美女得意地看着我，把枪扔在远处。

我目不转睛，望着黄昏天际的火烧云，还有这两朵妖艳的毒玫瑰，等待意识渐渐消退……我终于领教了世界上最帅、最漂亮、最残酷的邪恶！

第十五章　书生侠气

等我醒来，已经八点多，车里还在播放着班得瑞，原来我已经沉沉睡去近三小时。感觉有点遗憾，骑行去青海湖的梦，虽然不得善终，但让人回味无穷，要是能继续做下去该有多好啊，可自己已经被美女开枪击毙，主角没有了，故事无法继续。

带着遗憾的情绪，我启动车赶回家。街上的车已经很少了。在这个时间点，上班的人早就回家了，只有少数加班的人还在路上，我这种在车库里睡过去耽误时间的算极个别，另外就是有吃完晚饭喝了酒情绪亢奋飙车回家的，所以这个时候在路上行驶非常危险，因为酒驾的人不少，警察叔叔一般会选这个时候查酒驾。这些醉鬼，喝酒无可厚非，但喝完酒再开车，着实没有公德和责任心，就该严查严惩。上大学时我骑车被醉鬼的车撞的经历，至今记忆犹新。

我关掉音乐，小心翼翼驾车往前走，快到市民广场的十字路口，前方堵车了。我看一下窗外即刻明白，原来警察叔叔来查车了。真不错，收拾这些醉鬼我愿意积极配合。

我按排队的车流慢慢往前行驶，离吹气查验的关卡越来越近。我后方有一辆车，跟我好几公里了，一直开着远光灯，让我没法瞅后视镜。我也不知道这家伙是怎么回事，街灯把道路照得跟白天一样，他为什么还要开大灯跟行呢？

此时正好有交警在我侧面，于是我摇下玻璃，对他说道："警察同志，麻烦您让我后面的这混蛋把大灯关了，太刺眼。"

交警一下子就明白了，跟我点头示意，然后走到我车后，让司机落下窗户玻璃，我估计警察同志是让这混蛋关闭远光灯，外加训诫了几句。这家伙还挺配合，关了远光灯，继续跟在我后面。等我们双双过了检查关卡，我发现后面有人用远光灯闪我，原来是后面的车在抗议。我明白了，这王八蛋是因为刚才举报他开远光灯的事在跟我斗气。我也懒得理他，正常往前开。等上了环路的主干道，这家伙一下子冲到我右侧，斜插到我前方，突然减速，我差点给撞上去。

我看后方没有车，于是降低速度，然后变换车道到左侧，不跟他一般见识。没想到这家伙又变换到左侧，挡住我的路。由于环路上车流多，速度也快，我只好打着双闪，再次压低速度，然后找时机变换到路边的应急车道。这位斗气的司机还慢悠悠地在一百米开外逗留，看来他意犹未尽。算了，我也不赶时间，此刻我冷静得很，你再怎么耍流氓行为也休想激怒我。

我索性下车抽了支烟再走。心想也是奇怪，这些开远光灯的人，交警管得，旁人管不得，即便举报也不行。每逢冬天，天黑得早，下班了我常走夜路。本来道路很敞亮，但经常遇到开远光灯的。赶上十字路口，如果遇到自行车或行人，几乎成为盲区。我也不知道这些人是怎么学的驾照，也不知道他们为何如此执着非得开远光灯行驶不可。

刚开车上路那几年，由于年轻气盛喜欢较真，遇到远光灯，我都会找时机下车管管。有一次步行过马路，看见司机开着远光灯，我招手提醒他，等玻璃落下来，对方一脸茫然，说没有注意。还有一次，我在郊区行驶，对面驶来一辆开着远光灯的车，于是我切换灯光提醒，没有用。既然如此，我也变换成大灯，结果对方立刻占道逆行奔我车头就来！我赶紧刹车避让……吓得我汗出如浆。等他车飞过之后，我默默地说道："对不起，我跟你较真了，下次我注意！"人世间居然有这样的"人"，这大抵就是传说中的"垃圾人"吧。

说到垃圾人，我也不知道该制止还是该躲避。制止的话，自己可能受伤害；躲避的话，他们会得寸进尺，今后还会祸害别的人。我琢磨了好久，才得出自己的应对之道：在确保安全的前提下就制止，如果不能，只能报警。

这类人实在太多了，有喝得醉醺醺还要开车的，有开车过人行横道见到行人过马路也不收油的，有把共享单车用链条一锁据为己有的……我曾有个梦想，等哪天我失业或退休了，练一身筋骨皮，然后到处去制止这些垃圾人。

穷凶极恶的罪犯交给警察叔叔来管，这些不太罪恶但经常要流氓的垃圾人我来制止。每制止一次，我就往葫芦里扔一粒豌豆，到了年底我就数一数，然后清空，来年再继续。

到家快九点多了。我从车库出来，肚子开始咕咕叫，我加快脚步赶回家吃饭。乘电梯时，看见一个女的，带着俩小男孩，每人推着一辆据为己有的共享单车，每辆单车都配备了锁链。

这还了得，此刻的我，最看不惯这样的人。想起这几天，每次去超市时，我想找共享单车，但好多都被私人上了锁，原来就是他们这些人干的。于是瞪了他们一眼，厉声质问道："共享单车是大家公用的，你们凭什么推回家？"

那女的白了我一眼，很凶地回答道："就推回家！关你什么事？我就这样！"

我气得够呛，于是我像狄仁杰驳斥犯人一样说道："当然关我的事了，共享的东西，你们霸占了，我骑什么？别人骑什么？"

被我反问之后，那女的像疯了一般，开始激动起来："我看你是神经病吧！还没有别人这么说过我们呢！你算什么东西。我们就这样，你管得着吗！"

我想管，但确实不知道怎么管，光说也不管用，我又不能对女人动粗，也不能强行抢走他们的单车，于是我改变口吻，晓之以理："大姐，你还带着俩孩子，怎么着也得给孩子树立个好的榜样吧！"

这下她更生气了，情绪开始升级："你狗拿耗子多管闲事，我怎么教娃，不用你操心！"那女的抢上来要扇我耳光，我赶紧拿公文包挡住，两个小孩子更是"奇葩"，大声喊道："离我妈远点！"搞得想动粗的人反而是我。看来真是一窝子的坏，有其母必有其子啊。

我正左右为难，恰好电梯到了我的楼层，我赶紧逃了。看那女人指甲很长，要被她挠着，我这英俊的脸非得毁了不可。如果真是那样，明天上班跟同事也解释不清楚，他们定会觉得这是被媳妇挠的。

到家老婆已经把饭菜热好了，我边吃边讲刚才电梯里发生的事，老婆笑我道："就你这书生气，怎么降得住这些人！"

第十六章　续梦之旅

吃完饭我冲了个热水澡，这一天思绪太多，疲惫不堪，倒在床上就睡着了。本以为青海湖骑行的事已经告终，不料在车库里做的梦又被接续起来，真真切切地向前推进了。

天边的火烧云慢慢散去，等再次睁开眼睛，我发现自己正躺在沙地里，摸摸自己的额头，并没有子弹窟窿，但身边确实有一辆单车，车后座上卷筒里的画卷已经不见踪影。我掐了掐自己的胳膊，很疼，这是真的，我算是栽在这三人手里了。

我把单车扶正，站直了身子，拼命往东边蹬。夜幕降临的时候，终于看见了城市的影子。先看见郊区的厂房，然后慢慢热闹起来，渐渐呈现出城市的风景：店铺、超市、影院……最后看见了客车站，上面写着“西宁站”三个大字，原来我到西宁了。

摸摸口袋，钱包、手机、信用卡和银行卡都还在。我锁上单车，看看微信零钱里面还有两千多块，于是买了回家的火车票，并顺利坐上了火车。

火车慢慢悠悠，咣当咣当地穿过山川河流。车上人不少，几乎没有空座。坐我斜对面的是父子俩，父亲五十岁左右，儿子是二十多岁的小伙子。桌子上是他们自己带的卤鸡腿和蛋糕。

我有点饿，售卖零食的小车半天也不过来。我看了看桌子上的卤鸡腿，还剩下一只，口水都快流出来了。但我还是很绅士地坐在那里，静静地端详他们父子俩，听他们聊天解闷儿。

父亲指了指鸡腿，对儿子说道："来，还剩一只，你吃了吧！"

儿子摇摇头道："不，您吃！"

父亲道："不不，你吃！"

儿子道："快点，别推了，您吃。"儿子开始拿鸡腿给父亲，父亲直摆手，"快吃吧，快吃吧。"二人开始推搡起来。

我看得着急。突然一声闷响，桌子上的杯子被父亲的手碰倒了，鸡腿也掉落在地上。他们父子俩纠结的事终于解决了，却是以这样可惜的方式。

此时火车路过一个小镇，上来一位带着小孩的妇女。这位妇女拉着小孩正好坐在父子俩的正对面。这小孩子可能是饿了，眼睛不住地瞅桌子上的蛋糕。这位推辞鸡腿的父亲，赶紧把蛋糕收了起来。

我看得直皱眉，不过是几个蛋糕，给小孩子吃了又何妨？但我立刻又想到，看刚才父子俩让一只鸡腿的模样，说不定他们生活比较困难。不过这一幕还是让我不禁想起祥坤爷爷来，如果换成是他，他一定会把所有的蛋糕都给对面的小孩子吃。

想到这里，我突然在脑海里自责道："不就是一只鸡腿和几个蛋糕吗？你对老年人如此苛刻做什么！"

的确，这位父亲其实也没做什么坏事，而且每个人都有自己的难处，我不应该如此苛刻。不过，不说这次，有一些老人的行为还是让我忍不住苛刻的。

比如有一次在超市买菜，我规规矩矩地排队结账，有一个老太太——其实也不太老，六十岁左右，涂脂抹粉的，看上去挺硬朗——一下子跑到前面插队。排在后面的人说道："老人家，请排队啊！"

人家这样提醒，确实没毛病，队伍排得很长，大家的时间都一样的宝贵。再说了，这位老太太的身体状况还不到要被优先对待的程度，于是我就帮腔道："老人家，我们排半天了，有着急的事情可以说出来，何必要这样呢？"

老太太一听可不干了，回头瞪了我一眼说道："没有着急的事！我就这样！哼，这年头的大学生是怎么了？这么没素质，对老人这么没礼貌。"

她不仅把我错认为大学生，还把我等同于所有的大学生。再说了，大学生怎么啦？怎么非要跟大学生过不去？估计这人年轻的时候也不是个省油的灯。我突然担心起来：哪家人要是眼瞎把闺女嫁到她家做媳妇儿，那该有多惨。

这位凶悍的老太太，最后还是插队结了账，这时我身后的一位老伯竟然数落我道："年轻人，别跟老年人较真，这一顿骂，都是你自找的！"

这位老伯，我刚才是在维护秩序，也是在维护你的权益，你却这样看待我。我只好沉默了。

"香烟、瓜子、卤鸡蛋、卤鸡腿！"售货员推着小车过来了，我看那小孩子实在很饿的样子，就买了三只鸡腿和一包蛋糕，付完账后，我把蛋糕和两只鸡腿送给旁边这位妇女和小孩子。小孩子很懂事地说了声"谢谢叔叔"，然后就拿起鸡腿大吃起来。我也拿起鸡腿大吃起来，我们边吃鸡腿还边向对方做鬼脸，最后竟然把小孩子逗得哈哈大笑。

“死鬼，起床了！你看都几点了！”

我正享用着美味的鸡腿，被老婆吵醒了。她笑嘻嘻地问我：“还吃早餐吗？”

“吃！怎么不吃？”我回答道。

“我以为你在梦中吃过了呢。”老婆对我坏笑说道。

“确实吃过了！”我实话实说。

老婆温柔地捶了我一下，催我赶紧洗漱，原来她早给我煮好了一碗荞麦面。

上班路上我反复琢磨，最近做梦有点过多了，这到底是怎么回事呢？为什么每次的梦境都合乎逻辑？等快要到公司，我终于想明白了：做梦的时候，梦境就是我们的人生，每一个荒诞的细节都是大事，人生又何尝不是一场大梦呢？

早班打卡之后，老板把我叫到他办公室，很和蔼地说道：“林南，这几年工作干得不错啊！但以你的能力，在我们单位确实屈才了。离开公司以后发达了，不要忘记老东家啊。”

我一脸茫然，自己何时说过要离开公司来着？没有啊。而老板更是无辜的样子，看我没明白，于是改用直接又客气的口吻说道：“经昨天董事会一致商议，你被辞退了！”

这事儿确实让我感到意外，但我只被震住半秒钟，很快就想开了：也好，反正我也不想干了。这段日子三天打鱼两天晒网，精神恍惚神魂不守舍，该换个环境了。于是我痛快地回说道：“好的，好聚好散！”

老板没想到我答应得如此痛快，震惊了十秒钟，他准备好一堆安慰的词儿，这下说不出来了，只好问我道：“没有什么困难需要公司帮解决吧？”

我笑了笑回答道：“没有！”

老板即刻把脸沉了下来。有时候，即便你不需要帮助，但仍然应该接受别人的帮助，否则就是不给对方面子，对方会很失落的。

我显然没有给老板面子。可我总觉得，本来我也不需要帮助，何必要多此一举呢，于是我退出房间，以最淡定的动作轻轻关上门，一丁点儿情绪都没有。

第十七章　灵魂买卖城

我在招聘网站挂上自己的简历，在简历末尾，我用加粗的文字写了一句话：如果贵公司只是为了找个人来填补岗位，处理完事务就成，那我不感兴趣；然如果贵公司希望对管理体制有所提升，请联系我。下午就有一家公司给我打电话让我去面试，做行政副总一职。我估计十有八九是这句话打动了他们。

网上了解一下这家企业，感觉很一般，不太想去面试，但由于下午没事干，去看看无妨，就当散散心。

我乘地铁到开发区，按照地址去寻找这家公司。突然很想上厕所，于是按路标的指引找到一所公厕。这是可移动的便民公厕，男女通用，排了五六号人，一个个弯腰驼背，估计都是因为内急憋得够呛。没办法，我只好加入队列。

突然来了一位穿着呢子大衣的中年女人，涂脂抹粉，对别人不屑一顾，径直插队走到队伍前边去。

后边站了一位中年男人，大哥估计也是憋得受不了，非常生气，抗议道："你这人怎么不讲道理，没见大家在排队吗？"

这哥们说得有道理，你看像我这位"准行政副总"，也乖乖在后面排队。这情景让我想起在超市里插队的老太太来，估计这位中年女人，再过二十年，也就变成她了。

我也没当回子事，突然听见那位中年女人给老公打起电话来："老公，你这局长是怎么当的！上个厕所别人也欺负我，你快来一下。"

这下可把中年大哥惹恼了，他抢上前不让这女的插队，大声喊道："快点，我好怕！快叫你的局长老公来！你老公好厉害！上公厕都能管！"

大哥这话把后面排队的人逗得哈哈大笑，那女的恼羞成怒，跑到侧面打电话去了。我也跟着笑了，也不知道她的老公会不会来，也不知道她的内急能不能憋到老公来。

这号人思维方式有毛病，法治社会，你老公来了怎么着，难不成能帮你插队上厕所吗？此类人，即便屁大点事儿，也总惦记着要特权。这位大哥说得挺解气的，确实该说。这些玩特权破坏规则的人，其实就是在破坏法规，破坏法规就是破坏公平的社会环境。

那女人等了半天，老公也没有来。排队的人议论纷纷，还有老大爷开始说风凉话："大姐，您快回家吧，估计你老公的手管不到这里来了。"众人听完又哈哈大笑，把那女人臊得无地自容，最后骂骂咧咧地走了。我真替她担心，老公对她如此重要，将来要是离婚什么的，她可怎么活下去？

上完厕所，我照照镜子，形象还不错。赶到这家企业门口，从外观看，规模宏大，大门两边摆放着两只石狮子，显得很有气势。

我走到大门边，对保安室里的大爷说道："大爷，您好！我是过来面试的。"

大爷瞅瞅我，也不说话，只冷冷地点头示意我填写来访单。填完后我说道："大爷，填好了。"

老头又不说话，又冷冷地看了我一眼，指了指另一张单子“联系信息单”。我纳闷儿，怎么两张单子不合二为一呢？我又认真填写了这张单子。然后大爷把遥控门打开。我问道：“大爷，请问面试去哪栋楼？怎么走？”

大爷还是不说话，指了指东边。我顺他手指的方向看过去，东边有好多栋楼。这老头估计是个聋哑人吧。我心里正这么想，大爷好像看出了我的心思，恶狠狠地对我吼道：“那边！”

还以为他不会说话，一说话倒吓了我一跳。看他一把年纪，我也懒得跟他争辩。我心想只要往前走，自然会找到部门的标牌。等我往前走了二百多米，发现有很多间类似行政部的房间，但统统都没有标牌。此时正好有作业员工路过，我上前问行政部门怎么走，大哥诡秘地笑笑：“就靠最里边那间！”

“谢谢！”好纳闷儿，我跟这位大哥萍水相逢，他怎么是如此诡秘的表情呢？

我进楼后，到前台说明我是来面试的。前台的女文员要了我的简历，然后拿出一张表格让我填写，内容跟简历上的栏目几乎一样，于是我再抄写一遍，就当练练硬笔书法了。然后这位比门卫大爷还冷漠的前台小姐让我在侧边的沙发上等待。我也不知道她姓什么，见她这样冷漠，便在心里称呼她为“冷姐”。

看看手表，是下午2：55。预约的面试时间是3：00，我面试一向不迟到，即便迟到也会提前打电话给对方说明情况。还有五分钟，我又想上厕所，于是我问前台的冷姐：“请问厕所怎么走？”

她冷冷地过来把我领到厕所的位置，然后刷卡让我进去，我才得以解决内急大事。上厕所这当儿，我挺困惑的：这公司，如果来了客人，是不是上厕所都要向前台小姐汇报？或者他们家厕所里有宝贝或古董，需要严格监管。

上完厕所后我洗手出来，回到沙发上坐下，正好三点。

冷姐过来了，我赶紧站起来，以为她要带我去面试，但她冷冷地说了一句："先生，请去把厕所门关好。"

哦，原来这家公司的厕所，上完后是需要把门关好的。我想既然来了，如果不听她的，可能连招聘经理都见不到。这么独特的公司，怎么能不见见招聘经理呢？于是我过去认真投入地把厕所门关好，回来继续坐到沙发上等。

我是个喜欢折腾的人，上完厕所后必定口渴。扫视了一下周围，没看见饮水机。前台的小姐也没有给我倒杯开水。我口干舌燥，只好主动问道冷姐："你好，请问有水吗？麻烦给杯水。"

"对不起，先生，我们前台这里是没有水的。"

我正想问她：既然前台没水，那水在哪里？但我又忍住了，继续坐回沙发上，我越发想见到招聘经理了。

已经 3：30 了，他们的员工在大厅里过来过去，但都不是来面试我的人。这些员工阴沉着脸，一言不发，就像幽冥府里来来往往的野鬼，过很多道闸机，刷很多次卡，每一个的表情都跟冷姐一样。于是我更加好奇了，要不见招聘经理，今晚我一定睡不着。

我继续等，时针指到 4：00，还是没有人搭理我，但我还是压制住怒火，口干舌燥地继续等。我看着大厅，感觉还算堂皇，也很安静，静得能听到这位前台冷姐玩手机游戏的声音。再次看表，已经到4：30。我忍无可忍，想过去质问这位前台冷姐：约好3：00面试，怎么拖到现在还没人过来，也不来打声招呼说明原因。

正要发作，只见大厅里风风火火走来七个女人。一个中年女人领头，后面跟着六个年轻女人。七位“仙女”看了我一眼，带队的皮笑肉不笑地说道：“面试吗？这边来！”

好家伙，这阵势七对一啊，但我才不紧张呢，就算把公司所有的人全叫过来也无所谓，这样的企业，面试要成了我也不会干，我只是想看看他们有什么把戏。

我压制住火气，跟她们走进一间极豪华的会议室。七人坐在我对面，中年女人坐在中间，左右各三位护卫。我口干舌燥地坐下，抬起头后，发现七双眼睛正盯着我干燥的嘴唇。

那个中年女人声称自己是招聘经理，让我先做个自我介绍。

我把自己的简况说了说：学历、经历、优势、求职期望等。介绍过程中，我的眼光尽量不时扫视，对面七个“仙女”，虽然有领导和下属之分，但我也得一视同仁，目光需雨露均沾。

介绍完后，那位女招聘经理说道：“听你的介绍，你应该对企业管理很有研究！我们招聘的是行政副总岗位，需要总经理亲自确定，但目前他家里有事，人没在公司。等他回来再跟你约复试的时间吧。我们总经理很崇拜比尔·盖茨，他立志要成为比尔·盖茨。下周一你能再过来一趟吗？”

既然高管不在公司，干吗约我过来，还让我等那么久？怎么说也是招聘一名高管，总经理不在家，你们瞎闹腾什么。我的火终于压不住了，我做了个深呼吸，然后沉稳地回答她刚才的问题。

“不能！”

“你说什么？”她有些怀疑自己的耳朵，赶紧问道。估计她之前从未被应聘者拒绝过。

“周一我不能来！”我再次拒绝道。

她惊讶了一会儿，转而冷冷地问道：“请说说你的理由！”还好，终于听见了一个“请”字。

“我的时间也是挺宝贵的。行政副总这个岗位，也算是高管了，我从进屋到现在，没有喝到一口水，说明你们的行政管理很失败，你们这样的招聘方式，也不可能招到靠谱的人。”我说得有些直白了，但对这些笨人，不说直白一点她们听不懂。

七位“仙女”面面相觑，一副不可思议的表情，可能是首次遇到这样的求职者，开了眼界。

这位中年女人不屑地笑了笑，接着问我道：“我们总经理想做比尔·盖茨！你确定不来我们公司试试？”

怎么老提比尔·盖茨呢？刚才她提起比尔·盖茨我就想说她，现在又提，怎么如此没自知之明，不就是中小型工厂吗？看来他们家领导也是满脑子充斥着成功学的货色。我沉思了一会儿，看了看周围六位年轻的女人，她们正在笔记本上奋笔书写，也不知道有啥可写的。写完后她们都抬头看着我，等待着我的回答。

我想也没有客气的必要了，于是我说道：“你们总经理做不了比尔·盖茨！”

“为什么？”中年女人更生气了，就像我亵渎了她的图腾。

“原因很简单啊，首先你们行业不一样，比尔·盖茨是做软件的，你们是做服装的；其次，比尔·盖茨的公司，门卫大爷不可能这么冷酷；再次，比尔·盖茨的公司，应该是给面试的人水喝的；最后，比尔·盖茨的公司，跟人约定面试时间但迟到一个半小时的话，肯定会说明理由。”

她们哑口无言，惊讶地看着我，这种尴尬场景持续了一分钟。最后招聘经理站起来说道：“今天的面试就这样吧，你回去等候通知。等我们总经理回来了，再约你来面试。”

我很绅士地用干燥的嘴唇说道：“好的！请给我的出门条签下字。”等她签完字，我退出会议室，特意用刚才关厕所门的方式，认真仔细地关好了门。

从办公楼出来，遇见了一名车间工人。于是我上前跟他搭讪道：“大哥，这公司咋样啊？”

大哥憨厚地笑笑：“不咋样，公司管理部门的人都很奇怪，你来了就知道。”我笑了笑，感谢这位中肯的兄弟。

出大门时，我把出门条递给看门大爷，他还是冷冷的不说话。我想他肯定不是一般的大爷，算了，懒得跟他置气。上地铁后，我搜了搜这家企业的口碑，网友骂声一片，还有人说这家公司是家族企业，关键职位都是他们一家子，门卫也是亲戚。这样的话，来这里干行政副总，岂不被气死。

网友的观点也有些偏颇，家族企业也有管理得好的，管理的问题，不一定出在家族企业，可能出在立志要做比尔·盖茨的那一类人。

今天遇到的插队上厕所的女人，还有面试我的七位“仙女”，也不知道为什么，我就是不喜欢这样的人，她们并不是坏人，但我觉得她们只注重物质不讲灵魂，或者她们觉得灵魂这东西，可以用权力和财富来衡量。想着想着，我在地铁里睡着了，做起买卖灵魂的梦来。

感觉自己左肩不得劲，仔细一看原来是受伤了，我躺在马车里，旁边坐着同班同学贾丽莎。“你怎么会在这里？”我问道。“我老公审文列被敌人抓走，我跟随你们出征，以便打探消息，你难道忘了吗？”我沉思了一下，果真想不起来，贾丽莎和审文列都是我的同班同学，他俩确实在谈恋爱，但怎么跑到军中来了呢？正纳闷中，只见侯将军带着审文列过来了，冲贾丽莎说道：“我把你老公从敌人的监狱里提出来了！”我看了一下审文列，发现除了人变瘦，毫发无伤。贾丽莎看见丈夫，悲从中来，哭倒在地，众人忙将她扶起。

审文列问贾丽莎这段时间在哪里，贾丽莎将跟我一起设法搭救丈夫的经历一一告知。审文列过来向我跪下道：“多谢恩人！”

我扶他起来，内心释然，想审文列安然无恙，我使命已完成，从此可以漂泊江湖，寻访高人切磋武功了。我进大帐辞别侯将军，对将军说道：“多谢将军协助搭救审文列贾丽莎夫妇！”

“兄弟客气了，这段时间多亏兄弟送信，我等才不至于坠入敌军的圈套。不知兄弟将来有何打算？”侯将军问道。

“我正要辞别将军。鄙人一直体弱多病，今天居然糊里糊涂地把事办成。如今战事已平，我只想有生之年游历名山大川，钻研武艺，逍遥一生。”

“国家正是用人之际，兄弟何不留在军中效力？可否跟我一起操练博国勇士？”

我犹豫不答，侯将军接着说道："兄弟可以考虑考虑，如改变主意，随时告诉我，如若不愿，也请一见，我为阁下送行。"次日，侯将军在辕门外清点军士，按功劳赏赐勇者，惩罚怠慢者。我得宝刀一口，黄金甲一副。所有奋勇杀敌的将士均有赏赐。随后接到博都来的旨意，令所有人即日起程赶往博都，面见圣上，说另有封赏和任命。

君命难违，我暂时不考虑游戏江湖的事，只得跟侯将军、审文列夫妇、太子一行五人抄小路走灵川，赶往博都，大军由副将带领沿官道徐徐而行。

快到灵川，我因伤势未痊愈，渐渐掉队。贾丽莎驻足等我，给我包扎。进入灵川后，众人在客栈住下。贾丽莎不时到我房间察看伤势，当夜又给我换药和包扎伤口，她回房后，好像夫妻俩争吵起来，我侧耳细听，只听见审文列说道："恩人的伤势难道还没有好吗？"

贾丽莎道："已经开始愈合，但康复还需时日。"

审文列说道："不是我小心眼，毕竟男女有别，如今恩人伤势未好，如果需要照顾我可以代劳，你也不必晚上频繁进入恩人房间，外人看见了也会笑话。"

"这里除了陌生人，就是侯将军和太子。二位都是明理之人，不会有闲话的。"贾丽莎辩驳道。

审文列不以为然："我怎么觉得你是故意找理由去看他呢？"

听了这话，贾丽莎很生气："你这人真是怪异！人家千辛万苦救你性命，你却如此没良心。"

审文列生气地驳斥道："这不是良心的事情，你们相处这么久，男女授受不亲，保持距离还是必要的。"

过了一会儿，审文列改用缓和的口气说道：“娘子，我也不是说你们如何，只是毕竟男女有别，还需要注意避嫌。”

贾丽莎生气道：“亏你是江湖之人，我跟恩人清清白白，你如此拘小节，真是个白眼狼。”然后屋里听不见声音了。

次日清晨，贾丽莎又过来给我包扎伤口，还跟我说昨晚跟审文列的争吵的事。我只得劝解道：“既然如此，你以后就尽量少过来，我的伤势没问题。”

贾丽莎默默不语，等她回房后，突然哇的一声哭了起来，我赶紧过去看个究竟，原来她丈夫已经不在屋里了。桌子上留有文字：

> 爱妻贾丽莎：
>
> 近日你频繁为林南包扎伤口，我很是介怀，我也不知道为何有如此想法。救命之恩，结草衔环难报，但我看见你俩在一起，虽然我也相信你们是清白的，但你们彼此的眼神里，透着一些我从来没有见过的东西。我无法抑制心中的怨恨。我竟怀疑恩人，如此恩将仇报，真是禽兽不如。不如我先走一步，到河郸汇合。
>
> 烦请替我照顾好恩人，来日再叙。
>
> 审文列

看完信贾丽莎满脸通红，其实审文列的话说得没错，我的确感觉她看我的眼神多了点别的东西，看来我得注意避嫌了。太子和侯将军听说审文列不辞而别，相视而笑，也不评价。当日四人过灵川，往东而行，打算渡河往内川城。

遥望窥狼河就在前方，但弯弯曲曲的小路，走了半日，就是看不见渡口。看看日头临近晌午，没过一会儿，天色突然暗下来，河面开始弥漫着雾气，像是罩起一层纱。隐约看见河中央有一座黄墙红瓦的城堡。

太子道："如今渡口找不到，不如往此地游览一番，看看此中风土人情，也正好问问路。"

侯将军和贾丽莎自然不反对，只见河对岸，好像早有人知道我们四人要去游览这个城堡，已经有船夫摇船过来，船虽不大，倒也雕龙画凤，船夫戴斗笠披蓑衣，裤腿挽得高高的，从小腿肚子上的油黄肌肉可以看出，此人常年在河上往来。

凭太子的胸襟，侯将军的武艺，他们自然不犹豫，我跟贾丽莎也跟上，我们跳上船，那船夫甩开嗓子唱起来：

季节轮转空留恋，良辰美景虚幻；
天涯谁识君，只互作陪衬；
匆匆过客，山水有情亦无情；
晚风抚柳，清幽笛声过境；
大梦惊觉，悲喜间已越千年……

船随着悠扬的歌声，箭一样向河中央的城堡射去。

这船夫的歌，句句有看破红尘的出世之意，定是高人所作，我不禁对这位撑船的老叟肃然起敬。太子站在船头，贾丽莎坐着，侯将军握剑柄站在船尾，这景象威风凛凛，好一张蛟龙游海的水墨画。

船稳稳地驶在河中，那城堡比看起来的远得多。走了一会儿，船慢慢转入深谷，似乎已进入另一个世界，抬头看天，顿时有种被自然包围的幸福和渺小的感觉，两旁的山峰往后移动。我心想，这景致，过去一百年，一千年，山还是这样的山，还是这样飘渺的云雾，还是这样多情的季节更替，但那个时候，住着什么样的人呢？他们有着怎么样的人生呢？他们的命运是否也像我们一样深深地刻上时代的烙印？他们是否也跟我一样从沙场的血与火中走出来？那时候山头的小鸟是否这样欢快地歌唱？

一路上，看见河边的石壁上有很多古迹，有很多碑刻，山尖上还有各种纪念先主的祠堂，这是人类延续的标记，同时也表现出人们对死的无法参透和对生的留恋。人在河上，河绕山流，山外是层层叠叠的密林。

我也曾经游历过很多名山大川，都不如这战乱中偶得闲暇随缘遇到景致优美。河流婉转，小船驶过一段曲折的水道，河面豁然开朗，城堡终于近了，连红色的瓦片纹理都能看清楚，甚至能看到房檐上雕刻的各种怪兽。

船夫把篙使劲一横，船转个方向，向岸边飘去，刚好在没有触堤的地方停下，恰到好处，我暗暗赞叹的这老叟的功夫，此操作非等闲之辈可为。四人上岸，船夫说道："诸位请便。晚间时候，某家还会在此等候。"

我们道谢后登岸，信步走上台阶，空气很湿润，城堡的大门在雾气中依稀可见。走到近处终于看清，城堡的大门敞开，牌匾上面有五个篆书写的大字：灵魂买卖城。

侯将军念完文字，意味深长地说道："记得家父曾经说过，窥狼河边上确有这样的城堡，但听说是靠近内川而不是灵川，而且只是听说，没有人真正的到过，不想今天就在眼前了。"

太子和贾丽莎也称奇怪。太子是畅达之人，从容说道：“既来之则安之，进去逛逛再说。”我们迈步越过大门，进入灵魂买卖城。街道两旁有少许路人闲逛，铺子也不少，各个铺子的名字和招牌都很奇怪：“道德铺子，五两银子一斤贱卖，限三日”“良心救赎馆”“后悔药店”“邪恶消散丸”“偷心切糕”……

这些铺子有很多顾客进进出出，太子兴致很高：“这满大街的，没有粥铺，没有药铺，没有饭店，倒有这么多解心结的铺子。咱们不妨找一家看看。”

我们拐过街道，看见一家门庭若市的店铺，店铺上写着：富贵生死交易坊。这家店铺异常热闹，顾客进进出出，有悲伤的，有欢笑的；有伤残的，也有康健的；有奇丑无比的，也有貌若天仙的；有达官贵人，也有平民百姓，还有衣衫褴褛的乞丐……

太子回头对我们三人说道：“就选这家吧！”

我们登门而入，太子龙行虎步富有王族气象。小厮看见我们打扮不俗，赶紧过来笑脸相迎：“四位客官，店主久等了。”我们面面相觑，久等了，言外之意，店主早已知晓我们四人会来。

“请随我来！”小厮在前面引路，大家跟随，进入长廊，然后左转再右转，绕过花坛进入另一间回廊，上小楼后，又是一间回廊，右转再左转，如在迷宫一般。走廊上都是各种字画，但画面非山水、非人物、非花鸟，侯将军偷偷观看，这水墨描绘的感觉是风、是气、是火、是神，全是虚无缥缈的样子，看不出具体形象来，画里的题字无法识别，篆刻也是奇奇怪怪，有的如龟，有的如蛇，有的如花，有的如虫。

众人不敢作声，紧跟小厮往前走，只听得脚踏在木板上嘚嘚地响。约莫一盏茶的工夫，进入正殿，大门上方无牌匾，只有一个獠牙外露的狼头。殿内居中有四张太师椅，小厮让大家入座，太子和侯将军居中，贾丽莎居右，我居左。小厮退出后，门嘎吱一声关闭。

这时屏风背后一个温柔的女人声音开始说话了："太子殿下，能到我这里来，也是天定的缘分，您先请吧，敢问殿下需要交易的是什么？"这声音很柔美，就像二十多岁的女人，但其间却透露出买卖人的精明，还有仙子一样的高贵，令人敬畏。

太子抱拳行礼道："我等路过此城，对城堡的名字产生了兴趣，所以进来逛逛。"

"哈哈哈，太子真会开玩笑，踏上灵魂买卖城，哪有不做买卖的？只不过，这城中的买卖跟你们繁华世界里的买卖不一样。每个人都有想要得到的东西，要买你们想要的东西，不是用钱，而是用你们未来的健康、幸福、寿命、亲情等作为代价。"

太子道："原来如此，敢问我等如何称呼阁下，阁下又是如何得知我等会到来？"

"太子殿下，此城堡建立二百多年来，一直干'灵魂'生意，未卜先知的能耐我还是有的，岂有不知道登岸人之理？至于你们怎么称呼我，这不重要，暂且叫我灵姑吧。太子殿下，您想交易什么？"

太子沉思片刻，果断道："我想要博国五十年的太平盛世。"

灵姑道："太子殿下愿意拿什么交易？"

太子道："灵姑但讲无妨，只要我有的一定给。"

"五十年的太平盛世，说明太子仁慈，而今博国朝中奸臣不少，加上棉支国边境战乱，还需有数年的刀兵才能平定，但太平盛世不难。太子得失去心爱的女人，从走出灵魂买卖城开始，太子就再也见不到天香公主了，从此孤独寂寞将伴随太子一世。将来太子登基，也会有三宫六院，但太子不会再遇到真正知心的人。"

太子的心好像被扎了一下，他曾答应过从边境回来后就迎娶天香公主的。

"太子殿下，您可愿意？"灵姑问道。太子脸色苍白，说了声"好！"，然后沉默了。

灵姑又问我："林侠士，该你了，你想要什么？"

"我想成为绝世高手！"

"这个不难，说实话，林侠士本不是练武材料，但有侠义心肠，自有武林中贵人相助，加上阁下勤奋，将来必成武林大家。但毕竟武功跟杀戮不分家，林侠士虽然匡扶正义，在边疆颇有建树和威名，但最终必定惨死于武林后辈之手。你可愿意？"

"原来如此，常言道'常在河边走，哪有不湿鞋'，既然如此终结，我也算死得其所，哪有不愿意的。"我回答道。

"好了，贾丽莎，你想要什么？"灵姑问道。

贾丽莎这几天跟我在一起，一刻也不想分开，我猜想她会不会说要跟随我浪迹天涯。只听见她对灵姑说道："我想知道我将来二十年的命运。"

灵姑突然笑了，笑声里充满讽刺，也充满凄凉："贾丽莎，你确定真的想知道吗？你将知道自己的将来，比如哪天死，比如与谁终老，你还要问吗？”

贾丽莎顿住了，灵姑接着说道：“昨天你的夫君也来过，要买同样的东西，我告诉了他。他的代价是与你就此形同陌路。”

贾丽莎没有悲伤，随即问道：“我相公能活多久？”

灵姑好像看出了贾丽莎的心思：“你夫君的寿命，真的可叹，不出两年他就会有血光之灾了。”贾丽莎打了个冷战。

灵姑道：“你自会有十年的美满姻缘，但最终也是镜中花水中月。”贾丽莎沉默不语，看了看我。侯将军和太子笑了笑。

“侯将军，久违了！”灵姑转问侯将军。

侯将军愣住了，惊讶道：“我跟灵姑之前认识？”

“哈哈，难道将军忘了棉支国边境的梦中一会？”

太子也称奇，侯将军大惊失色。当初在棉支国边境，侯将军于风雪中截下了独孤氏谋反的密函。之后他心神不宁，噩梦连连。侯将军在梦里寻找出路，但见前方迷雾重重，突然有声音告诉他：“将军不要着急，自会有仙子来引路！但将军切不可带着欲望去看这位仙子，否则她便幻化成魔鬼；若你心无杂念，她依然是漂亮的仙子。”侯将军堂堂正正地往前走，遇到一位自称灵姑的女子，穿着青衣骑着小鹿，远远地对她招手道：“将军不必忧虑，请随我走出这迷境。”

侯将军道：“原来您就是灵姑！”

“侯将军，你想要什么？”

“我想要……不瞒灵姑，这次棉支国之战，每一次杀戮，我心里都很不是滋味，我不仅在阵上杀了对方将帅，看见地上有受腿伤的敌人缓慢爬行，我又从后面补了一刀。他们断气前回头看着我。”

“侯将军，你为什么要说这些？”

“我感觉罪孽深重，这一幕夜夜入梦，我对敌人太残忍，内心得不到安宁。”

“两国刀兵相间，自然会有杀伤，也是各为其主，侯将军不必介怀，将来这种罪恶感自会消失。将军究竟想要什么尽管说出来，这一票是免费的。”

“灵姑，可我……”

灵姑又猜透了侯将军的心思：“你是想替局帅问吗？局帅英勇善战，忠君爱国。局帅去年就来过这里，只是那时候我不在灵魂买卖城，后来我们在河东的内川城见过一面。局帅虽然杀戮太多，晚年在朝中会有些波折，但自会得善终。”

说完，灵姑对众人说道：“诸位的灵魂买卖已经完成了，请回吧。”

适才的小厮推门进来，带领众人出来，穿过迷宫式的走廊又回到门庭若市的街面。街上的人多了起来，小摊上除了各种灵魂产品，还有琳琅满目的小吃。

我们沿原路返回，到达岸边，仍然是刚才的船夫在那里等候。船夫朝大家笑了笑，待大家上船，长篙一点岸，小船轻飘飘地飞往河心。一路顺流西下，只见河流婉转，柳暗花明，空中的雾气已经消失，窥狼河岸边鲜花盛开，河畔还有牧童的身影和画眉鸟的鸣叫。

回头看时，太阳的余晖又被河面的雾气掩盖，灵魂买卖城又披了轻纱，慢慢隐藏起来，窥狼河两岸的柳树、牧童、水牛都成了幻影。转眼间到达岸边，船夫拱手别过，箭一样地消失在河心。我们再抬头眺望东方时，早已不见“灵魂买卖城”的踪影。

第十八章　只愿不重逢

等我乘地铁出站，街道两旁已经是万家灯火。我穿过步行街，溜进西餐厅点了一份牛排，要了一杯加冰可乐，找个靠窗的位置坐下来慢慢享用。

抬头突然看见有个青年朝我这边看，跟他对视了一下，感觉似曾相识。我仔细搜寻记忆，但就是想不起来。他一边张望一边朝我走了过来，老远冲我打招呼道："林南！原来是你啊！"说完他过来热情地拍了我一下。

"你好啊！"看着人家这么热情，我只得回应道，也不好意思问他的名字，于是我说道，"好久不见啊，这边坐！"

这哥们坐下后，把服务员叫过来，然后指了指我的餐盘说道："给我也来一份同样的牛排！"点完后他跟我闲聊起来。他哈哈一笑打趣道："当年你那么瘦，我差点不敢认，你发福了啊！"

我回应道："是啊，人到中年，吃得多动得少，所以就这样子了。"其实我心里挺不痛快，就我这身材，跟同龄人比较还算是可以的，不仅不油腻，也没有将军肚，只是脑袋相对于少年时饱满了许多。

他接着说道："这些年跟同学们还有联系吗？你还玩排球吗？"

"没怎么联系，大家都在忙！排球早不打了。"我回应道。他这个问题一下子让我想起来了，他就是我的大学同学康一慨，虽然不是同班同学，但上学时我们常常一起玩排球。毕业后我一直没见过他。这哥们是个一毛不拔的人，上学时大家一起出去吃饭，我们都轮流请客，但我从来没见他请过客，难怪我室友说他属于那种“不捡钱就算丢”的人，我看一点都不夸张。

康一慨这人不仅抠门，还有个特点，做什么事都非常好意思，比如吃晚饭让别人买单这事，他就干了很多次，但从来没有觉得害羞过。

跟大学时相比，他竟然变了许多：啤酒肚起来了，一身肥膘，头发也少了很多，但有一点没变，跟别人自来熟。虽然多年没见，他还是凑过来对着我耳朵说某女同学离婚了。此时西餐厅里只有我们两个熟人，别的都是陌生人，也不知道他有什么好隐瞒的，大老爷们对着耳朵说话，我浑身起鸡皮疙瘩。

牛排上来了，他边吃边聊，滔滔不绝地讲述自己毕业后的光辉历史：自己如何凭三寸不烂之舌拿下一千万的订单，如何单凭一个节能项目就给公司省数百万，如何被美女追但自己还是看不上所以至今单身……

我只听他在那里絮叨，没怎么搭话。吃完牛排后他又要了瓶红酒，跟我对酌起来。等吃饱喝足，我起身把服务员叫过来结账。康一慨赶紧阻拦道：“使不得，使不得！这些年都没见过，我请你吧！”

“那好吧！”我没有推辞，坐回椅子上。心想这么多年，我就想看看你第一次付账的样子。

康一慨掏出钱包，打开后翻找，一脸无辜地对我说道：

“哎呀，对不住，没带现金。”

我也没客气，笑着问服务员道：“你们这里可以刷卡或刷微信吗？”

服务员乐呵呵地回答道：“都可以的，先生。”

于是康一慨翻找银行卡，刷了半天，密码总是错误，换了几张卡也是如此。我假装看窗外，没有关注他跟服务员结账的事，服务员有点等急了，提醒他道：“先生，银行卡密码记不住，您可以刷微信啊！”

康一慨掏出手机，微信还是没刷成功，密码仍然不对。他抬头笑着对我说道：“哥们，真对不住！本来想请你来着，我这记性，真得补补脑子了。你看微信也没刷成功……”

“没事，你刷我吧！”我开了句玩笑，然后掏出手机用微信付了账，真不想跟他再待下去了。

结账后，我们交换了联系方式，彼此说了句“常联系”后就各自回家了。我信步走在步行街上，天气不错，街灯明亮，逛街的人不少。我边走边想起康一慨来。记得大学毕业时，我跟康一慨选的是同样的论文题目，所以导师也一样。这位导师非常敬业，对我们的论文严格把关，精心指导。我俩的论文被评为那一届的优秀作品。开完毕业典礼的第二天，康一慨对我说道：“咱们请导师吃个饭吧！”我即刻响应。康一慨说导师是两人共同的导师，饭费我需要跟他各承担一半，商议之后，我觉得康一慨还算够意思，终于愿意自己掏点钱请客吃饭了。

我们把导师请到豪华的醉无迹酒楼，结果被导师数落了一顿，他说我们还是学生，没收入，怎么能来这种高档饭店。导师责备完我俩后，却笑呵呵地拉着我们走进了醉无迹酒楼，点了好些招牌菜，我跟康一慨狼吞虎咽地饱餐了一顿，等要结账时，发现导师已经在刚才借口去洗手间离开的时候把账结完了。

本来是请导师吃饭以表感谢，反成了导师请我们，但导师看起来跟我们请他吃饭一样的开心，我对康一慨也有了好印象，至少人家提出来肯负担一半，但时至今日，我仍然没看见康一慨往外掏过钱。

还记得有一次，康一慨跟我被学校派去上海参加大学生联谊会，回程那天，我们早早地到了机场，比航班起飞时间早了两个小时，可后来差点没登上飞机。

我俩到了机场，我走在前面，康一慨跟在后面，等过了安检，回头找不见康一慨了。我有些着急，心想可不能把他一个人扔在上海，于是赶紧回去找。我在安检口看见了他。他被拦在那里，保安正进行全身检查，检查完后，通过安检门时还是嘀嘀响。于是康一慨又回去，保安又进行检查，但再次过安检门时还是嘀嘀响。

我问他身上是不是有金属物品，他说没有了。安检人员也很无奈，只得走过去在康一慨身上摸了摸，发现这家伙的小腹位置有东西，于是我猜了个八九不离十，一定是钥匙扣，因为在那个年头，有的内裤里设计有钱袋，康一慨一定是把钥匙装进内裤的钱袋里了。

保安把他带到厕所，果不其然，内裤的钱袋里除了钥匙，还有钢镚儿。这把我笑得东倒西歪，差点站不住。我也搞不懂为什么要把钱袋设计在内裤上，难道是为了安全吗？为什么设计师觉得这个位置最安全？算了，问题已解决，不必多想。

康一慨再次过安检，这回人过去了，箱子又报警了。

于是保安让他打开箱子，康一慨解释了半天，说里面没有违禁品，但保安就是不相信，可康一慨就是不想打开，彼此又纠缠了二十分钟，我只得劝康一慨：“这是安全规定，检查行李是人家的职责所在，你就打开吧。”

康一慨无奈，只好拉开箱子的拉链，一瞬间袜子、拖鞋、肥皂、勺子、酒起子、剪刀之类都散了出来，就像箱子被撑爆了一样，感觉安检口都要被占满了。

保安分门别类，把违禁刀具放在一边，康一慨只好放弃这些东西，这也好，箱子不鼓了。此时一双酒店公用的拖鞋也掉了出来。我哭笑不得地看着他，他也哭笑不得地看着我。

保安给他把东西装好，终于过了安检。我们边赶往候机室边聊了几句，我问道：“酒店房间里的拖鞋不是都剪去一角的吗？你拿回来也好意思用？”

康一慨不仅不害羞，还反驳我道：“怎么不能用，放宿舍用不就得了。”我也就无话可说了。

康一慨不仅从不掏钱，每次来我宿舍，见到零食拿起来就吃，吃完还埋怨真难吃。其实他也不是绝对的一毛不拔，大三时学校组织给灾区捐款，我就亲眼见他捐了一百元。

从西餐厅跟他一别，再也没见过面。后来他曾打电话给我，说自己买了洋房正在装修，还新提了一辆玛莎拉蒂，让我去参观一下。我拒绝道：“公交车太挤，打车过来你又不给我报销，还是算了吧。”

第十九章　仙山血痕

跟康一概分别后，我面试了几家公司，但都不太满意。求职跟谈恋爱一样，需要互相看对眼。近期面试的几家公司，我只看好蓝遐集团，但等了两周，仍然没有接到他们的消息，别的几家企业给我发了聘用书，但又不太想去，还是先休整休整，调整一下再等时机吧。

于是我寻了一个风和日丽的天气，开车进入窥狼山，打算去看看山里的古庙。

时值深秋，窥狼山漫山遍野的枫叶都红了，公路隐藏在枫叶林里。我驾车小心翼翼地深入腹地，这山里越来越静。我缓缓驶过盘山道，进入深谷，似乎已到了另一个世界。我把车停到关帝庙侧面，在山里漫步。

抬头看天，自己置身在枫叶林中，被大自然包围着，山腰偶尔传来鸟叫的声音，越发显得寂静了。我顺林间的小河走了两里多路，没有见到一个人影，树林越来越茂密。从“窥狼山”这名字猜测，早些年这里应该是有人见过狼的，我有些害怕起来，但又有些沉迷在这种恐惧之中。

我走到河边的浅滩，找了块干净的石头坐下，耳边只有流水的声音，慢慢从水声听出了时间的痕迹。过去一百年，一千年，窥狼山里是什么景象呢？他们的时代，那些可爱的小猫小狗是否跟现在一样玩耍？他们那时候的小孩子是否也像现在一样可爱淘气？那时候的人们是否敢独自进入深山而没被狼群伤害？

坐了半天，看看天色已晚，我起身往回走，赶往关帝庙找车回家。我边走边问一个幼稚而深奥的问题：我从哪儿来，要到哪里去？

突然手机响了，原来是蓝遐集团来电：我被录用了！

我一下子亢奋起来，这可是蓝遐集团啊，上大学时就听过，真是如雷贯耳，即便在国际上也是赫赫有名的大企业，不仅口碑好，待遇也很丰厚，员工的职业发展空间也不错。

我加快脚步，回到关帝庙赶紧驾车回家，一下子斗志昂扬起来。次日就去参加入职体检，下周一正式上班，任行政副总一职。

等到周五，突然接到医院的电话，电话那边一位娇滴滴的女大夫说道："林南先生，请来一趟医院，您的体检报告有点小问题。"

生活经验告诉我，大夫们一般都很会说话，擅长安慰人。他们对你说小问题，问题一定不小。我当即开车到医院，询问后，果然问题严重了：我肺部的医学影像有斑点，大夫建议我去肿瘤医院复查。

我拿着报告单，在医院外边的花坛边抽了几支烟，心想"是福不是祸，是祸躲不过"，真得去肿瘤医院走一趟了。我瞒着老婆，一个人去肿瘤医院复查，结果如晴天霹雳，肺部发生癌变，且需要切除。

拿到结果后，我站立不住，只得靠在医院的栏杆上，总觉得这不是真实的。我这么年轻，还坚持锻炼，除了偶尔抽烟，酒也很少喝，怎么会是我？这必定只是一个梦，没事的，等醒来就没事了。我使劲掐了一下自己的大腿，但还是没有醒来。报告、医院的人流、急救车、挂号室……所有一切都真真切切，没有一点逻辑漏洞，我确实不是在梦里。

大夫让我回家跟家人商量，最好尽快接受治疗。

我走出医院，到停车场坐上车，这世界跟我刚进来时完全不一样了。癌症如此遥远的东西，居然发生在我身上。时间不早了，我赶紧开车回家，太晚家里人一定会发现蛛丝马迹。到家后晚饭已经做好，随便吃了一点我就去了书房。孩子对妈妈说："爸爸今天好像不高兴！"老婆进屋来问我怎么回事，我说可能是受风寒了，肚子不舒服。

我独自待在卧室里，还是不相信这是真的。我得换个医院检查一下，但愿是误诊。第二天我借口出去面试，去中心医院，一路魂不守舍，迷路好几次，差点追尾前车。去医院这十五公里的路，感觉一直在艰难跋涉，走了十年。

中心医院检查结果出来了，没有误诊，确实是肺部癌变。

怎么办？怎么办？这手术做还是不做？化疗会不会把我的头发都弄掉了？做完手术后会不会复发？我还能活多久？老天，这种事来得是不是早了点，我还有好多事没有做呢！小姨常对我说："没有过不去的坎。"容我想想，肯定会有解决办法的。小姨是学医的，她不仅医术精湛，还特别会安慰病人的情绪，此刻要是小姨在身边该有多好啊。

等我回到家，天快黑了。老婆做了很多清淡的东西，还给我备了很多感冒药，她真以为我受风寒了。岳母也从老家来了，带了许多东西，有排骨、肥肠、酱牛肉等，都是我最爱吃的。

岳母乐呵呵地坐在餐桌边，大家正等我回来吃饭。看着一桌子丰盛的饭菜，我快要断肠了，心想你们对我这么好，可我身体却不争气，可能要辜负你们了。我魂不守舍，随便吃了几口，再也咽不下去，眼泪都快下来了，但我强忍住，假装说要去卧室看书。

我躺在床上，心里总是重复一句话："回不去了！回不去了！"由于白天思虑过多，不到一会儿我就睡着了。睡梦中一切正常和照旧，我还是健康的我，但第二天睁开眼睛，发现一切都变了，我又在心里重复了一句："回不去了！"

我借口去面试，一早就离开了家。我又驾车进入窥狼山，想到山谷里看看能不能想出更好的方案。在公路上看见一只矿泉水瓶子，要赶平时，我会忽略不计开车压过去，但我突然觉得做好事的机会不多了，于是我打上双闪，把车停到路边，下车把瓶子捡起来放进垃圾箱。

在大门口，看见有夫妻俩在卖早点，我要了一碗肉末面，边吃边看着他们忙碌的样子，心里很是羡慕。只要有健康，我可以什么都不要，我可以不要车、不要房子，只要能陪伴家人健康地活着，我宁愿过清苦的日子。结账时我想给他们小费，但我们这里没有给小费的习惯，他们可能会觉得别扭或不被尊重，于是我又买了一些烧饼和烤肠，想通过这种方式帮衬他们的生意。

继续往山里走，突然前方路上有几只小奶狗，肉乎乎的，在路上哇哇乱叫，估计是饿坏了。这太危险了，我又停下车，一只一只地把这些小肉球抱到路边的草丛里，然后从后备厢拿出棉袄，给它们做了个窝，并把烧饼和烤肠弄碎了放在窝里。生命不易，也不知道这几只小家伙是从哪里冒出来的，希望它们能健康长大，体验造化给它们设定的经历。

我小心翼翼往前走，对周边的景物充满留恋，这满山艳丽的红叶，不知道我还能看几年。我还不住地问自己："人在绝望的时候都会变善良吗？"其实这个问题跟"做不做手术"一样无法弄清楚，但有一点我是确信的，无论将来我能活多久，从今往后，只要看见废弃的瓶子，我都会捡到垃圾桶里；只要看公路上有迷失的动物，我就会帮助它们转移到路边。

我走进关帝庙，里面有些破败，好像很久没有人来过。地上散落着树枝和土块，但关老爷的塑像仍然威风凛凛，提着青龙偃月刀，用炯炯有神的目光看着我。千里走单骑、单刀赴会、走麦城……英明神勇的关老爷，在历史的长河里也左右不了自己的寿数，何况我这样的凡夫俗子。但是要直接放弃，我也不甘心。不如先接受治疗，尽力而为，要是最后实在逃脱不了宿命，若能洁净坦然地归去，也就认命了。

虽然如此，我还是没法立刻下定决心接受手术。思来想去，我决定上竟倾山，恳求永清道观的道长让我在道观里待一段时间，或许能想明白。我赶回家，打开电脑奋笔疾书，给女儿写了一封信，内容如下：

亲爱的宝贝：

爸爸很不希望你看到这封信。如果你看到这封信，说明爸爸已经去了很远的地方。我要跟你和妈妈说声对不起。

爸爸平时忙于工作，很少有时间陪你，很多话没有机跟你讲，所以写在这封信里。这些内容只是爸爸的切身体验，你不一定要完全照搬，但希望你成长的路上能多思考这些事，尽量少走弯路。

有你这么聪明可爱的女儿，爸爸不枉此生。过去的人养儿女，他们觉得自己含辛茹苦把孩子拉扯大，希望孩子将来报答自己，但爸爸从没有这样想过。在你出生时，看到你的那一刻我就觉得是上天眷顾才把你赐给我，既然我跟妈妈把你带到人世间，就有责任和义务把你抚养好。你将来在社会上过得幸福就行，绝不要因所谓的养育之恩而感到亏欠爸爸。

如果你遇到困难，不要害怕，先冷静下来多跟困难耗一阵子，慢慢就会有对策；也不必抵触困难，正常的磨炼谁都不能避免。

爸爸总结了好多经验教训，具体是关于这些事：学习、时间、读书、健康、努力、目标、朋友、男人、恋爱、婚姻、道德、选择、苦难……但我还是决定删除了，因为这些文字只是从父母的角度基于自身知识水平和阅历给出的建议，将来你面临的情形必定跟今天不一样，你会遇到新挑战，产生新观念甚至形成新的是非标准。

曾经爸爸也叛逆过，跟爷爷奶奶有过很多观念冲突，如果今天我把自己认为对的东西灌输给你，要求你按我的意思做，虽然初衷是希望你少吃亏，但这跟上一辈给下一辈灌输老观念又有何区别呢？

老辈的话确实有其道理，但社会在发展，别人给的意见只能作为参考，路还得自己走；反过来，将来等你老了，也不必刻意要求子女非得按自己的观念和方式生活。不把自己的观点强加给别人才是社会性成长的真正开始。

爸爸虽然删除了很多忠告，但还是有一句嘱咐：任何时候都要爱惜生命和注重健康，这是做一切事的基础，至于别的事，相信你会在摔打中弄明白的。

将来走进社会，爸爸不求你一帆风顺，只希望你勇敢地去经历酸甜苦辣，掌握自己的命运，活出精彩人生。

永远爱你！

爸爸

写完后，我把信件粘贴到电子邮箱里，选了老婆和几位亲朋好友的邮件地址，设置好在一年后定时发送，到时候他们必定会转给我女儿，乐意的话也可以转给自己的孩子，如果这关我没能挺过来，这就算遗书了。

写完信我整理了银行卡上的存款，除了留下点生活费，全部转到老婆的账户，然后早早睡去。第二天跟老婆谎称找到了一份去非洲做项目管理的工作，三个月后才能回来。然后背上背包赶往火车站，坐上了去竟倾山的高铁。

我把座椅往后放，闭幕养神，只见窗外的群山已经被包裹在雾中，难道竟倾山真的到了吗？云烟缭绕的山脚下，依稀能看见官道的尽头，有一座城堡，跟袖珍国的城堡相似，只是色彩不一样，金色的瓦，金色的梯子，金色的屋檐，金色的宫殿。我被这闪动的色彩刺得睁不开眼。我眼睛眯着缝，顺着城堡的大街走去，突然看见草丛里，有两只白兔蹿过去。

我赶紧抽出背上的箭，嗖嗖两箭射过去，两只白兔倒地，当我上前去寻找时，却不见踪影。算了，我的目的是寻找竟倾山，不能分神忘了初心。于是我在城门处拐到右侧的小门，鬼使神差地进入一间卧房。

屋子里很干净，墙上挂着字画《窥狼晚秋图》，画几乎布满整个墙壁，画里描绘的是从博都到阴阳岛，从阴阳岛再到灵川的景象。

我感觉肺部有些难受，呼吸跟不上，只得走过去躺在床上。突然听见门外有人说话的声音，我想挣扎起来，但不能动弹，此时进来两位白衣姑娘，端着方形托盘，小心地把盘子放在桌子上，然后给我喂药。

我没有拒绝，想这两位姐姐定是为了医治我肺部的病，于是喝了一口，然后问道："这是什么药，为何这么苦？"

那圆脸的白衣姑娘说道："将军，这是断肠草熬制的汤，断肠草是从断肠谷的山崖上取来的，都是将士们的血肉所滋养。"

我听罢咳嗽一阵，感到胸中更闷，恨不得把药吐出来。

另一名瓜子脸的姑娘过来说道："将军还请好好休息，虽然说此病已不可治，但有断肠草，将军还是可以活到冬至的。"

我挣扎着想起来，但腿和胳膊不听使唤，那两名姑娘坐在桌边，继续唠叨道："将军若不射杀我们的两位兄弟，也不至于得了这种顽疾，英年早逝，真是可叹！"

"你们的两位兄弟？"

"刚才他们路过城堡时，惊扰了将军，被一箭穿心，将军忘了吗？我们这两位兄弟已是活不成了。"说完圆脸姑娘泪如雨下，瓜子脸姑娘赶紧过来给圆脸姑娘擦眼泪。

我愧疚道："难道二位姑娘的兄弟是草丛中的白兔？在下实在不知，误杀了二位姐姐的兄弟，真是罪不可赦。死又何惧，只是如今我要去竟倾山寻找道长，没想到身死此处，要成憾事了。"

"哼，这是什么话！难道我兄弟的性命就抵不过你林将军的性命！"说完二人生气出去了。

我正要解释，突然发现自己的衣服和铺盖渐渐幻化成繁星飘到窗外，自己赤身裸体躺在床上，想呼唤二位姑娘回来，又觉得不方便。再低头看时，自己的身体也在幻化成繁星，也慢慢飘散到窗外，飞向那金色的城堡，跟城堡的金光慢慢融合在一起。

我找不到自己的衣服，也找不到自己的身体，只看见城堡的东侧有熊熊的篝火，我的两名随从死死地睡在篝火旁边。那两名白衣姑娘渐渐靠近，然后抽出宝剑，分别对准两名随从的脖颈，准备下手，我大喊道："住手！快住手！"

但自己没有了身形，更没有了声音，两名随从根本听不见，只听得嗖嗖两声，白衣姑娘已下手，我大喊一声："哎呀！"顿时两外白衣姑娘均不见了，原来自己已经到了城堡东侧的平地上。

看看自己，衣服和身体仍完好无缺，两名随从毫发无损。我发誓再也不射杀猎物了。既然这里不是竟倾山，我得继续寻找。收拾整理一番后，我们继续往东走。走了两个时辰，只见山道越来越开阔，路上的杂草也渐渐稀疏，最后变成坦途，远处隐约出现庙宇的大门，在雾里若隐若现。

我们加快脚步。太阳升高了，山里的雾气在太阳照耀下慢慢变成云朵，整个庙宇慢慢地凸显出来，庙宇跟山丘交错，大大小小有二十多座房屋，点缀在丛林中。

总算到了！我们登石级而上，到大门前整肃衣冠后，我前去敲门。不多时，门嘎吱开了，走出两位白衣姑娘来！我吓得往后退了几步，居然跟在城堡里见到的一模一样！

镇定之后，我心想既来之则安之，欠身行礼道："两位仙姑，在下有理了。"

那两位姑娘打量我一番，从她们的反应可以看出来并不认识我，瓜子脸姑娘问道："阁下有何事？"

"我是从博都来的，因近来身体不适，特来拜见马永清道长，求道长将我收为徒弟。"

那瓜子脸姑娘道："这可不巧了，道长已经云游去了。"

"那敢问仙姑，道长何时能回来？"

"这个说不好，诸位既然来到这里，他老人家自然知晓，只是能否得见要看缘分。诸位可随我来，在厢房住下等候道长他老人家。"

我道谢之后，让两位随从过来呈上从博都带来的礼物。二位白衣姑娘也不客气，叫来几名小道收了，然后带领我们转过中门侧的小门，穿越几处回廊来到厢房，给我一间厢房，两名随从住一间侧房。

房间里很敞亮，院里种了很多花草。十几米开外有淙淙的泉水，反衬托出这古刹的宁静。我一下子忘记了尘世的喧闹，突然觉得昨天的一切征战都成了虚幻的梦境，自己也不想回博都去了。

次日，不见马永清道长回来，第三日仍不见，过了七日仍不见。一日三餐倒也按时供应，闲暇时在山腰走走，看看各处的建筑，毫不乏味。我内心希望道长早些回来又不希望道长回来太早，真有点留恋这竟倾山的景致。登上竟倾山的峰顶，碧空无云时，阴阳岛的全貌尽收眼底，原来一条蛇形的道路两侧有两个圆形的湖泊，组合成一个宏大的太极图，而这竟倾山，却在太极图之外。

在道观主殿门口，每天清晨都会有十来名道士在那里练剑，到下午，这些人都到田地里料理庄稼。由于正值秋天，田里到处是沉甸甸的瓜果。我无事兴致好的时候，也跟这些道士切磋武艺，闲时就在藏经阁翻翻经书，等待马永清道长的到来。

过完中秋，马永清道长仍然没有回来，我有些焦急。这日清晨，我被外面的声音吵醒，起来穿衣洗漱，走到院子里，只见两名随从已经起床了，正在议论什么。我问道："何处在吵闹？"

"好像是练功房那边传来的，今早看见好多道士都跑过去议事了。"

我带领二人走出厢房，来到庙宇大门旁，发现大门紧闭，几名道士用圆木死死顶住，只听门外有人凶狠地叫嚷道："快叫马永清出来，识相的话赶紧交出太乙符，否则我们不客气了。"

院里不答话，门外的人开始撞门，此时从练功房冲出来二十多名道士，其中为首的道士说道："兄弟们，师父不在，我等必须死守住大门。太乙符是镇山之宝，不能落到官兵的手里！"

我和两名随从感到纳闷儿，此处怎么会有官兵？此时两名白衣女子走过来，很愧疚地对我行礼道："这是竟倾山跟外界的恩怨，不想如今几位赶上，还请暂且回避。"

我回答道：“二位姐姐不必客气，如果是官兵，在下倒可以出去跟他们理论，博都来的军队断不会这么蛮横。”

那瓜子脸姑娘道：“没有用的，阁下还是不要参与其中的好。”

“那就客随主便吧。”我也不好坚持己见，回厢房去了。

不到一盏茶的工夫，只听得轰然一声响，院里顿时变得人声鼎沸，杀声震天。我心想如果此间有难，自己也理当相助，马永清道长跟博王向来关系密切，山上若有难事，哪有不管之理？于是我整肃行装，携剑带领两名随从赶到大门。

大门已经被撞开，冲进来百来位官兵模样的人，但从服装看并非博国的军队。二十多名道士正排成一字挡住这些人的去路，他们有的手握拂尘，有的拿着宝剑，甚至还有几名火工模样的人，各执器械慷慨对敌。我正要上前搭话问个究竟，那官兵的头领突然一声令下：“这些臭道士，敬酒不吃吃罚酒！上！”

众兵丁如狼似虎冲过来，二十多名道士和火工拦住去大殿的路，与官兵斗在一处。我观看时，见那二十多名道士个个是身手不凡，兵丁多对一也占不到便宜。

战了多时，道士毕竟寡不敌众，陆续有人倒下。我看事不宜迟，拔剑带领两名随从加入阵中，不想从人群里闪出一名船夫来，我抬头一看，竟然是去灵魂买卖城时给我们划船的老人。

老人哈哈笑道：“林将军，别来无恙？”

我惊愕道：“你！”

老人挥舞手中的船桨道：“还望将军别管江湖之事，如若不停，休怪小老儿无礼！”

我心想，此人跟道观究竟有什么瓜葛呢？管他呢，道观有难，我再不能无动于衷，于是抽出宝剑攻出一招，那老人用船桨轻轻格挡，我顿时感到重如泰山。两名随从见主人遇到硬手，纷纷拔剑攻过来。那老人身形灵活，腾挪到一丈之外。我越发好奇，这不起眼的老船夫怎么会有如此高的武功？于是紧追不舍，那老人飞身越过厢房，我们紧随其后，都落到侧面的石板铺就的院子里。

我不禁赞叹道："老人家好功夫！"

那老人哈哈一笑："将军过奖了，今日正好跟将军切磋切磋！"

老人说完，毫不客气地挥动船桨又攻过来。我随军多年，武艺也不差，不想今日遇见的这老人，使出的都是各种奇奇怪怪的招式，无论我使什么绝招对方都防范得滴水不漏。对方每次攻出一招，只发出一半就收，好像是在探测我的武功。我每次过完一招，完全不知道下一招会怎么，对老人即将发出的招式充满期待。

两名随从跟随半天，碰不到老人的些许毫毛，反而累得气喘吁吁，只得站在旁边观战，为我呐喊助阵。

战有约一百个回合，我已满头大汗，而那老人大气不喘，轻飘飘突然一点身边的圆石，纵到菊花坛旁边的冬青木上，跟鹅毛一样轻盈，微笑着示意我进招。等我上前挥剑，老人又飞越过房檐，飘到厢房后面去了。我紧追不舍，两名随从绕过侧房，也赶上来。那老人且战且走，一直把我引到半山腰，又跟我交手二十多个回合，突然飞身上房檐。

此时大门处已是一片寂静，这老人似乎松了口气，向我一抱拳道："此次将军肺部有疾，老朽胜之不武，暂不奉陪了，来日再见！”说完他纵身掠过房檐，消失在竹林中。我暗暗心惊，这老人的武功远在自己之上，就这离去的轻功，在博都也找不出第二个人来。

我带领两名随从，赶到大殿前的空地，发现满地都是尸体，其中包含二十几名道士，也有一些东倒西歪的官兵尸体，大殿里的神像也被砸得面目全非。只听见大殿右侧有人在招呼我："林将军，林将军！"

我走过去看时，发现是两位白衣姑娘，圆脸姑娘受了伤，不能动弹。她见我毫发无损，欣慰地说道："还好，道观的灾难没有祸及将军，将军还请稍待几日，估计马永清道长就要回来了。"

瓜子脸姑娘说道："回来也晚了，太乙符已经被抢走，我们也无法交代了。"

我上前施礼道："敢问二位姑娘，太乙符是什么东西？为何这些人要痛下杀招？"

"说来话长，太乙符是一个雕刻有符号的玉石……"瓜子脸姑娘准备详细讲来，却被圆脸姑娘打断："阁下请稍待几日，等马永清道长回来，您就会明白了。"说完两人都沉默了。我也不便再问，只好作罢。

我四处看了一下大门周围，惨不忍睹，大殿门口的血水流过大门，流到石阶侧的溪水里，溪水泛出鲜红的颜色。

算算时日，我在山上待了月余，眼看道观遭此劫难，自己又帮不上忙，马永清道长也迟迟未归。山上这番悲惨景象，我也无心赏景，决计先回家休养一段时间后再作区处，于是带上两名随从，辞别二位白衣姑娘，下山寻找船只回博都。

我们行到窥狼河岸边，渡口并无船只。遥望河心，倒有一叶小舟飘然驶来。小舟上仅有二人，等得近了，原来是一小童在摇船，船上站立着一位老道，身挂包袱，白胡须在秋风中飘舞着。

等船靠岸，我正要上前行礼，老道先发话了："敢问阁可是林将军？"

"正是在下！"

"贫道马永清有礼了！"

我欣喜万分，忙上前抱拳道："马道长，我近来肺部感染疾病，听闻您老人家精通医术，可否收我为弟子，让我在山上修行治病？"

马道长爽快地回答道："好说！好说！林将军的事我在灵川云游时已经听说过了，我料到您会前来，所以赶回来，无奈路上出了点岔子耽误了时日。山里小徒们不曾怠慢将军吧？"

"这倒没有，只是……"我犹豫了。

"将军但讲无妨。"马道长说道。

"只是前几日山里发生变故，门口来了很多军士打扮的人，讨要太乙符，本来我三人出手相助，无奈遇到一位老船夫，功夫了得，牵制了我三人。大部分人都被杀死了。"

老道听罢，握拳叹道："没想到我还是来迟一步。这老儿欺人太甚！"

随后他说道："三位还请随我上山，等我处理了跟这老儿之间的事，就为阁下治病。"

我无异议，众人一路无话，那老道马永清走在前头，双目紧缩，却又精神抖擞、步伐矫健。小童背着竹筐跟随，我三人跟在后面，又回到道观住下。

马永清进入房中，沐浴更衣，重新束发换了精干的道袍，带上拂尘让我陪他下山，到了窥狼河边，他拉着我的手，也不上船，只在水面轻轻一点，我们就掠到对岸去了。

我们穿过深秋的枫叶林，沿峭壁而上，到了山尖的平地，放下包袱和宝剑。马永清冷笑一声，冲山林喊道：“老不死的，我来了，三十年来你一直阴魂不散，不就是决斗么，今日贫道成全你！”这声音如洪钟，响彻山谷。

过了一阵子，山谷对面传来声音道：“哈哈哈，你这个臭道士，这是何苦呢？不就是比试吗？非得搭进小道们的性命，你才肯出手。”

“你这个卑鄙小人，你我之间的瓜葛跟他们何干？为何要出如此狠手？为何要打太乙符的主意？”

“非也，臭道士，你别弄错了，你的徒弟不是我杀的，我只是看见那位少年英雄出手，跟他切磋起来很有意思，所以就玩了会儿。”听这老头的意思，山上道士的死并非他所为，我想这老头也够狡猾的，若不是他纠缠于我，我也可以去助道士们一臂之力。

“没想到你为了切磋武功竟不择手段。你明明就是强词夺理，还想抵赖。今日我就为小徒们讨个说法！”马永清愤怒地说道。

突然间那老船夫不知从何处飘了过来，落在马永清面前，摆开架势说道：“别废话，出招吧，拿出你最厉害的本事来。”

马永清稳住下盘，正要开口说话，那老船夫已经攻过来了。马永清转动身形，老船夫的船桨从拂尘上扫过，马永清一用力，拂尘锁住船桨，二人较力，拂尘和船桨吱吱作响。船夫突然收了力道，道长的拂尘在空中转了一下，身体却稳如泰山。

船夫道："臭道士，你终于拿出看家本领了。"说完他掠过枫叶，马永清翻身跟上，二人一青一白，掩映在红色的枫林中，触碰过的枫叶纷纷落下。

那老船夫转过身来又攻出一招，马永清的身体突然像失去了骨架一般，柔软如水，船桨贴身而过。

老船夫哈哈笑道："好道士！我一辈子划船的，难不成害怕你这水形的功法！"

说完他手握船桨，使一招"问鼎中原"激射过来，马永清的身子已经在空中翻滚起来，呼呼风势把老船夫的衣衫吹起来，突然间马永清拂尘的手柄点到老船夫的膻中穴上。普通人赶上这一招，早已失去知觉，这老船夫只是抖了一下，看看起来已有畏惧之意，他把船桨竖起来，往地上一撑，跳到悬崖边上，回头看了马永清一眼说道："臭道士，果然厉害，老夫不陪你玩了，改日再叙。哈哈哈！"

说完他往悬崖下跳去，我跟马永清走过去看时，老船夫已经脚点松枝，弹跃到河边的枯木上，竟把枯木当成小舟，箭一样地向下游划去。

马永清怅然若失，我感觉有些愧疚，心想道观的悲剧跟我上竟倾山多多少有关系，我必须做点事助道长一臂之力，于是我拔剑在手，决定腾身去追老船夫。

可无论我怎么努力，还是飞不起来。肺部的一阵剧痛把我拉回现实中来。高铁正穿梭在崇山峻岭间。我问了问乘务员，距离竟倾山还早着呢。还好，小道士没有被害。这次上山我一定要时刻心存善念，谨慎行事，不能给山里带来麻烦。

第二十章　沦陷饿虎监

为什么非得上竟倾山呢？我是这么盘算的，之所以肺部出问题，可能跟自己近年的生活方式有关，具体原因真说不清楚。这些年来，大部分时间我被困在城市，没有机会融入山林。如今我无法下定决心，不如趁此机会上竟倾山住三个月，到道观里谋个差事，然后吃斋修行，换一种生存状态。我可以搭建一间茅屋，给道长们种菜。在此期间，我也会好好想想接下来该怎么做。

我的行李除了两套衣服，其余的全是小说，我打算从今天起与世隔绝，到这洁净的去处把书读个够。

高铁上人不多，离竟倾山还有一小时的路程，我冲了杯咖啡，然后就掏出小说《斯托利湖往事》阅读起来。突然听见旁边有人说道："小伙子，你也喜欢看《斯托利湖往事》吗？"

我抬头看时，原来是旁边的一位老人跟我搭话。这位老人须发皆白，看上去不下八十岁，但精神矍铄，飘飘然如世外高人，我不禁肃然起敬，回答道："是的，很喜欢这本小说。"

"感觉咋样？"老人微笑着问我。

"此书虽然很有名，可我总觉得有些虎头蛇尾，最后几章读起来太晦涩，有拖泥带水的感觉。"我回答道，本来初次见面不该如此直白，但按这老人儒雅的面孔推测，他一定懂小说的奥妙。有时候，越是跟陌生人聊天，越可以肆无忌惮畅所欲言，因为不必戴上面具。

“哈哈哈！”老人捋着胡子大笑，弄得我有些局促不安。

难道我说错话了吗？我客气地说道：“后生粗鄙之见，还望老人家指教。”

“不敢不敢，哈哈哈！年轻人，看来你已深入其中，听你这么一说，老夫斗胆猜测，你看的一定是翻译本！”

“正是！这是鉴南风翻译的，您老看过吧？”我回答道。

“看过！这本书我不仅看过鉴南风的版本，还看过其他好几个译本，原书的神韵都被这些译者给毁了。”

我被震住了，敢如此说，表明老人的学术造诣非同一般。于是我虚心问道：“还请您详细谈谈，晚辈受教了。”

老人喝了口茶，挪到我身边的空位，把我桌子上的《斯托利湖往事》拿起来，摇头叹道：“小伙子，这本书的英文原著我看过，既没有你说的虎头蛇尾，也没有晦涩之感。你说的这些毛病，是翻译不到位所致。《斯托利湖往事》这本书，原著读起来一气呵成，酣畅淋漓，只可惜没赶上优秀的文学翻译者。”

“老先生的意思是，假如我感觉这些外国名著有所不足，其实并不意味着原著如此，而仅仅是译本如此？”我进一步问道。

“正是此意，小伙子你悟性挺快！”老人赞许地说道。

我沉默了，有种被冷水浇全身的感觉。这些年我读了很多外国小说，大部分都是译著，我一直纳闷儿：那么多如雷贯耳的作品，读起来怎么文笔平平，有的甚至读了几章就想把书扔掉。老人的话切中要害。

老人好像看出了我的心思，转而安慰我道："年轻人，不必灰心，我的意思并不是说所有的译本都不好，而是觉得你在阅读前应仔细甄别。如果你买了翻译质量差的译本，损失的不仅仅是书费，还有自己的时间，甚至还会因译文语言粗糙，对你的措辞风格造成负面影响。"

老人观点中肯，不偏不倚，把我说得心悦诚服。于是我问道："那请问老人家，当今翻译界，有哪些译者的著作值得一读？"

"哈哈哈！"老人又大笑起来，接着说道，"你这个小辈还挺有意思！我看你也是求真之人，今天咱俩就来个品茶论英雄。"说完他把自己的茶壶拿过来。

老人又喝了一口茶，继续说道："译界我最推崇高慧勤女士，她把川端康成的《雪国》翻译得雅致透彻。高女士文笔不凡，可惜已经去世了。"

我不住地点头赞同，因为年初我刚读完高慧勤翻译的《雪国》，那时正值大雪，整个城市被白雪覆盖，跟书里的意境正好吻合，这本书我读得废寝忘食，竟反复读了四遍！译文确实文笔非凡！

"我也很喜欢高慧勤女士的语言风格。敢问老先生是做哪一行的，在哪里高就？"我问道。

"我在河郭外国语大学教书。"老人很平静地回答道。河郭外国语大学是外语界的泰山北斗，老先生的口吻却毫无优越之感。有真才实学的人往往没有架子，果不其然。

"老先生，请问除了高慧勤，还有哪些翻译大家？以后我读书的时候注意筛选。"我又问道。

老人捋了捋胡须，思索片刻，回答道："现当代的林徽因、林语堂、季羡林、梁实秋……这些人翻译的作品都不错，主要是他们本身就有作家级别的文笔功底。近几年也有不少译界的后起之秀，但良莠不齐，有名副其实的，更有名不副实的，老夫就不多说了。总而言之，爱读书是好事，但一定要选好书，选好的版本，选负责任的出版社，否则会得不偿失。"

我低头看了看手里的《斯托利湖往事》，想把书给扔了。我感叹道："原来如此啊！"

老人好像又看透了我的心思，接着说道："小伙子，《斯托利湖往事》这本书，据我看来，目前市面这些译本都是失败的，你还是读原著吧，原著语言并不难。"

"谢谢老先生指点！"我一下子神清气爽，长久对《斯托利湖往事》的疑惑终于解开，感激之余，我走到车厢连接处，把这本《斯托利湖往事》译著扔进垃圾桶。

回来坐下，老人不仅没有批评我，反倒夸赞起来："这就对了！低水平的东西，是负担而不是资源，果断扔了就是。小兄弟有气魄，如不嫌弃的话，跟老夫结拜成忘年兄弟如何？"

我求之不得，但觉得兄弟相称有些不妥，他都快赶上祥坤爷爷的年纪了，于是我说道："能与老先生结交，晚生真是荣幸之至，但我们是否兄弟相称有待商榷，真不敢乱了辈分。"

老人听了直摇头，辩驳道："小老弟，既然你我如此相投，何必要拘泥于此。长幼要分，但只代表出生年月的先后，若心底真彼此尊重，同辈隔辈又何妨？"

我还是不敢跟老人称兄道弟，于是我说道："既然老先生如此旷达，我就斗胆跟老先生结交，兄弟相称实不敢当，还是按师生之谊吧。"

"好！就这么办！我姓檀名仲玄，你贵姓？"老人问道。

"我叫林南，您叫我名字就行，我就称您檀老了。"我回答道。

老人很豪爽地笑了，他接着问道："你听说过近代翻译家林琴南吗？"

"听说过，您说的是林纾，对吧？"

"对，就是他。但你知道他为何成为翻译大师吗？"

我确实被问住了，我想说林纾有才华，但这个答案毫无价值，于是我老实回答："不知道。"

老人笑了笑说道："因为他不懂外语！"

"啊！不懂外语反而能成为翻译大师？"我正要喝水，被这个问题震住，赶紧停了下来。

"是啊！很多所谓的翻译家，外语功底也是有的，但太拘泥于原文的语言形式，反而跳不出桎梏来，结果译文弄得不中不西、不伦不类。林纾虽然不懂外语，但他国学功底深厚，别人转述给他原文的意思，他完全能跳出语言形式的束缚，用地道的汉语表达出来。比如《巴黎茶花女遗事》和《玉楼花劫》，那传神之语，一般翻译者怎能望其项背！"

"原来如此！"我太激动，拍了一下桌子，老先生的茶水溅了出来。我赶紧道歉，但他却毫不介怀。

我接着说道："檀老您这话，意思是林纾的翻译已经出神入化，无招胜有招。好比太极，一般层次的人打得好，但只是在套路中发挥，而顶级的大师，他们已经忘记招式，身心功法融为一体，如行云流水，看不出痕迹来。”

“是的，要做一位优秀的翻译家，就得忘记语言形式，才能达到最高境界。”

虽然林纾先生的有些译作存在瑕疵，但我很赞同“跳出语言形式的束缚”这种译法，对此我心悦诚服。

檀老继续说道：“林兄弟，当前国家经济繁荣，文化事业蓬勃发展，翻译和创作水平已远超过往。你如果觉得自己汉语水平还可以的话，也可以加入文学翻译行业，不辜负这个伟大的时代！”

檀老的一席话，说得我热血沸腾，一直影响我的余生。后来我步入翻译行业，按他教导的方法，跳出语言形式的束缚，用“重写”的手段，翻译了十来本外国名著，几乎都成了畅销书。

列车到站后，我跟他交换了联系方式，然后道别。我找到垃圾箱，重新整理背包里的书籍，把那些文字晦涩、行文别扭的译著取出来摆到垃圾桶旁边，让保洁人员当废纸回收了。剩下的书，除了五本精品译作外，全是汉语小说。

果然“低水平是负担”，这一番舍弃，背包轻了不少，感觉肺部也舒服多了。

坐上大巴车，窗外闪过巍峨的山脉，山尖被雾气环绕，我想那雾气深处，一定有高人或神仙的踪迹。我越想越向往，决定去寻访高人的足迹，于是沿山梁往上爬，到了山尖，云雾散了，只见另一侧豁然开朗，山下是一派欣欣向荣的景象：

流水蜿蜒，山花烂漫；奇鸟异兽，穿行嬉戏；房舍累累，鸡犬相闻；嘉禾繁茂，炊烟袅袅。三川有仙气，四野无荒蛮。

我快步往这胜景里跑去，穿过一座小桥，慢慢走近一片密林。里面到处都是参天大树，把太阳遮住了，但能看见地上有马匹走过的痕迹，原来是一条驿道。我沿驿道快步前进，两旁布满了奇怪的树枝，渐渐地驿道变成了小路，路边的花草我均不认识，长这么大从来没有见过如此景象，各种鸟儿奇怪的叫声越来越紧，我害怕起来，打了一个寒噤。

我紧了紧衣服，心想只有勇敢上前才能见到世外高人，于是鼓起勇气往密林深处走，里面越来越黑暗，我只得左顾右盼，防备两边黑暗的灌木中可能出现的野兽和鬼怪。小路的怪异让我感到前所未有的茫然和恐惧，我就像一个逃命的败将，在这个充满杀气的路口，失去了同伴，徘徊一番后又陷入敌阵，被多股势力包围。我拿出锈迹斑斑、带着些许微光的剑，招架乱舞，却劈不到一点点亮光。孤独感就像海水，即将吞噬我的小舟……

我安慰自己道："这些都是幻想，一定要勇往直前，坚持走下去！"我一咬牙，心想无论如何也要早点穿过这个地方。我不由得小跑起来，耳边偶尔响起猫头鹰的叫声。

突然前方出现了开阔的景象，终于穿过丛林了，但奇怪的是，我冷得发颤，怎么季节更替到了寒冬呢？我又饥又渴，只见不远处有一个小镇，一家客栈的酒旗耷拉在风中，因冰霜冻结，酒旗一动不动，酒店的房顶冒着炊烟。

终于不用害怕了，我心里很激动，大踏步走向客栈。敲门后，出来了一个微胖的中年人："客官，请问要哪种房间？”言语间他精明地打量着我的装束，目光落在我背上的麒麟枪和葫芦上。“店家，歇歇就走，给我来碗牛肉粉暖暖身子！”

“好嘞！”

不一会儿滚热的米粉上桌，上面镶嵌一堆方形的臊子，我大吃起来。吃完后我在桌子上放了些碎银子，道了声：“店家，打扰！”拎起行李准备继续赶路。

“客官，等等！”

“何事？”

“现在天色已晚，前面的山岭晚间有猛兽出没，还是等明日再赶路为好，不如在小店住一晚。只收房钱，饭菜免费。我夫妻二人在此开店多年，那些晚间赶路的客人，多数人都在这山岭上丢了性命。”

我听得毛骨悚然，打了一个寒噤，想起在密林中经历的情景，此话应该不假。要继续走吧，自己没勇气一个人翻过山岭；不走吧，担心追不上世外神仙。但也不便将内心纠结的想法说出来，于是只得答应道：“好吧，那就听店家的，住一晚再走。”

店家笑嘻嘻地帮我搬行李，打扫房间住下。刚安顿好，突然感觉肚子不舒服，我只得起来去茅厕，经过厨房窗户下，突然听见里面店家正在说话：“娘子，这位客人背上的乾坤壶，听说是无价之宝。”

“那何不使个手段弄到手？”这是一个女人的声音。

店家回答道：“等他睡了，我们想个办法给取过来，明早他问起，就一概说不知道。”

那女人生气道：“男人家婆婆妈妈，他发现东西丢在我们店里，岂能善罢甘休。如果再领同伴过来，你我岂不要遭殃。我说一不做二不休，今晚给他上夜宵时，在菜里下点药，一刀给杀了，埋在后院的桑树下，才无后患！”

我吓出冷汗来，真是人心难测！这些歹人财迷心窍，丧尽天良，竟要谋财害命，所幸我武功不差，暗算难防，明战无碍。我悄悄回到房间，假装无事，把麒麟枪放在枕头边。店家送来夜宵，等他出去后，我偷偷拿一些酒菜扔掉，把桌子做出杯盘狼藉的样子，然后假装睡觉。

到了半夜，果然店家跟那婆子蹑脚蹑手地进来了。我睁眼一看，那婆子手里拿着一把剔骨尖刀。事不宜迟，我大吼一声，骤然跳起一枪扎过去，正中婆子右肩，这妇人被死死地钉在墙壁上。

我抽出宝剑，眼神充满杀气，指着店家问道：“我跟你们无冤无仇，为何要害我？”。

店家顿时被吓傻了，浑身发抖，跪在地上说道：“客官饶命，是我们见财起意，听说乾坤壶价值连城，我本来无意害你性命，是内人一时想岔了！”

真是好气又好笑，我厉声说道：“什么乾坤壶！这就是我爷爷给我的一个普通葫芦，我看你们是想发财想疯了。”说完抽回麒麟枪，婆子大叫一声，鲜血喷出。我没有杀过人，也不忍心下毒手，没有扎她要害。我呵斥道：“快去包扎，这次且饶过你们，再起歹意，休怪我无情了。”店家拖着那妇人包扎去了，不多时两口子回来磕头道：“感谢客官不杀之恩。”

“起来吧，浪子回头金不换，你们改过自新就好。”我把他们拉起来。

店家接着说道："多谢恩公饶恕，我们也没脸再做这勾当了，恩公如果有什么用得着我二人之处，我们夫妻一定协助。"

我想，这二人捡回性命后说的应该是真话，于是把寻访高人的想法告诉了他们。店家听后感叹不已："这倒巧了，就在昨天，有一位白胡子老道来我们店里要酒喝，此人怎么来的和怎么去的，我们都没有看清楚，只觉得他突然就出现在门外，喝完酒后，突然在门外消失。"

"附近可有什么修道的去处？"我问道。

"据说此地往北十五里有一座清风关，过了清风关，在清源山上有一个道观。请客官带上我们一起前往，以后我们也不做这害人的勾当了，只求道观里收留我们，给他们挑水做饭。"

我想这两人已经认错，就凭他们这点三脚猫的功夫，我也不忌惮，于是爽快答应。次日天明，夫妻二人收拾了细软，掩了客栈院门，我们一起北上，顺山岭爬上高山，正值旭日东升，阳光万丈，远远看见窥狼河蜿蜒流淌。从这高峰下山，穿过一片谷地，就看见清风关了。我们加快了脚步，在山下有条小河，店家花钱购买了小船，逆水而行，两边的巍巍青山往后移动，慢慢地前方水面出现一座古城来。

我抬头望去，古城的大门敞开着，里面漆黑一片，大门周围有武士的雕像，俨然如重兵把守。小船靠近大门，只见里面阴森森的，我倒吸了一口凉气。我们正踌躇间，突然右侧有一个须发花白的老道飘然撑船而至，对我们说道："年轻人，你们是要穿过清风关吧，清风关只给勇士通过，你们要有半点怯懦，是过不去的。"说完他驾船驶入里面，瞬间消失在黑暗中。我们很惊诧，怀疑遇到神仙了。

店家说道："家父曾到过此处。当年他打猎到此，追猎水鸭进入，回程时怎么也找不到出路，也是遇到一位神仙，说是不能有一丝恐惧。家父放开胆后，水路豁然开朗，终于畅行无阻。"

我叫苦不堪，自己一向怯懦，此次想是闯不过去了。店家夫妻二人倒是很有勇气，把船撑过关门，里面很黑，隐约能看见城墙，看来已无路可走。我点起火把照看，城墙坚固无比。踌躇间店家毫不惧怕，纵身一跃跳入水中，想去一探究竟，到城墙尽头用手一触，却是虚无，于是招呼我和婆子二人乘船跟上，顺利渡了进去。里头灯火通明，各种奇形怪状的兵丁守卫的闸门上，杀气腾腾。我一下子警觉起来，把麒麟枪攥在手，一把双刀递给婆子，另一把宝剑递给店家。我们接近栅栏，店家搭话道："有人吗？借宝方过路！"

没人答应，只见很多兵丁提刀过来，我们情急之下跟兵丁打斗起来，我身手不错，顿时刺到数十名，店家夫妻二人辗转在我身后也在那里打斗，好婆子够狠，已经撂翻两个。但见地上的死尸翻身起来，幻化成双倍的兵丁又来围攻，后面黑压压增援的人也冲了上来。

我大喊一声："住手，且后退。"我想起了刚才老道的话，这大门只给勇士开启，也就是说，如果硬闯肯定是过不去的，这中间的窍门不在于打斗，而在于无惧。此时必须去除杂念，我也豁出去了，于是对店家夫妇道："你二人既然护送给我至此，大家就听我的，都闭上眼睛走过去，不带一丝杀念，也不带一丝恐惧，如果我判断错了，大家就死在此处吧。"

二人没有异议，于是我们跳下船，闭上眼睛顺平坦的中门走过去，约莫行了一个时辰，并没有刀剑之伤，睁眼看时已进入一座金碧辉煌的宫殿，阳光从宫殿的圆顶照射进来，上面坐着一位玉面将军。我赶紧施礼道：“我等误闯入宝地，还请放我等过去。深表感谢。”

那将军不怒而威，回答道：“我清源圣地岂是你等凡夫俗子说来就来的？”

这话出乎意料，既然让进来了，就不会为难我们，为何又如此问？只听见将军对周围的护卫说道：“听说近来博王要出征棉支国，这三人来历不明，没准是细作，不如先关起来，审问后再处置。”

一声令下，护卫过来推推搡搡，把我们三人赶进一间纯白墙壁的屋子。咣当一声，门被钢索给锁住了。屋子的后壁有个窗户，能容人通过。我先是松了口气，觉得还不算糟糕，可以逃走，等往窗外一看，一下子希望泯灭了，原来窗外是虎场，好几只垂涎的大虫正用目光盯着这边的窗户，看来它们经常从这里得到食物。

我检视了一下屋子，只见墙上贴有告示：

此处为饿虎监，犯人须及时招供。若抗拒不从，面对白墙超过三日必定精神崩溃，只得跳窗而跳。有话早早交代，省得去做了老虎的食物。

我仔细看了看窗外，地上散落着吃剩的人骨头，再看看周围的一片白墙，果然让人心烦意乱。隆冬的寒气从地板上透上来，店家夫妻瑟瑟发抖，正依偎在一起取暖。我也害怕起来，不知道能在这鬼地方坚持多久。

到后半夜，监门突然开了，白天看见的老道走进来，低声对我们说道："年轻人，别作声！你们快逃吧，我看你们跟这浑水也无干系，赶紧走，要不早晚是虎口里的食物。"

我和店家夫妻赶忙跪下来说道："还请仙家指条明路！"

老道扶起我们后说道："你们走出监门，从东头的回廊出去，我已经让人撤了岗哨，然后从后山翻过去，就能看见窥狼河边的官道了。"

我热泪盈眶，激动地说道："老人家，如何才能感谢您的大恩大德？"

老道笑道："年轻人，如你我有缘，他日还有相会之日。等你看见竹林和红枫，我们自会相聚。"我还有很多问题，怎奈老道催促，也顾不得许多，只将老道的话记了，也不知道他姓甚名谁，只记得是一个白发老翁。按他老人家指点的路子，我们果然不费吹灰之力，很快摸到了后山，顺山而下果然看见窥狼河南岸的官道。

寻访高人，蹚了浑水，又被搭救，难道这放走我们的老道就是我要寻找的高人？我醒来后，见大巴车已经到了竟倾山客车站，我有些迫不及待，不知道山上真实的情景跟我的梦境相比如何？

第二十一章　袖珍国女王

我背着背包，从小城车站徒步走到竟倾山脚下。正赶上深秋，又刚下过雨，山腰的丛林间蒸腾着雾气，山顶的古庙若隐若现。我想这就是神仙居住的地方吧。

每次清晨或雨后，无论是在哪里，只要看见山间腾起雾气，我就觉得有神仙居住在那里，比如福建的武夷山，夏天的清晨水汽从树林间飘起来，慢慢变成了天上的云朵。仙家都喜欢腾云驾雾，踩着一朵云，半日之间游遍五湖四海。

小时候我家房子的对面就有一座大山，当云朵还在山腰的时候，我就很好奇云里是什么样子的，于是我带着妹妹一大早就跑上山，追呀追呀，等跑到云里面，弄得全身都是水汽。祥坤爷爷知道后，笑着对我们说道："傻孩子，云有什么好追的，其实就是山里发出来的水汽，在地面是雾，天上是云。"

竟倾山的雾气慢慢往上升，越过山尖，变成了雪白的云。我在路边的石阶上休息了片刻，吃了个面包，然后往道观的前门进发。步随景移，等我慢慢走到高处，回头望时，只见一条大江绕山下的平川而过，江面有的位置也蒸腾出雾气来。而在山腰西侧不远处的坝子里，星星点点地散落着很多人家，房屋附近都有碧绿的菜地，不时看见有道人担着蔬菜往山上挑，健步如飞，七八十斤的东西全然不在话下。

到了大门口，有一位年轻的小道士在扫地上的落叶。他抬头看见我，于是朝我走来，很客气地招呼道：“这位居士，请问您有何事？”

我放下行李，也不知道怎么跟他们打招呼才好，只得鞠了个躬，然后说明来意：“阁下您好，我是从北方来的，得了重病，想投到贵处修行三个月。”

小道士听完后有点惊奇，估计他遇到过很多上山参拜的，但从未见过来养病的，惊奇之余，他转而客气地说道：“原来如此。此事重大，居士请随我来。”

我小心翼翼地跟着他走进道观，转了几道门进入后殿的一间厢房。敲门进去之后，小道士把我引荐给玄清子道长。这位道长正坐在榻上闭目养神，满脸银须，只听他冷冷地说道：“居士请坐！”然后他对小道士说道：“你出去吧。”

这房间面积不小，很空旷，除了一张八仙桌上摆着茶水，外加几把靠背椅子，别无他物。我安静地坐在椅子上等待道长发话。

可等了半天他也不开口，还是闭目眼神。我想一定是在修行或者参悟什么的，不好意思打扰他，于是继续等待。看看窗外的日头已经偏西，我抬头偷偷看了一下道长，他似乎已经睡着了。这些高人，总喜欢坐着睡觉，坐着睡觉会不会太难受呢？闲着也是闲着，于是我想站起来去看看墙上的八仙过海图，我还没有挪动屁股，道长突然睁开眼睛，炯炯有神的目光射向我，冷冷地说了一句：“居士请坐下！”

我吓得浑身出冷汗，不敢再瞎琢磨，越发充满崇敬之情。

“请问居士有何事？但讲无妨。”

我实话实说，把自己体检查出肺癌，又不想即刻做手术，想找个清静的去处切换生活方式等详细说了一遍。我说自己年纪轻轻，怎么也想不到会赶上这种厄运，自己还有很多事都没有做……说了近半小时，没有任何隐瞒，我越说越激动，越说越伤感，眼泪都快流下来了。

就在要流泪的这一瞬间，道长发话打断了我："居士，您请回吧！我们这里是道观，有病您得去医院，恕不送客了！"

说完道长把眼睛闭上，又在闭目眼神了。本来我还想开口恳求，但又不好意思再纠缠。这时刚才带我进来的那位小道士来了，示意要领我出去，我只得跟他走出来。送到道观门口，小道士对我微笑说道："居士请回吧！"说完他把门关上了。

我心灰意冷走下山，在附近的小镇上找了家酒店住下，心想可能是因为自己还不够真诚，或者观里要对我进行什么考验不成？先睡一觉，明天再说吧。

还没洗漱完，我困得实在不行，正要栽倒在床上，突然看见书桌上有封信，打开一看，原来博国即将出征双狮岭，看来我跟圆圆的婚事又要被耽误了。我只得重新披挂，辞过圆圆公主，说等出征回来就请求陛下赐婚，然后上马前往军中。到军中时，太子已经带领三万大军准备出发，博王和元帅局向南在检阅大队，果然是兵强马壮，威风凛凛。随后博王在东门外送行，临别之时，又增派五千精锐禁军给我们。

局向南对太子说道："殿下到了双狮岭，先不要进攻，打探清楚当地风土人情和地形关隘后再做决定。听说双狮岭军力强盛，大意不得。"

太子点头，我也暗暗记在心里。随着一声号令，大军出发，旌旗蔽日，浩浩荡荡，往双狮岭方向逶迤出发。不到三日，走完平原地带，进入山间栈道，翻越过去却是山里的坝子，很是宽广。远处有一条不到一箭地宽的护城河，河对岸是一座金碧辉煌的城堡，城堡上有文字，但都不是汉文。

太子和我勒令大军停下来，然后上前跟对方搭话，但对方守将完全听不懂我们在说什么。只见对方言辞激烈，吩咐弓弩手开满弓。太子下令撤退到箭程外，号令大家先安营扎寨。

晚间我跟太子商议，想来这就是双狮岭的城堡了，按局帅的意思，还是先了解一下这里的情况为好。我们找到当地的农户，送去一腔羊，询问路径后得知，这座城堡并非双狮岭，城堡方圆只有二十里，有护城河环绕，是一个袖珍国，里面住着彪悍的东蛮人。他们与世无争，自给自足，不会出来招惹周边的居民，但也没人敢招惹他们。十年前双狮岭的道士浮水渡过护城河，被发现后激起战事，虽然双狮岭人多，但也没有占到便宜，因为这个袖珍国里的人没有怕死的，遇到敌人都会舍命相搏。这袖珍国无意中倒成了双狮岭的屏障。

我对太子道："既然双狮岭被这条护城河阻断，跟博国隔了个袖珍国，双狮岭的这些妖道怎么能过来作乱呢？"。

太子解释道："双狮岭的妖道多会法术，他们能神不知鬼不觉越过袖珍国，在边疆烧杀抢掠，百姓深受其害。若此战胜，则将震慑天下，其他各路势力也不敢作乱了。首先拿下双狮岭也是局帅的谋划。"

原来如此，于是我转向老农问道："是否有其他路可以绕过去？”

老农回答道：“护城河的东侧有密林，里面没有道路，西侧五十里有猎户上山的路，车辆行走起来有困难，最窄的地方只能容马匹通过。”。

如果大军走这条道路，不仅费时日，而且辎重不能过去，此为兵家大忌。我跟太子商议道：“看来只有借道袖珍国了，而今要大军通过，恐怕是个天大的人情，不如我们先拿下这袖珍国的城堡，把它收作博国的一郡。”

太子连连摆手道：“不可！出征之日，没有此安排。朝中也没有人料到会有如此坚固和微小的国家。加上征战也是不得已之事，如果平白挑起事端，不仅生灵涂炭，也会大失民心。”

原来太子另有考虑，他接着说道：“只有借道一策了。我明日就去走一趟。”

太子金贵之躯，怎么能亲自犯险，于是我主动请缨道：“殿下不必亲身犯险，明日我前去借道就是。”

次日一早，我沐浴更衣，卸下戎装，换上文官服饰，只身一人来护城河前。城上守军见我手无寸铁，慈眉善目，后面并无其他闲杂人等，于是放下吊桥打开城门。从城里走出几名军士来，他们说话我听不懂，但看起来倒也客气，示意我跟他们走。

过了护城河进入城内，我抬头看了看，发现到处都是弓弩手，井井有条。再往里走，宫殿很宽广，细分为很多小间，错落有致。穿过外城，领路人示意我跟随走过一条小巷，前面已无道路，只有一座高台，台上燃烧着熊熊大火。领路人看了我一眼，然后向火中走去，慢慢地整个身子都着了。但他还在火中朝我微笑，招手示意我跟随。

我心想，我一向光明磊落，从来不相信这些邪祟之事，你既然能进，我何惧也。主意已定，我大踏步走进火中，却没有感到丝毫的燥热和灼烧，只是一道门而已。

穿过火焰，改换了引路人，走出来两名女子，身穿白纱，很有风韵，气度优雅，不住地朝我微笑，有一名女子竟伸手过来，有要牵我的手的意思。我低头行礼，不敢有非分之举，没有把手递给她。另外一位女子咯咯一笑，招手示意我跟随。我跟着二人穿过一座花园，上台阶后进入一间小院，那两名女子已经踪迹不见。

我正在纳闷儿，突然从四个角落攻出四位黑衣人，我无兵器，只能来一招“惊鸿掠影”，仰身贴到地面上，四人的剑锋刚过，转身又齐齐攻出。我手戴有金丝袖，格挡拆招，暗暗沉下身，下盘来一个扫堂腿，三位黑衣人倒地，剩下一位轻身飞纵躲过，稳稳地飘落在远处，向我一抱拳，示意我跟随。

我心想，这小小的城堡里，对来访的人竟然有如此多的花样。但毕竟有求于人，只能按对方的意思办，且看看情况再说，见机行事就是了。

我跟随那黑衣人来到开阔的演武堂，走上九十九级石阶进入正殿，里面金碧辉煌，两旁是侍女和武士。大殿里柱子全是深灰色，对面月亮星辰符号装点的金色宝座上，坐着一位端庄的女王。

我用博国的礼仪半跪拜见，说明来意，对方似乎没听懂。

那女王示意我走到近前，然后命人摊开纸笔，应该是让我把自己的意思画出来。接着她说了很多话，但我无法理解含义，估计是一些客套的邦交语，或者是让我说明来意的。我精通书画，不到半盏茶工夫，一挥而就。

女王看了看，很快就明白了。我画了自己的军马，还有这里的护城河和城堡，以及双狮岭，并且用箭头标出了大军行动路线。女王点点头，把我手中的笔拿过去，在那弯弯的护城河中，加上数笔，画出十多艘艨艟来。我很是不解，女王看出了我的心思，将手一拍，殿外齐刷刷走进二十名艄公来，皆是二十多岁的精壮小伙，目光炯炯有神，赤着手臂，手臂上青筋暴突，一看个个都有神力。

我很奇怪，女王又走过来，画了一条绕过城堡的路线，然后指了指这些小伙子，再指了指我，我终于明白了：她是说我们可以借道通过护城河，但不能进入城堡，这些小伙子是过来相助的。

我半跪着表示感谢，然后拿起笔在纸上画了两个圆圈和笑脸，意思是将来袖珍国和博国永世交好。

女王又派出十名蓝衫力士，一个个仙风道骨，都是中年道士打扮，女王在纸上画了双狮岭进攻袖珍国的图案。我终于明白，此行如此顺利，原来是因为这袖珍国跟双狮岭也有仇怨。

我道谢后辞别，女王让十名蓝衫力士跟随，并示意平定双狮岭后，让我们回来找她，袖珍国将为博国将领置酒庆贺。

我走出大殿，蓝衫力士阵容齐整地跟随着我。那二十名艄公，携桨登船，把数艘艨艟驶入护城河，向西而行迎接博国的军队。

待太子接到我后，我向太子述说了这段离奇的经历，太子感叹不已，对我说道："能顺利通过，又与袖珍国交好，真是幸事。林南将军此行真是功不可没！"

万事俱备，在袖珍国艄公的协助下，不出半日，博国的大军尽皆渡过护城河，来到城堡的后方，辎重一点儿也不少。渡河后，这些艄公并未离开，而是与十名蓝衫力士一道跟随太子和我出征双狮岭。

大军正要启程，太子突然对我说道："林将军跑了这一趟，着实辛苦，还是先休息一下吧。我先带大队出征，将军从竟倾山回来后我们再相会！"

我寻思此次征战，双狮岭的敌人狡猾凶悍，我怎能让太子带兵独自前往。正要说明我的意思，太子先开口说话了："林将军，这次您去袖珍国，经受住了烈火、美色、功夫的考验，但将军还需再接再厉，不可栽在竟倾山上！"

竟倾山？对啊！我此次是来竟倾山的，怎么跑到边疆的沙场来了？我敢肯定这是在做梦，我一定要赶紧醒来，于是我努力转动身体、掐自己大腿、大喊大叫……我不仅没有醒来，反而无法呼吸，最后终于被一口气憋醒，原来自己把被子蒙在头上了。

起来先洗了个澡，吃完早餐，收拾干净后，我又爬山赶到了道观。敲门后，还是那位年轻小道士来迎接我，他仍然把我带到道长的房间，道长示意我坐在旁边的椅子上。小道士端来一碗茶，我喝了一口，感觉虽然有点淡，却飘着清香，顿时让人忘却尘世的烦恼，这下更坚定了我留下来的决心。

我清了清嗓子，站起来给道长鞠了个躬，激动地说道："道长，我也不敢打扰，只求在贵处小住一段时间。我会完全听从您的安排，个人的所有费用自行承担，绝不添麻烦。”

说完我停了一下，道长还是沉默不语，但睁开眼睛看了我一下，点头示意我继续说。我赶紧抓住时机，接着说道：“道长您老就发话收留我吧。我一路行来，想了很多生死之事。我问了很多遍，上天为何要把这种事情降临到我身上……”

“那上天回答你了吗？”道长突然打断我问道。

“没有回答。道长，我追问苍天，是觉得自己从没干过伤天害理的事却赶上这病，为什么是我？上天没有回答，但我自己琢磨出了答案。”

“什么答案？”

“无论我重病也好，健康也罢，跟我是不是好人没有关系。苍天就在那里，他什么也不说，也不在乎谁是好人谁是坏人。病了就是病了，可能是自然之律在我身上发生了某些变化。苍天救不了我，我只希望能借宝地住一段时间，改变自己的生活方式。”

道长抬头看着我，语重心长地说道：“年轻人，不是自然之律在你身上发生了某些变化，规律是不会变化的，此即我们道家所说的道，问题可能出在你常年养成的饮食习惯或先辈遗传给你的血脉。”

道长这话，感觉跟医生的观点如出一辙，于是我换了个话题道：“道长，您老人家就收留我吧。我这病，如果扛不过去，从离开人间那一刻起，所有人都变为陌生，所有的缘分也烟消云散，所有亲朋好友都会成为过客。我想抓住宝贵的时间，在贵地整理思绪，三个月后，无论如何，我定能重拾自己，以最坦然的姿态跟我生命中的人道别……”

道长听到这里，又打断了我的话："居士，您还是请回吧！我们这里是道观，不是疗养院，恕不送客了！"之后还是由昨天那位小道士送我出大门。看来此事不太好办，我到山下的牛肉馆吃了碗粉，然后沿江边踱步，看两岸的秋景。

第二十二章　局外高士

鲜艳的枫叶装点在大江两岸，回望山腰的道观，建筑后又蒸腾出云朵来，看上去让人心旷神怡。两次去道观都被拒绝，也没有弄明白到底问题在哪里，但我坚信这是一个神奇的地方，我必须待下来。可怎么待下来呢？

我穿过飞虹桥，走到对面的小镇去。这小镇离道观才几公里，居然热闹非凡。街道两旁是木质和竹质建筑，残留着受过风霜雪雨洗礼的痕迹，古旧不堪，但每家店里都收拾得很干净。道路两边有公用电话亭，也被装饰成仿古风格，跟周围的古建筑融为一体。

阳光洒在石板路上，我信步往前走，来到小镇中心的十字路口。路口的东侧有一块巨型布告栏，我停下脚步，仔细研究上面的文字。

深入一个陌生的地方，布告栏绝对是一个窗口，这里有各种便民公告、招聘启事、重大活动消息等，能从中判断出城市的中心文化位置。看了半天，我的目光突然落到一张招聘启事上，这张A4纸粘贴在布告栏的右下角，不是很显眼，内容如下：

永清道观聘用公告：

本观特聘文书一名，负责管理和登记观里账务，起草日常往来公函。欢迎文笔优秀者前来应聘，中专以上学历即可。

永清道观

10月11日

在公告的页脚，还有一行小字：

不辞俗务独善其身者，方能真修行。

应聘文书一职？对！就这么办。凭下面这行小字，我明白道长的意思了，于是我撒腿就跑，也不顾旁人的疑惑和关注，我一口气跑过古镇的石板路，穿过飞虹桥赶到酒店，然后写了一份履历，急匆匆赶往道观大门。

小道士见我又来了，且一改文质彬彬的做派，急切地问我道："大哥，你怎么又来了？"

我也不客套，上气不接下气地说道："哥们儿，快！带我去见道长！"

小道士看我很着急的样子，也不多问就带我往前走。其实不带也行，这里的格局都被我记住了，后屋种了几棵棕榈树我也数得出来。进入道长的房间，他抬头看了我一下，还是很客气地说道："居士请坐！"

我又上前鞠了个躬，急切地说道："道长，我是来应聘文书的！"说完我把履历递了过去。

道长站起身来，原来他腰杆笔直，个子比我还高，身材魁梧，步伐稳健。他边走边看我的履历，还一边用右手捋着白胡须。看完后，他回头对我笑了笑，然后对小道士说道：“就让这位居士留下吧，做文书一职，三个月期限。”接着，他转而对我说道：“道观里生活清苦，居士要有心理准备。上午你管理和整理账务，下午要从山下把一担蔬菜挑上山来。观里不负责你的住宿，我可以介绍你到山下的农家住；一日三餐都在农家吃，都是粗茶淡饭，房费你自己跟房东家商量。每月给你四千元的薪水，你看如何？”

“没问题！多谢道长，多谢道长！”我连声道谢。

“居士客气了，以后有事随时来找我。”道长说完，就让小道士带我下山，到酒店搬上行李，赶往后山竹林旁的一个农家。这农家的正房是三间茅草屋，正房左右还有两间侧房，也是茅草盖的。这些房屋，除了房顶全是竹子结构。说明来意之后，一家人都很高兴，立马收拾整理出一侧房给我住。

安顿妥当后，小道士跟我告别，叮嘱我次日早上八点到观里去做事。我独自在小屋里转了转，很是清幽。打开房屋的后窗，周围并无人家，能看见一片深幽的竹林。

这家子一共有五口人，有一位老奶奶，还有年轻夫妻俩，以及两个小孩。男孩上小学，女孩已经上初中，孩子们每天都要走两里多的山路才能到学校。他们家养了几只鸡和一条花狗。熟悉之后，每次我从观里回来，这花狗都会摇尾巴迎接我。

当晚不到十点，这一家子都睡了，那几只鸡和花狗的声音也听不见，我的屋子变得绝对静寂。我躺在床上，感觉世界一下子停住了。每次赶上安静的去处，我都会思绪万千，而在这间小屋里，由于过于安静，竟舍不得花精力去胡思乱想。躺在床上，顷刻间自己变成了窗外的一根竹子，跟竹林融为一体。

微风吹来，竹林沙沙响，我循声走过去，只见一条湿润的石板路，弯弯曲曲，来到一个奇怪的去处，先只听见前面喊声震天，我继续向前走，只见如潮水的大军正在进攻霓裳国的城门，我又跑到边关来了。

霓裳国城门内人声鼎沸，城中有几处冒出黑烟，有健壮的民众攀在墙头，冲城外大喊："欢迎林南将军！"

只见一位先锋官拍马冲过来，抱拳对我说道："林将军，下令总攻吧，此时不进更待何时？"

我看这势如破竹的态势，也没有什么可犹豫的了，于是下令："好，即刻总攻！"

先锋官先带一队军士冲到城门，我坐在马上，依稀能看见城里的情况，霓裳国的百姓和自己的官兵战斗在一起，看来已经内乱了。霓裳兵虽然骁勇，但民众势大，四处有人放起火来，局势已经失控。

突然有霓裳国的百姓从里面打开城门，值此良机，我赶紧吩咐大军一举开进，疲惫的霓裳兵看见阵势威严的博国军队，顿时军心散乱，四处奔逃。昨日耀武扬威的霓裳将军彤伯南，只得骑一匹白马且战且退，逃出北城。我登上城门，只见这将军骑白马急急往断肠谷方向奔去了。

这霓裳国跟我们僵持了一个月，其防守怎么在短时间就崩溃了呢？原来霓裳国闹了灾荒，增加守城驻军后，起先的政令百姓还能忍受，等被我军围城后，那霓裳将军彤伯南补发告示，强行要城里十四岁以上的人参军以抵抗博军，又把税赋增加了一倍。霓裳国的民众忍无可忍，最后竟然叛变，开城迎接我的军队。

攻破城门后，不出半日就赶走所有的霓裳军，轻而易举完成了布防，这也是顺了人心使然。我勒令整顿军马，恢复城中秩序，修复损毁民舍，然后征召霓裳国的勇士编于麾下，准备北伐拿下规茨国。

这日我骑马视察霓裳国东门布防，远远看见一位白胡子老叟向我招手，等我走过去，老叟笑眯眯地说道："将军可否赏赐老朽一匹坐骑？老朽将有一番言语馈赠。"

我看那人精神矍铄，仙风道骨，顿时肃然起敬，吩咐军士挑了一匹健壮温顺的枣红马牵给老叟。老叟接过缰绳，轻飘飘跃起，我还没有看清，他就飘到了马背上。

"将军请随老朽往这河岸走走，看看霓裳国深秋之景。"

"老丈请。"

我手下的四位护卫准备跟随，我示意不必，让他们原地等待，自己随即拍马追上老叟，顺河堤往北而去。

到了人迹罕至之处，清晨的凉风吹动了我的披风，带来一丝寒意。我先问道："请问先生有何见教？"

老叟笑道："我听闻将军近年来征战棉支国，平定无极岭，今又拿下霓裳国，将军可谓是功成名就。"

我笑道："林某人对功名倒无兴趣，但一生所学都在这排兵布阵上，生为博国人，忠王之事，又能发挥平生所学，也是幸事。"

老叟点头首肯，须臾又变色道："可是，将军一片赤诚之心，朝中人有多少看得透彻呢？将军在外奋战，也免不了被朝内的奸人猜忌。将军难道不记得父兄被拘禁的经历吗？"

我内心隐隐作痛，老叟的话勾起我的往事来，难道这些年受人算计，跟自己的征战有关？我不知道怎么回答，只任由那马在河岸边信步。

老叟更进一步道："将军，有道是月满则亏，老朽以为将军虽英明神武，还须急流勇退，回灵川种竹养花有什么不好？如果任由才华施展到极致，将来恐怕保身也不能了。"

听完此言，我深以为然，想起了博都乐忠等人，每次自己在外征战胜利，乐忠都会找各种理由在博王面前弹劾我。博王明察秋毫，并不听信谗言，但朝中奸诈之徒也不在少数，众口铄金，帮腔的人多了，我也担心对自己不利。老叟的话不无道理，于是我抬头问道："那依阁下之意，我如何才能摆脱困局？"

老叟笑道："依我之见，将军还需适可而止，而今霓裳国已平定，将军只需跟规茨国提出条件，约定不再侵犯边疆，然后带大军回博都复命，再主动称病辞职交出兵权。晚年做个富家翁有何不好？"

我回忆起此次北征，博王曾交代，须一举平定北境，还百姓太平。如果跟规茨国议和不战，岂不是违背了博王的初衷。这老叟无缘无故来说服我，必有所求，想到此，我猛然从腰间拔出宝剑，横在老叟的肩膀上："老人家，难道您是规茨国的说客吗？"

老叟先是一惊，随即镇定下来："哈哈哈，老朽正是规茨国的说客！"

我把剑贴近老叟的脖颈道："先生好大胆，再给您一个游说的机会，如若有理，我给先生谢罪，若说不通，休怪我林某人无礼了。"

老叟也不惊恐，也不看我，用双指夹住宝剑，轻轻推到一边。我默许了这个动作，内心实在佩服这位老叟的勇气和口才。

老叟笑道：“老朽确是规茨国的说客，然老朽冒死前来游说将军，并非受人所托，而是怜惜百姓深受战火之苦。如果规茨国能承诺永不犯边，大家相安无事，何苦要大动干戈枉加杀戮呢？老朽枉活八十年，将军细想，如此高龄之人，还有何求。我这番话也是为将军着想，将军功高盖世，但当局者迷，所以我只好说这些肺腑之言。”

老叟见我把宝剑插回剑鞘，于是进一步说道：“将军如能急流勇退，交出兵权，战火就能熄灭，对百姓是好事，将军也能善终。”

我心有所动，但使命在肩君命难违，于是正色道：“多谢老人家坦诚相告，林某人也不把您当说客，不会为难您。此次北征，我自会严加管束军士，不枉加杀戮。”

老叟微笑道：“老朽言已至此，何去何从，还请将军三思。后回有期，将军保重。”

我拱手谢道：“先生是局外高人，多谢先生指点，林某人当铭记先生之言。”

老叟笑道：“局外高人？哈哈哈，阁下谬赞了，老朽就是一凡夫俗子，跟高人想法不一样，老朽做的事，无外乎是在酒足饭饱后，换上蓑衣芒鞋，专访那名山古刹，把青灯古佛前的痴人，度到红尘中来……”

老叟说完骑马离去，我也没有阻拦，回马到军中，侍卫跟随我赶往大帐。我一路反复思索老叟最后说的话，他的意思是自己也贪恋红尘，却为何又要劝我出世，岂不是前后矛盾？或者老叟说的是反语，难道这就是大隐于市的高人吗？真真假假，现实和幻境扑朔迷离，真是难以分辨。

自己征战多年，每次胜利，总觉得缺了点什么。然而为何对征战乐在其中，我想这与功名无关，可能是因为攻守是我喜欢做且擅长做的事。在灵川隐居耕地时，我就无法静下心来，这种征服的欲望专属于自己，跟功名和时局无关。

每次进攻，我都全神贯注，乐此不疲，等胜利归来，在博都庆功宴上觥筹交错，酒却越喝越寂寞，我并无多少真正的好朋友。麾下很多将士也很落寞，他们把灵魂深处的最后一丝慰藉和希望，交给酒色沉沦，宴席散后就到青楼去寻欢作乐，在饮鸩止渴的深渊里打转，不知不觉灵魂出窍，看不清前路。夜幕降临，我都会独自一人站在城墙下，看那繁华的星光和灯火，不知道那之下隐藏了多少丢失灵魂的人。

或许，真正的快意人生，不是在战场上，而是在不起眼的竹林茅舍里。竹林深处的生活很简单，每天需要忧虑的只有天气和饭菜。山野村夫更有人情味，更真实，更可靠，更可爱，他们日子在炊烟和落日中细水长流，不像那功名世界里的浮躁幻境，十年岁月如弹指一挥间，梦一样地逝去。

我走到大帐时，天色已晚，红日西坠，天边的晚霞火一样红，霞光照在军队的帐篷上，照在营地边的河水上。

第一次感觉有些累了，可能是因为老了，也可能是因为老叟的话改变了我。我真有点怀恋灵川的山水田园了。作为一名带兵厮杀的将领，有这种想法是危险的。虽然自己可以压制内心的感情和欲望，但我欺骗不了自己的心，我知道自己已完全赞同了老叟的看法，我越来越担心未来的战事，害怕因魂不守舍导致指挥失策。

如果没有遇到这位老人，明天我会继续之前的生活：行军、战斗、迂回、凯旋……可如今一切都变了。

第二十三章　红云迷醉

次日醒来，想起昨夜的梦，都是征战之事，感觉功利心太重，如今有幸被竟倾山的道观收留，我一定静下心来好好修炼，洗洗自己的心灵。

洗漱完毕，房东家的小男孩跑过来叫我过去吃早餐。等我过去，他们一家子已经坐在那里，方桌上每个席位都摆放了一个竹盘，里面有两个粽子、一小碟煮竹笋，还有一碗素粉。这早餐虽然清淡，吃起来却很可口，吃完后感觉才半饱，但我看了一下他们每个人的盘子，里面饭食的量都跟我的一样，因此我也不好意思再要。

道谢之后，我沿山路赶往道观，开始第一天的供职生活。爬山过程中，旭日东升金光刚好洒下来，抬头看山腰的道观建筑，只见红墙黄瓦被周围的绿树翠竹映衬得分为突出。

此时山里开始蒸腾起晨雾来。我大口呼吸着这里的空气，但愿能好好洗洗我的肺。如此仙境我必须好好珍惜，真后悔来晚了。快要到八点钟了，我不敢流连太久，赶紧赶往道观。仍是昨天的小道士把我领进了一间书房。书房墙上挂了字画，房间里摆放着办公桌、电脑和文件柜，这是一间典雅的办公室。

小道士让我坐下，拿出两本账簿和几张文稿递给我，说道长交代：让我上午把这两本账单录入表格，然后把文稿上的手写稿誊写到电脑里，中午十二点回农家吃饭，饭后午休一小时，睡完午觉后从农家把预备好的蔬菜挑上来。

我点头表示明白，小道士去了一会儿又进来，给我泡了一壶茶放在桌子上。等他出去后，我翻开账本，原来是山里的日常收支。做文件是我的长项，不到十点我就把所有账务数据统计完了。再看那几页文稿，虽然是手写文字，但运笔公正典雅，清晰可读，内容是关于别的单位邀请道长下山讲道的信函，写信人还建议道长建立自己的文化平台，比如给道观建立网站之类。

我倒了一杯茶，边喝边阅读，也对观里的事务有了进一步的了解。随后我坐在电脑前，用一个小时的功夫就把文字录完了，还检查并调整好了格式，然后打印出来放到文件夹里。

这间办公室里的设备跟现代化写字楼没有两样，不一样的是墙上的字画和室内的色调。浅灰色的墙壁、清丽的写意山水画、香风缭绕的香炉和清淡的茶水，让我没有一点上班的感觉，反而像在修行。在这静谧的房间里，除了窗外的几声鸟叫，别的啥也听不到，时间也因此被遗忘，我只记得走进来，才忙了一阵子，然后一抬头就到中午了。

我下山赶往住处，房东家已经备好饭了，跟早上一样，也是每人一个竹盘，里面盛着一碗米饭、两根煮笋、两块红薯，外加一碟腊肉和一碗青菜蛋花汤。我一口气吃了个精光，他们一家子看着我，我只吃了个半饱，没好意思再要，他们也没有要给我添饭的意思。

吃完午饭，我回到自己的房间，躺在床上闭目养神。只见房东大哥端上来一盘糕点，还沏了壶茶，把我带到门外空地的酒桌上，让我慢慢享用……原来我已经到了孤雁岭下的酒店门口，有名小孩子在门口打闹。

抬头看看天，阳光初照，孤雁岭下的小镇温暖如春，天空点缀了很多波光一样的云彩，蓝天明净得像刚洗过一样。

突然一只白鸽向店家这边飞来。看那鸽子的姿势，像是劳累已久，又像似受到了惊吓，慢慢飞得近了，我认出来这正是自己的信鸽。看来博都有重要消息传来。

正等候鸽子降落，天空出现一只雄鹰，我感觉不妙，不由得抽出了腰间的弓箭指向天空。果不其然，那雄鹰瞬间向信鸽俯冲过去。我赶紧拉弓射出，箭放得早了点，从雄鹰和信鸽之间穿过。那雄鹰被这一惊吓，右侧的翅膀微微收起，转了个弯飞走了。信鸽落在我前方的平地上，惊魂未定，蹒跚着向我走来。

我找店家要了点小米，放在手上喂信鸽，取下它脚上的信拆开一看，确实是从博都来，但落款是玄清子马永清，并非军中的公函。信的内容如下：

林将军：

别来无恙？若非情况紧急，也不便打扰贤弟游历天下，但如今乾坤流转，异象横生，贫道正在博都为万民祈福。贫道夜观天象，测定值九月初三子时，清气下沉，浊气上升，天地再次幻化为混沌初开，时辰即将紊乱。

如今白露难为霜，为解九月初三劫难，烦请贤弟到临潮山南五里，到一红墙黄瓦尼姑庵，去找道姑甄隐娘，替贫道取回太乙符，然后到竟倾山道观相会。贫道安排完博都的事就赶回。其他事宜，贤弟到了临潮山自有分晓。

马永清顿首

看完后百思不得其解，但我见过马道长的信函，这的确是他的亲笔。事不宜迟，我赶紧跟店家结了账，飞鸽传书给内川城的孙芊竹和张磐，翻身上马往南而行。

我心里纳闷，临潮山历来是佛教圣地，怎会有道姑呢？如今已是八月十五日，来不及多想。事不宜迟，但愿信鸽别出意外。于是晓行夜宿，还好，在北沙城老远看见孙芊竹和张磐在那里等候，我们直奔临潮山。

一路上湖光山色、风景如画，无奈重担在肩不能游玩。经过三天光景，累死六匹骏马之后，终于到了临潮山，在山下南五里，果然有一座尼姑庵点缀在菊花丛中。

我上前叩门，没人答应。推门进去，院落里人迹罕至，突然一只野猫窜出去，惊起一群黑鸦四处乱飞。四面布满蜘蛛网，也没有见到所谓的甄隐娘。穿过正堂，有一走廊直通往后厅。我们携剑而入，里面渐渐伸手不见五指。

“请问有人吗？晚生是竟倾山马永清道长的朋友，拜见仙姑！”

没有人回答。我们小心警惕，再三询问，仍无人回应！

突然间门“嘎吱”一声关闭，我感觉不对劲，赶紧拔剑在手，警觉地背靠孙芊竹、张磐二人，此时已听见他二人跟别人刀兵相接的声音。

隐约看见前方有个女人的影子，我于是向前攻击，有人还手，却不是什么女子，而是两位蒙面人。我向前再进招，两个蒙面人瞬间幻化成四个人！我在舒黎城游历时曾听人说过这种分身术，应对不当的话恐有不测！我赶紧收剑退后两步，断定此间必有妖气。

“师兄，快！火折子打火！”孙芊竹提醒我道。

我动作敏捷，瞬间厅内被照亮，仔细看时，并没有什么蒙面人，只见对面不远处坐着一位年轻貌美的戎装女人。我赶紧抱拳说道：“在下有礼了！敢问阁下可是甄隐娘，我们是奉道长马永清之命来取东西的！”

我心里想，这甄隐娘一身红衣，年纪轻轻，冷峻中透出娇媚，还挺好看！

甄隐娘说道：“取你们想要的东西？得看你们有没有这个本事！”

这回答让我再次确认她就是我们要找的人。她刚说完，就嗖的一下向我们三人扑过来，她手中温柔的拂尘瞬间变得跟钢刷一样凶猛，我感觉拂尘就要够到肩膀，没办法了，情急之下，也为了给众生解难，不得不使出绝技“如影随形”，转到甄隐娘的背后，顾不得什么佳人，狠心一剑向她后心刺去……

唰的一声，剑刃完全插入，只留剑柄在外，我觉得力度不对，疑惑之际，甄隐娘的拂尘已经攻过来，我知道没有刺中，只得撤剑格挡拂尘。说来也奇怪，那拂尘上的马尾被剑锋扫过后，毫无损坏，发出清脆的响声来。

孙芊竹和张磐见我失手，知道遇到劲敌了，不敢怠慢，挥剑齐齐攻过来，甄隐娘抽身躲过，然后一拂长袖，将火弄熄灭了，厅内又漆黑一片，伸手不见五指。我们三人只得背靠背防备，我喊道："阁下为何不问青红皂白就出手，即便有深仇大恨，到外边比试高低才是，这黑漆漆的厅内是阁下的地盘，胜之不武。"

"哈哈哈，好！我就让你们心服口服！"

突然听见一声响，右侧墙壁上的大门开了，光亮一下子射进来，把我刺得睁不开眼，秋天的夕阳把天空染成血红。甄隐娘一下子腾挪出去，飞一般轻快，那红衣服在夕阳的光辉里飘过，随身形稳稳地停在不远处的青石上。

我们携剑而出，一字儿排开，跟甄隐娘形成对峙之势。我收剑抱拳致礼道："我们三人是奉马永清道长之命而来，目的是取回太乙符，并非到此生事，阁下为何咄咄逼人，为难我等？"

甄隐娘笑道："你们这些臭道士，没有一个好东西，这么重要的东西怎么能放在竟倾山上，我看马永清也老糊涂了。"

"不知阁下跟马道长有什么过节，但在下只是马永清的朋友，冤有头债有主，阁下不问青红皂白就动起手来，这到底是为何？"

"少废话，出招吧！若不能凭本事夺过我手中的太乙符，你们怎么能护送这武林珍宝到竟倾山。"甄隐娘说完后，上前做出攻势。

"有道理！那休怪我等无礼了。"我明白对方的意思，如果我们不能通过武功胜出，就没有护送太乙符的资格。于是我看了一下孙芊竹和张磐，示意他们放开决斗，用实力说话，别无选择了。

我想使一招"寒江孤影"，孙芊竹和张磐看出我的用意，下蹲马步，手扣手站成人塔状，我踩在二人肩膀上，我们成了个“众”字，而此时甄隐娘已把拂尘收起，横出洞箫来。我不由分说箭一样地弹射过去，长剑直指对方前心。此招的力道，由孙芊竹和张磐共同发出，我只放松身形，顺势而去，速度快到极致，隐娘抬洞箫格挡，已稍微延迟，那长剑削过她的右肩，正好切削掉拂尘的马尾。

“好剑法！”甄隐娘赞叹道。

躲过我的剑后，孙芊竹和张磐的剑随后就到，甄隐娘赶紧向左侧躲闪，长袖已被剑锋划破。

“好狠毒的招式！有点马永清的意思了。”甄隐娘把拂尘扔掉，手提洞箫，转动猿臂把洞箫扫过来。我们三人闻风而躲，往后退了一丈，随后又如饿狼捕食一般攻出。甄隐娘毫无畏惧，使出看家本领对我们步步紧逼，她的每一招都让我们感到冰凉，犹如寒冬时节被水泼在身上。

秋日的晚霞把大地照得通红，三位青衣汉子，围绕红衣佳人，战在一处，时而如花瓣，时而如烟火，动作愈发的快，最后连身形都分不清了。

随着黑夜降临，四处朦朦胧胧变得缥缈起来。甄隐娘的身形如风，散发出脂粉的香味。我们三人越来越怀疑自己是在做邪恶的事情，为何要对如此美丽的女人下手？红衣、剑锋、暮色，酿成绵柔又刚烈的酒，让人沉醉。

我们斗得正酣，突然伴随一道寒光，一声惊雷传来，我们为之一震，几乎同时收住攻势并跳出圈外。大家惊恐万分，从没有听过秋天的惊雷。再看那西山，光亮如白昼，山脉边缘冲出朵朵黑云来。

甄隐娘看着西方升腾的黑云自言自语道：“看来这臭道

士说的是真的啊，险些误了大事。”接着她一改凶悍模样，对我们行礼后娇声道：“对不住各位！这就随我来，事不宜迟，赶紧拿走太乙符。”

张磐说道：“这才是女人该有的样子嘛，要像刚才那么凶悍，真对不住那长相。”我赶紧让他小点声。我们收剑跟随甄隐娘，又回到那红墙黄瓦的尼姑庵。甄隐娘按动机关，走进一间石室，取出一个铁盒子，里面装着的正是太乙符，递给我后，她郑重地说道：

“请把太乙符带到竟倾山交给马永清，以你们三人的功夫，必定万无一失。另外请转告臭道士，他欠我的情一定要还，我跟他的账早晚得算。”

我们三人点头答应，吃过晚饭，抬头看天，仍光明如昼，朵朵黑云已经升得更高了，那突出的黑云边缘像刀锋一样，向湛蓝的天空切过去。正好趁这光亮，我们策马赶往竟倾山。

突然手机闹钟响了，原来刚才在睡午觉，我感叹道，哪用千辛万苦赶往竟倾山啊，我本来就在竟倾山，只是孙芋竹和张磐没在身边而已，也没见到什么太乙符。

等我走出房间，房东大哥已经把蔬菜备好了，满满一担，扁担的一头挂了盛水葫芦。我试了试，少说也有八十斤。挑起来走了两步，累得直喘气，我心想不必着急，这里离道观才一公里的路，走慢点就是了。

虽然已经是秋天，但南方的午后阳光还是很强烈，我走了不到一百米，实在受不了，赶紧在路边找了块石头坐下，打开葫芦喝了口水，感觉又不像水，微微的甜味里透着点苦涩。太阳把林木中的虫子烤得鸣叫起来，我擦了擦汗，抬头看道观还远，一路上阳光直晒，没有什么树荫，正在犯怵，突然看见对面的竹林间有条小路，入口有个标牌写着“通往道观大门”。

我心想既然这条小路殊途同归，反正时间充足，我宁愿多走几步，也比在阳光底下暴晒强得多。于是我挑着蔬菜钻进竹林，走了不到一百米，感觉腰受不了，又找了块石头坐下。

这小路被竹林完全覆盖，阳光几乎透不进来，只有星星点点的光斑撒落在地上。很久没有干体力活，全身各种不得劲。记得上次挑东西是二十年前陪祥坤爷爷去集市上卖大米，那时候自己居然能挑一百斤，没想到今天这点东西竟如泰山一般沉重。

我又喝了一口水，再走一百米，感觉心跳加快，浑身出汗，呼吸跟不上。我坐下来歇了老半天，等心跳平静了又开始上山。

山路越来越陡，竹林越来越密，在阳光常年照不到的地方，竟然长出竹荪来。小时候在老家的竹林里也偶尔见过竹荪，老人们说见到野生的竹荪能带来好运，见得越多将来越有大富大贵的可能。我不太信这个，只是觉得竹荪很清雅，她们亭亭玉立，长在潮湿的地方，褐色的伞盖罩着雪白的裙子和躯干，总是以绿色的竹木作为背景，展现一种优雅的君子之风。我走过去小心翼翼采摘下来，放到箩筐里，这东西特别适合做炖菜，也许道观里用得着。

采完竹荪，我继续往上走。这山路不仅陡峭，有的地方由于有腐叶覆盖，非常湿滑。我不敢走太快，万一不小心把蔬菜摔了，这可是道观里的晚餐啊！走了五十米，我又找个平坦的地方歇了下来，这感觉就像写文件，一百页的稿子，我努力了半天还没完成一半，天上日头慢慢偏西，手表已经显示四点了。我心里开始焦急起来，只得去竹林里折了一根金竹做个拐杖，然后一步一瘸地继续爬山。

如此往复几次，葫芦里的水早已喝干，我数次抬头看前路是否有尽头，但总是大失所望，感觉自己正在艰难跋涉，要在这竹林里一直走下去，气喘吁吁腰酸背疼地一直走下去。

如此磨磨蹭蹭，天光渐渐暗了下来，一看表六点了，我已经迟到一个小时。我得赶紧，拼死也要加快脚步，怎么能第一天上班就没完任务呢？道长要因此把我赶下山就坏了。于是我脱下上衣，把西裤脚装进袜子里，然后使出吃奶的力气，急急往前赶。

等看见道观的红墙，把瓜果挑到大门口的时候，道观里所有的道士都在那里，道长站在中间，他们全是一副严肃的表情。

我把担子小心放好，看表已经七点，心想这下死定了，食材在我这里，大家一定都没有吃饭。我向道长鞠了个躬，赶紧道歉："道长，实在对不起！耽误大家了。"

道长严肃地对别的道士说道："大家都看到了吧，赶紧回去吧！"然后他回头对我说道："你随我来。"我心想没有办法了，如果他要撵走我，我就求他，跟他解释我由于好多年都没有干体力活，错估了时间，再告诉他我走竹林绕了路，实在不行我就跪下求他。

道长把我带到他的房中，奇怪的是，他不仅没有责罚我，反而亲自给我倒了杯茶，然后对我说道："别担心，年轻人。你先歇会儿，然后去膳房吃饭，我们都吃过了。”

等我到了膳房，小道士给我备好了饭菜，他笑着对我说道：“居士，您就踏踏实实待下来吧，道长刚才还向大家夸赞你有恒心呢，特意吩咐我们多做了一份饭，怕你赶不上晚餐。”我悬着的心一下子放了下来，神清气爽食欲大增，狼吞虎咽把饭菜卷个精光，具体味道都记不太清，只记得这顿吃了几种蘑菇，还有玉米、海带之类，总之没有肉，也没有油，但那滋味比我上班接待客户时吃的山珍海味还要香。

吃完饭，小道士给了我一个火把，让我从竹林的小路下山。这火把跟之前去旅行时小店老板给我的火把如出一辙，我有些纳闷儿，但没问为什么，走到半路，发现火把快燃尽了，竹林中有好多干枯的竹子，我找来续上火苗继续赶路。

“一方水土养一方人”，果然不假，任何地方，人们让你这么做，自然有他们的道理。我越发对这道观充满敬畏之情。

到了山下的农家，他们家也给我留了饭，我说已经在观里吃过了，然后讲了讲下午挑蔬菜上山的事。大嫂笑得合不拢嘴，对我说道：“小兄弟，你真是缺乏锻炼，这些东西之前都是我送，不到一个小时我就背上山了。”我笑了笑，又羡慕又惭愧。

说完大嫂泡了一大壶茶，然后一家子围着八仙桌在院子里聊天，小男孩把我拉过去加入他们。我扫视了一下四周，黄白相间的大肥猫和花狗也坐在周围，好像专程来听大家聊天似的。

一家子谈天说地：大哥说说庄稼，大嫂说说柴米，老太太提醒儿子给她上集买眼药水，小女孩让妈妈给缝书包，小男孩要爸爸给买玩具枪，大嫂戳着小男孩的额头说“你别乱花钱”……我很少说话，大部分时间都是静静地听，心想如果人生可以再来，我一定要过大哥这种生活。

临睡道别的时候，我问大哥房费多少钱，好提前跟他们结账。他笑了笑，看样子有点害羞没好意思开口，这时旁边的嫂子说话了：“兄弟啊，我跟你大哥商量好了，我们不要你的房租，要是你能帮个忙就好了。”

“大嫂您说！”我好奇地问道。

“兄弟，我们一看你就是文化人。我闺女英语功课不太好，这段时间你能否在晚间抽点时间给她补补功课？”嫂子说话虽然大大咧咧，但脸还是红了，她一定觉得这是个大忙，其实对我而言，初中英语根本不在话下，比挑蔬菜上山容易一千倍。

“放心吧，大哥，嫂子，这事儿包在我身上！”

这是我住到竟倾山第一天的生活，后来每天的生活基本如此，但不同的是，我挑蔬菜爬山的速度越来越快，一个月后，我基本能追上嫂子的速度，不到一个小时就完成了任务，等我下山，正赶上小女孩放学回来，于是我给她辅导英语，直到一家子吃晚饭。

晚饭后我都陪他们一家人坐半小时，听他们聊天，然后回到自己的屋里。如此寂静的山村，睡觉又还早，于是我每天花两个小时翻译小说《索里城之翼》。

就这样，每天我都在忙碌中度过，每天都感觉很真实，山上山下的人渐渐都认识我了，见面都会微笑着打招呼。我也把肺病的事抛之脑后，除了柜子上的背包里还留着两张检查报告，感觉癌症这事儿跟我一点儿关系都没有。

时光飞逝，我在山上劳作，山下休憩，在此期间，这仙境里的种种风景都被我揽入怀中。

等我跟道长道别的时候，我已经给观里建了一个交互网站，还给他们设计了宣传册；《索里城之翼》的译稿也尘埃落定，邮寄给了钟郎出版社；房东家小女孩的英语成绩冲了前列，还在市举办的竞赛中获了奖。

大哥大嫂舍不得我离开，非要送我到高铁站。其实我行李并不多，自己也能搞定，但大哥扛起我的行李箱就走，嫂子也把我的背包抢过去背上，小女孩跑过来抢我手里的电脑包，不住地说道："老师，您把包给我吧。"

我没有拒绝，一家三口把我的行李抢得精光，我空着手跟在他们身后。我也不晓得道长有没有跟他们说过我得肺癌的事，看样子他们不知道。如果我能渡过这一关，将来一定还要回到这里，一定还住到他们家。

到了高铁站，候车的时候大哥跟我聊了几句，他说三个月前道长亲自去他家，说有一位远方的贵人要来住，还说这位客人身体很特殊，白天在观里修行，三餐只能吃粗茶淡饭。

当初以为道长不肯收留我，原来他老人家用心良苦啊。我哪里算得上贵人，其实道长才是我的贵人。这三个月的生活过得很清苦，也很幸福。这期间做的体力活，比我二十年做的体力活还要多。道长的深意我不能完全理解，但在五年前，我感觉浑身酸软，去找老中医开药，这位老中医说我的状态是由于坐得太久运动太少，只给我写了十个字：运动治百病，一忙解千愁。感觉两位老人的解决方案，真有异曲同工之妙。

跟一家三口在高铁站合了影，说完再见后，我穿过检票闸机的那一刻，小女孩突然哭了：“老师，道长爷爷说了，您的病会没事的。”原来他们都知道我的情况。

我回头看时，嫂子正转过身去擦眼泪。大哥一脸严肃，正向我招手。我特意用轻松的口吻说道：“你们快回去吧，我会回来的！”

第二十四章　穿行幽平关

春天风尘仆仆，由南向北，越过千山万水，终于到了北方。桃花和海棠争奇斗艳，如此醉人的季节，我要却拿着病历本去医院。

三个月过去了，肺部没有任何感觉，身体也没有别的不适，要不是回到北方，我都快把生病的事情给忘了。到了医院突然害怕起来，不敢去复查。每次遇到未知的事情，我都假想出最坏的结果，想着想着，我全身竟然发软，冒出冷汗来。

我做了个深呼吸，又重复去年的那句话："是福不是祸，是祸躲不过。"但我还是不敢走进医院的大门。昨晚刚下过雨，桃花落了一地，几乎覆盖了地面，雪一样的感觉，只是粉红替代了雪白。不小心碰到树枝，残留的花瓣又飘下来，感觉又被带到了梦境里，这不就是一场梦吗？我突然来了勇气，大步走进医院，然后急匆匆挂号见大夫复查，跑得我气喘吁吁。我不敢停下来，生怕自己中途打退堂鼓。

报告下来了，大夫拿着报告正在看。我站起来，紧紧盯住她的脸，聚精会神地等她发话，我想重刑犯在听判决的时候，也是这种感觉吧。医生双眉紧锁，一会儿又舒展开来，我的心情随医生的表情起伏。过了片刻，医生又慨叹起来，做出疑惑的样子，我的心都快跳出来了。

此时医生的手机响了，她接了个电话，对我微微一笑说道："林南先生，真是抱歉，有点急事我先出去一下，请到长椅上坐一会儿，我去去就来。"

我深呼吸后坐到椅子上，感觉有些眩晕，周围的景物不真实，视线也看不清，依稀看见刚才出去的女大夫回来了，她仍然穿着白色的衣服，但大褂变成了长衫，一看面孔才发现竟然就是甄隐娘，不过她的红衣服换成了白衣服。

她走到我面前，先给我一颗药丸，让我服下，然后掏出两封信函，让我赶往竟倾山。吃下药丸后，我思绪紊乱，也不问缘由，把信函放入怀中即刻就要启程。

甄隐娘又把我叫住道："这两封信函极其重要，千万不要弄丢了。等你到了竟倾山找到马永清，把红色信函交给他，然后到竟倾山道观南门的参天古槐下，拆开黑色信函自己看。你不能过早开启，我刚才给你服了断肠夺魂丹，如果你不遵守我的命令，休想拿到解药。"

为了活命，我只得照办，我换了一身便服，收起武林侠士的傲气，跨上一匹高头枣红马赶往竟倾山。一路晓行夜宿，疲惫不堪。跋涉了三天后，终于到了竟倾山南部的幽平关。

这幽平关是竟倾山的门户，两边高山巍然屹立，中间山坳的低处有一条官道，博国在窥狼历二十五年就在这里建立了关隘并派兵把守。这幽平关易守难攻，即便是最没用的将军，只要不打开城门，就能万无一失，因此这里的守关职位成了朝中人竞相物色的香饽饽，而今驻守的正是乐忠的义子乐池南。

此关地势险要，处于咽喉要道。如果要绕过此关去竟倾山，一条路是走窥狼河东岸峭壁上的小路，一条路是走猛兽出没的孔雀岭，两条路都不好走。

我怀揣信函催马到城下，那雄关盛气凌人，只听见城门上有守军呵斥道："来者何人，快快报上姓名和事由，否则放箭了。"

"且慢！大人，在下是马永清的徒弟，我是去给他老人家送信的。"

"请稍后！我去汇报乐将军。"

等了多时，城门上的士兵过来喊道："下马步行，牵马进来吧。"

那城门嘎吱开了，我跳下枣红马，牵着马往里面走。过了城门，穿过一个小门，被军士示意到侧房去登记。

我走到侧房，里面有一位六十来岁的老头，这人我好像在哪里见过，但总是想不起来。他冷冷地看了我一眼，示意我去名册上登记。我走过去，看见这册子上密密麻麻写满名字，都是来访之人。我提笔写完自己的名字，然后注明某年某月某日，正要转身，那老头懒洋洋地招呼道："哎哎！"他拿着本子示意我还没有登记完，我只能回去，原来还有另一个册子需要登记事由，我只得赔笑乖乖填写，然后恭敬地交给老头，那老头接过去坐下不说话。

我问道："敢问老人家，下一步我去哪里？须见何人？"

那老头白了我一眼，不耐烦地说道："那边！"他指了指侧面的拱门。

我赶忙致谢："多谢老丈！"

那老头也不答话，砰地把门关上了。

我心里很生气：这死老头是个什么鸟人，若不是为了去竟倾山送信活命，老子一刀把他给杀了！想当初自己呼风唤雨，而今在一个臭老头面前也得忍气吞声。转念一想算了吧，谁没有落难之日，忍忍吧，或许这老家伙是某个将领的亲戚也未可知。

我到了拱门，那老头突然开门大喊道："你没有脑子吗？先把马先拴在树上！"

我要发作又不能，只得听话，拴好枣红马后跨过拱门，看见一个门童站在那里，我满脸堆笑道："小哥，烦请引见一下。"

那小童冷冷地说了一声："随我来！"

我感激不尽，小跑跟上，随小童转过走廊上了二楼，来到一间会客室。小童让我坐下等候。我观看这会客室，富丽堂皇，四周挂满字画，看来这守城主将品位颇高。等了两个时辰，也没有人召唤。我耐不住，问身边的小童："何时可见大人？"

小童说"稍后"。我又等了半个时辰，还是没人过来。我正要问小童，小童早知道我的意思，对我说道："再等等！"

我内心早已焦躁，但鉴于当下处境，也不能发作，只得安慰自己道：老子就等着，看看这位大人是何许人也。等了两个时辰，我饥肠辘辘，红日开始西坠，那小童送过来几片糕点，我狼吞虎咽咀嚼起来，突然听见有人噔噔噔走上楼来，小童慌忙跑过来对我说道："还在吃！将军来了！"

我赶忙整肃衣冠，停止进食，低头致礼。

那官员带着"哈哈哈"的笑声，爽朗地走过来："请问是马道长的徒弟吗？公务繁忙，让阁下久等了！还请担待！"

"岂敢岂敢，小人此次前往竟倾山，还望将军签发通行凭证，小人实在着急。”

“好说好说，来人！”那守将乐池南吩咐小童拿过印信和纸张，做了一张文书递给我。我认真包好放到怀里。

乐池南看了一眼桌子上吃了一半的糕点，鄙夷地笑了笑，抬头对我说道：“不必客气，不必客气。”他示意我继续吃糕点。

我受此羞辱，心里火冒三丈，但迫于形势只得忍气吞声：“多谢将军，已经吃过了。”然后规规矩矩地坐在那里，心里气愤愤道：老子一辈子都是欺负人的，不想今天被人欺负，真是报应不爽。

那乐池南起来，清闲地来回踱步：“阁下既然是马道长的高徒，还请告诉马道长，下次路过幽平关，定要来我这里盘桓数日，以解我仰慕之情。”

我点头称是：“一定！一定！”我对马永清并不了解，但此人声名远播，定有超凡脱俗之处。我也不敢多搭话，很担心乐池南又生出什么幺蛾子来。

乐池南接着说道：“这些年我守卫此关，无所作为。听说局向南在北疆立功，很是羡慕。岁月催人老啊，真是可叹。阁下可否多住几日？”

我站起来摆手道：“多谢大人美意，只是在下有要事在身，不敢耽搁，等回程时再来叨扰将军。”

乐池南叹气道：“既如此，我也不挽留了！”于是吩咐小童带我下楼，转过拱门，给我牵来马匹。

我拿出块碎银子递给小童道：“小哥，多谢引见，些许薄礼不成敬意。”

那小童顿时满脸堆笑道：“阁下客气了！”原来他也会

说客气话。

我把小童拉到僻静处问道：“小哥，看你家将军气度非凡，言语中透着雄心壮志，来头不小吧？”

那小童得意扬扬说道：“将军是乐忠的义子，虽然屈身镇守此关多年，但将军立志要成为局向南的那样的帅才。”

我突然沉下脸道：“你家将军，不可能成为局向南那样的帅才。”

小童急眼道：“为何？”

“据民间传言，局向南英明神武、宽厚仁慈、礼贤下士，你家将军完全不一样啊。”

小童气红了脸道：“你吃了豹子胆，竟敢说这话！我这就去告诉将军，有你好看！”

我知道自己失言，赶忙阻拦道：“小哥息怒，息怒！我只是说玩笑话，玩笑话！”说完笑嘻嘻拿出一块黄金来，塞到小童手里。

那小童恶狠狠地说道：“不知好歹的贼子，还不快走！”

我翻身上马，急匆匆从北门出去了，生怕自己被阻拦，如果信不能按时送到，自己可能因为得不到解药而丢掉性命。等我翻越幽平关北边的大山，已经是黄昏时分，红日渐渐从远山的峰尖坠下去。我拍马赶路，想在天黑之前找到客栈。

行了多时，抬头看天，没有月亮，更没有星辰，但明亮如昼。回圈的羊群迟迟不听驱赶，村庄里的鸡鸭也不愿归笼。再遥望远处，混混沌沌，到处是一片模糊的红光，不一会儿狂风呼啸，却没有凉意，风中充满热浪。

我到路边的农家找水喝，只见一只大公鸡跳到院墙上，喔喔喔打起鸣来。都晚上了，这个时辰的鸡鸣把主人吓得惊恐万分，颤抖地站在院里数鸡鸣的次数。

我好奇地问道："大哥，不就是几声鸡鸣吗？你怎么害怕成这样？"

这位老农哭丧着脸回答道："阁下难道不知道吗？鸡鸣本应该在清晨，晚上打鸣，必然有不好的事情发生。如果打鸣三声、七声或者九声，就更不祥了！"

我看这老哥很失落的样子，觉得有些好笑，想帮他一把，于是掏出兜里的一块银子向那只大公鸡掷过去，这只鸡应声而倒。主人正在吃惊，我喊道："不讲时辰乱打鸣，该死！它以后不会再叫了。"大哥正要发作跟我理论，但见我功夫了得，也不敢多话，只得怏怏地提着公鸡进屋了，其实他也没有什么损失，虽然这公鸡被我打死了，银子也留给他了。

别说这只公鸡胡乱打鸣，这天象确实怪异，漫天的白光和红光把道路照得通明，哪像是黄昏景象。我也顾不得这怪异的光，赶紧催马赶路，走了五十多里，大地还是明亮如昼，那枣红马也精神抖擞，一路秋色渐浓，突然东方天际升起黑云来，急速冲向天空，奇形怪状，张牙舞爪，如各种怪兽。

须臾之间，北边也凸显出黑云来，霎时西边和南边也升腾起黑云来。这些黑云如战将、如金刚、如鬼魅，争相凸起，不到一个时辰，所有云朵在天顶交会，遮盖了红光。顿时电闪雷鸣，狂风大作。众多雄鹰在天空盘旋，等待风雨淋湿翅膀，但迟迟没有任何雨点，倒见黑云下卷起螺旋飓风来。

我和马被吹得东倒西歪，好不容易把马牵到路边的破庙中，准备等着风雨过后再赶路。过了多时，仍然不见雨点，那天空的闪电变成弯曲的火龙，交替穿梭，发出巨响。树林中和破庙的野兔、山鸡四处逃跑乱飞。那枣红马也嘶鸣起来。

我从来没有见过如此景象，是自己毒发产生的幻觉，还是极端的暴风雨？但这一切，明明就不像暴风雨。我突然间悟到了：太乙符！一定跟太乙符有关！想到此，我也不顾这奇怪的天象，赶紧上马，策马飞奔往竟倾山。

话说竟倾山也是一片风云景象，但并无雨点。山路直通静笃殿，我一路驰骋到殿门，已经有卫士在等候，他们也不说话，急忙带领我到静笃殿西侧的一个小庙宇，里面聚集了很多人，我走到马永清跟前，马道长神色凝重地说道："总算来了！"

我按甄隐娘的话老老实实递上红色信函。老道示意我退下，然后带领众子弟赶往静笃殿去了。

随后我牵马到了道观南门西侧，果然看见大槐树，于是拿出黑色信函，心里默念道："姑奶奶，我可是按您的意思不折不扣捎信了的。"拆开后，我一口气读完：

> 你能到定好的地点才拆开此信，也算你信守承诺，虽然你只是为了活命，勉强信守承诺，但你也算完成了一件大事。实话告诉你，我的药丸里根本没有什么断肠毒。行走江湖多年，这是我让人替我办事的方法之一。
>
> 青山不改，绿水长流！

我这段时间一直担心，没想到竟无性命之忧，甄隐娘这招够狠也够妙。说来也奇怪，一番折腾之后，我反而觉得挺有收获，对马永清的事倒有些感兴趣了。

“林南先生，不好意思，让您久等了！您过来吧！”突然听见有人叫我，原来大夫回来了，我看了一下，她并不是甄隐娘，也没有穿长衫，仍然穿白大褂。我胡思乱想，似梦非梦，可能是过于紧张的缘故。

我走到大夫桌子边的凳子坐下，屏住呼吸，准备接受命运的审判：“大夫，您回来了！请说吧！”

大夫详细地跟我说了我现在的情况，总的来说，目前病情没有恶化，如果能尽快接受治疗，治愈率很高。悬在心里的石头终于落下来了，我赶紧回答道：“谢谢大夫！”接着，大夫又跟我分析了现阶段要怎么治疗。退出诊室后，我快步走出医院，跑到花园里，春雨浇过的桃花和泥土发散出清香。我不再迟疑，决定尽快接受治疗。

离开医院，我没有打车，选择步行回家。经过在竟倾山挑蔬菜上山的锻炼，感觉身轻如燕，步行对我来说根本不算什么。午后天空的云朵渐渐散去，阳光照到路边刚吐芽的柳条上，照在雨水洗过的草坪上，照在浓艳的海棠花瓣上……

若不是这一次生病，我可能继续对城市里的春天熟视无睹，这跟健康、友谊和亲情相似，我们觉得理所当然的东西，只有经历过挫折或危险后才明白其珍贵。

第二十五章　侠影仙缘

回到家心情不错，我继续按照在山下农家养成的习惯，吃了点煮笋和米粉，然后到书房坐下，打开在山里翻译完的《索里城之翼》来。

这本书在农家的茅屋里我校对过五遍，当时没有特别的感觉，只想让文字更通顺流畅，而今再次翻阅起来，居然吓了自己一跳：这是我翻译的吗？

我一口气读了六七章，感觉行文非常陌生，这等于不认识镜子里的自己，甚是奇怪。之前我从来没有翻译过文学作品，而今这文字，读起来竟一气呵成，充满原著的气势和韵味。我喝了口茶，继续阅读，闲暇时的阅读跟校对阅读完全是两码事。我越读越惊叹，接连拍了几次桌子：这是真的吗？我居然能把这本书翻译到这个层次！难道这就是文笔和外语结合的光芒？早就该做文学翻译了。

我沾沾自喜，感觉很亢奋，到十一点还是不想睡觉，在书房里来回踱步，欣喜中有点担心，因为我又想起高考时所谓状元的事来，那时候我确实飘了起来，一飘就是好多年，双脚凌空总踩不到地上，以至于无法定位自己，吃了不少苦头。品评自己的译著这事儿未必客观，“不识庐山真面目，只缘身在此山中”。我这种感觉可能只是一厢情愿的自我欣赏而已。

其实当初翻译这本书的时候，我也没打算出版，只是很喜欢伯楠克恩的思想和语言风格。这本书我反复读了好几遍，从邂逅到喜欢，从喜欢到痴迷，从痴迷到翻译出来，这期间经历了一年的时间。

算了，刚从医院回来，何必要思考太多，我还得继续保持竟倾山上养成的生活习惯，出版的事就交给钟郎出版社了，他们是文学界的知名机构，以前出过很多优秀译著，相信他们自有评判。

等了好几天，还是没有接到出版社的消息，我有些着急，心想如果《索里城之翼》这本书不能顺利出版，我该会有多憋屈啊。我躺在床上，睡眼蒙眬，只觉得身体慢慢飘起来，飘到了窥狼山下。

只觉得肚子好饿，我爬到山岗到密林中去寻找食物，突然看见前方有草动迹象，应该是野兔出没，饥饿让我忘了再也不猎杀动物的承诺，我放慢脚步，随声音的方向慢慢摸过去，判断猎物已经很近了，我从腰间抽出飞刀来。

正要甩出飞刀，前方草丛里闪出一只老虎来。这哪是猎物啊，是我成猎物了！我退后两步，只见老虎摇动尾巴，随时准备攻击。这畜生全身的毛色跟枯草一样，除了明亮的双眼，身体的其他部分完全跟草色融合在一起，难怪我走到它跟前才发现。

这下完了！我吓出一身汗，译著还没出版，自己就要葬身虎口了。绝不能死，好多事我还没有做完，我使出浑身力气，向后纵身跳了丈把远。那老虎见猎物露怯，结束对峙，咆哮着向我冲过来。

我把飞刀往老虎前额扔过去，但只从老虎的耳朵尖擦过。

我只得回身跳跃，蹿到一棵桑树上。那老虎即刻跳到了树下，往上抓挠，几乎要够到我的靴子。我赶紧闪躲，左手抓住树枝，右手从腰间抽出钢刀，翻身准备跳下来拼命，不料那桑树已经枯萎，咔嚓一声断裂，我随树枝跌落到老虎身上。

那老虎把我甩开，咆哮着又向我攻过来。我闪到右侧，连树枝也挂在身上，反而让那老虎近前不得，这树枝倒成了一个绝好的屏障。我把树枝转过来，自己躲闪在败叶中，先把树枝送到老虎近前，老虎躲避之时，我上前一刀刺入其左前腿，那老虎在疼痛中发狠向我扑来，但因左前腿受伤，却扑偏了，我乘势在老虎小腹来一刀，然后退到一丈开外。老虎倒在地上，再也不能向前，我也不敢上前，只在旁边的石板上坐下来整理衣服，然后把钢刀插在腰间，慢慢等待老虎流血枯竭而死。

经过一番搏斗，我又从猎物变成猎户。我把虎皮剥下来，然后割下后腿的腱子肉，生火烤来吃。那虎肉味道实在是粗糙之极，但由于太饿也顾不了许多了，我饱餐一顿，然后把虎皮搭在生树枝上，放在篝火上烤干。

看看天色已晚，我把老虎拖过石板后方，找个地方埋了，然后一步一趔趄走下山岗来。远方有零星的灯火，并不明亮，有点像抠门人家为省桐油点的灯盘。我把虎皮翻过来，毛色朝里披在身上，倒也非常暖和。也没找投宿之所，我只得在秋风里继续赶路，渐渐到了深夜，天空灰色的云雾散去了，圆月从东边升起来，天上的星星也看得清楚。

突然刮来一阵冷风，我打了个寒战，只觉得越走越冷，伸手摸摸眉毛，发现有冰霜，原来是下霜了。

霜天实在太冷，到了后半夜月亮西坠，天变得漆黑，我也不想赶路了，看见路边有座山神庙，于是走了进去，铺了虎皮准备在里面过夜。等点上篝火，发现破败的墙上有清晰的文字，是用刀锋刻的。那文字应该刚刻上去不久，地上有人刚宿过的痕迹。

我笑了笑，看来在孤寂的路上也有同伴，只是我们来的时间不同，错过了彼此而已。再看了墙上的字迹，虽然是刀刻的，但字字讲究，流畅连贯，力度深入墙皮，一看就是内功深厚的高手所为，再看那文字，是一首诗：

雪中寻·侠影无踪

漫天飞絮不沉寂，问君何处有寒炉？
千街万径鸟踪灭，只缘闹市无枝歇。
金樽好酒乾坤壶，霓虹夜深无远客。
蓑衣斗笠为何物？晓月玉钩挂寒铁。

下面署名：苏臣巳。

我反复琢磨这首诗，感觉既有磅礴之气，又透着怀才不遇的感伤。我有点惋惜，要是早点到这里，就能见到这位苏臣巳了。

篝火燃尽，我没有续柴火，躺到虎皮上睡下了。山神庙虽破，但倒挺避风，是个露宿的好地方，可我辗转反侧就是睡不着，只听得庙外的秋风呼呼刮起来，如鬼魅呼号，树叶在风中作响，但我心情还不错，庙外的大风和庙里的温暖让我有种静夜听雨般的惬意：能听见雨的声音，又不必在雨中跋涉。

实在睡不着，我只好又起来生了堆火。庙门外坠落的秋叶随大风起舞，飞到神像前，接着又被风卷到别处去了。我又读了一下墙上的文字，想起自己肺部生病和出版未果的事，心里也伤感起来，跟这位苏臣巳的情怀倒也有几分相似，于是我也提刀在墙上刻了一句词：

秋叶无意翩翩，纵有落红护花梦，绿颜衰，形不改，怎奈寒风不作成！

落款：林南。

说来也怪，刻完字后，我如释重负，舒适地躺在虎皮上，很快进入了梦乡，等再次睁开眼，哪有什么山神庙，也没有虎皮，我躺在客厅的沙发上。看来我的耐心还需要修炼，书稿交给出版社，他们也需要时间审核，其中还有很多程序要走，何必要像梦中那样着急呢？安心等一段时间再说了。

我渐渐忘了《索里城之翼》，也没有找工作上班，如今家里人也知道了我身体的真实情况，都很支持我。除了要去医院的时候，每天上午我从翻译公司接稿件翻译，下午仍然保持劳动的习惯。城市里没有蔬菜担子，于是我把帐篷塞进背包里，又放了几个哑铃，然后背着包顺古运河一直走到城市东边的禅院，在禅院里转一圈后，我回到运河边，搭起帐篷吃点水果，然后跟河边钓鱼的老人闲聊。

这些老人都很沉稳淡定，似乎这忙碌的都市生活跟他们毫无关系，河对岸车水马龙，他们却专心地守候浮漂，沉醉在初夏的阳光里。还有人不等水温回升，就脱光衣服跳进河里游泳。

每天下午，我在他们每人身边的箩筐里总能看到十多尾鱼，钓得少的也有五六尾，让我羡慕不已。小时候我也跟着祥坤爷爷去山间的湖里钓鱼，但从来没钓到过，我总是盯着浮漂看了不到几分钟，就想提上来看看蚯蚓是否还套在钩子上，生怕蚯蚓自己游走了。有时水面吹来微风，浮漂稍微动了一下，我就赶紧拽出来，觉得有大鱼上钩了……每次折腾半天都没有钓到鱼。

后来赶上梅雨季节，祥坤爷爷给我准备好钓竿和蚯蚓，把他的斗笠借给我，让我自己去试试，还说这天气出去，一定能钓到鱼。

我老早就赶到小湖边，甩下钓竿，天空下起小雨来，水面出现千万个小圈，弄得我有些眩晕。附近各个山村里的老头，有披雨布的、有戴斗笠的、有撑雨伞的，都扛着钓具到水边。

钓鱼的人越来越多。大家互相不说话，但谁钓到鱼，别人都会喝彩一番。半天下来，除了我跟旁边的一位瘦削的老头没有被喝彩，别人都多多少少有了收获。

我正要灰心，突然浮漂沉了下去，我赶紧提竿。好家伙，竟然钓上来一斤左右的鲤鱼，比他们所有人钓起来的鱼都大，我小心翼翼把鱼取下来放进竹篓里，老头们投来羡慕的目光，旁边的瘦削的老头更是着急了，埋怨自己运气不佳。

原来这湖边的“钓友圈”里，他们才不在乎你的年龄，虽然我只是个十来岁的小屁孩，钓上鱼来，他们一样羡慕你，被老头当成老头的感觉真的很好。

钓上这尾鱼后，我就没有钓到更多的鱼了，没过多久，旁边瘦削的老头儿也超过了我，但我仍然津津有味地守着鱼竿，不吃不喝坚持到了太阳落山。

从记忆里回过神来，只见城市里的太阳也要落山了，我收起帐篷，又背上背包继续我的体力项目。城市的灯光开始点亮，我快步行走，隐匿在这灯火璀璨的红尘里，车辆呼啸而过，我却感到无比的宁静和幸福。

真实而平淡的日子匆匆过，每天下午我仍然坚持背着哑铃继续步行，夏天的烈日把我晒得漆黑，等到运河边的枫树飘下落叶，城市又迎来宜人的秋天，步行街两旁的银杏树叶变成金黄，冷风扫过，树叶铺满街道，绘制出一个亦真亦幻的世界。每次看见季节更替，我就依依不舍，甚至要哭出来。别误会，很多时候，想哭未必是出于忧伤，也未必是因为开怀，而是触动于真实。在季节更替间，经过治疗，我的身体逐渐康复。我还收到了钟郎出版社发来的合同，不过在签完合同之后又有很长时间没有消息传来，但我没有着急，很快就把这件事抛到了脑后。

这天晚上，我背着哑铃从运河边回来，开门后女儿就跑过来亲我，这是小家伙多年来养成的习惯，然后她递给我一个快递说道："爸爸，您的包裹。"

拆开后，是一本新书，封面是深秋湖边的风景，远山映衬着蓝天，正中写着书名"索里城之翼"，下面楷体字印着"伯楠克恩著 / 林南译"。

我的处女译作印刷出来了！我就像拿到大学录取通知书一样，赶紧坐下端详起来。没错，确实出版了，是钟郎出版社新近出版的！更让人开怀的是，书背面居然还有作家曾熙乾的介绍语：

首次读伯楠克恩小说的中译本，译文语言地道，文笔流畅，充分展现了怪侠的济世情怀，值得推荐。

另外还有河鄣外国语大学檀仲玄的推荐语：

该译著在忠实于原著的同时还杜绝了翻译腔，并对句子顺序和逻辑结构进行了调整，使译文符合汉语行文规则，不仅提高了可读性，也传达了原著韵味。

两位介绍者，一位是文学界的名家，一位是外语界的泰斗，这评价我真是不敢当，心想既然两位大家鼓励，我就把这些评语作为今后追求的目标。我必须加倍努力，不负期望。我躺在沙发上把书摊开，那油墨香味跟小时候打开新书嗅到的味道一样，沁人心脾。

第二十六章　注《临江仙》

我拿着孙芊竹邮寄给我的结婚请柬，回到了故乡的小城。这哥们又结婚了，如果我没记错的话，这是他第三次结婚。第一次结婚我参加了，新娘子是同校隔壁班的校花，但后来离婚了；第二次结婚孙芊竹找了跑业务认识的客户。在校友群里，同学们打趣地提醒他：孙芊竹你要当心啊，把甲方变成老婆，以后过日子你还得当乙方。当时我正去五台山旅行，没有参加孙芊竹的第二次婚礼。孙芊竹发信息骂了我几句，说我“贵人多忘事”“重色轻友”“混好了就忘了老朋友”。

我也不知道他这话从何说起，这些年我一直奔波于油盐菜米，并没成为所谓的“贵人”，混得不烂也不好。至于重色轻友，我想孙芊竹是嫌词语不够胡乱拼凑，毕业后我们不在一个城市，他怎么可能了解我的情况，后来我追问他才弄明白，原来是说我“重景色轻朋友”，这解释也太牵强了，但我倒也接受，我确实痴迷于山水。

后来孙芊竹打电话跟我说，第二次娶的这位甲方老婆，结婚后在家做阔太太，吃饭要去星级酒楼，穿衣服非国际大牌不要……自己已被弄得疲惫不堪。听他意思是又想离婚，我只得劝道：“人家好不好，也是当初你自己选的。婚姻这事儿，没有大原则冲突就别追求完美，鱼和熊掌不可兼得啊。”

“大哥说得是！确实如此！”孙芊竹在电话那头不住地表示赞同。其实我很了解他，他虽然说赞同，心里未必听得进去，果不其然，而今第三次结婚的请柬邮寄给我了。换成是我，如果离了两次婚，第三次结婚我就不请客了，只需去民政局登个记，然后请哥们撮一顿拉倒。

我走出高铁站，张磐说过要来接我，我张望了一下出口接站的人群，没有看见张磐，估计他忘记了吧。我拉着行李箱，走出大厅。突然后背被人拍了一下。等我转身，正纳闷这是谁呢，对方说话了：“大哥，你啥眼神呢？我是张磐啊！”

我被震住了，从对方的眼神看，确实还是当年的张磐，但除了眼神这家伙全变了：身材瘦削，皮肤白净，头发整洁光亮，估计用了一整瓶啫喱水。他穿西服打领带，笔挺挺地站在我面前，感觉比之前高了许多。

我走过去踹了他一脚，这是我们上学时常用的打招呼方式，我笑着说道：“这么光鲜，是你结婚还是孙芊竹结婚啊？！”

张磐没有笑，拍了拍裤子上被我踹的位置，客气地对我说道：“哥，咱们赶紧走吧，婚礼就要开始了！”我原以为他会跟我闹一阵子，这下反而显得我过于火热。我有些尴尬，突然觉得当年的张磐已经离我远去。

我跟他到了停车场，他很娴熟地把我的箱子放进后备厢，拉门让我坐好，还做出手势保护我的头部，就像我连上车都不会。这是一辆凯迪拉克 SUV，闪耀着光泽，里面空间不小，播放着快节奏舞曲。

上车后我问张磐现在做什么工作，张磐边开车边回答道："我在企业里做投资。"说完他还是不苟言笑，其实我很想知道张磐具体干什么职位，听他口气并不想告诉我。我递给张磐一支烟，他接过烟看了一眼，然后放进烟灰缸里。过了几个红绿灯，张磐递给我一支烟，我终于明白刚才这家伙为什么不抽我递的烟，原来他这支烟，值我十支烟的价格。

我心想多年的老同学见面，你在我眼里只是同学，你做什么岗位抽什么烟并不重要。我也不管他一脸严肃，又打趣说道："噢哟，你小子这是发达了啊，抽这么贵的烟！"

"哥，没办法，应酬需要。"

我沉默了，既然是应酬需要，刚才我递烟给你怎么不抽？自从肺部检查出问题后，我很少抽烟，在这之前，我也抽过好几年。其实我对烟的品质真分辨不出来，如果你先告诉我价格，昂贵的烟抽起来感觉确实不错；如果你隐瞒价格而且把香烟上的商标抹掉，我就分辨不出来了。香烟对我来说没有优劣，我沉迷的只是手指夹住烟头的感觉，也沉迷于咬着烟头腾出两手做事的成熟感。

到了酒店已是宾客如云，很多人单从长相认不出来。张磐扔下我后找人玩麻将去了。我没有主动去认识别人，只是倒了一杯茶，一个人坐在角落里慢慢喝着看别人聊天。有些人我是认识的，他们大多数比我年长，年长的人有个好处，就是长相变化不大，但他们往往不认识你。若不想相认，只简单对视一下，心里有个数，然后转一下目光，假装看别处。

我溜达了几圈，跟别人闲聊了几句，然后去找孙芊竹，孙芊竹笑嘻嘻地对我抱拳道："大哥，对不住！招呼不过来，您自己入席吃饭吧。"这还差不多，不客气，也不冷落，有点当初上学时的样子。

我问道：“新娘子呢？带来我看看！”

孙芊竹脸红了，笑着说道：“大哥，你比我还急啊！还没到呢！”

我拍了拍孙芊竹的肩膀说道：“我急什么？你这家伙好自为之，下次再请我喝喜酒，我可懒得大老远地赶过来。”

孙芊竹凑近我的耳朵道：“哥，你盼我好点儿行吗？我也不想再离婚了。”

我笑了，看他也够忙的，我没有再打扰孙芊竹。四处转转，没有见到认识的同学，只见不远处有人津津有味地讨论着什么，我也好奇，决定过去看看。人群中一位年轻人说道：“最近市面上有本书叫《索里城之翼》，大家都看过吗？真是值得一读！”

另外一位戴眼镜的中年人响应道：“确实是本好书，译者叫林南，不知道是不是孙芊竹的同学林南。”

有人接话道：“不可能是孙芊竹的同学，如果是，孙芊竹早告诉我们了。”

我很惊讶，这本书才出几周，居然已经传到这里。我心想，你们还挺有眼光，这译者就是我呀，但我没有说话就走开了，如果换成上高中时，我要是出了书，一定会打电话告诉所有的人，而今我却一点公布的欲望都没有，也许是因为自己不再飘了，脚已经踩到实地，或者是因为人到中年，对这些所谓的轰动看得淡了。

我默默地找了个空座，跟一群陌生人同席，大家都不客气，酒菜上齐后，喝酒的自行斟上，不喝酒的看菜吃饭。我倒了一杯酒，闻了一下，是村子里的酒坊酿造出来的，这是好东西。尝了几口菜，只有蒜苗炒木耳和清汤炖红烧肉有乡村的味道。一杯酒下肚，感觉热烘烘的。吃完饭，我没有打招呼就离开了婚宴。孙芊竹太忙，我不想打扰他；张磐太假，我也不想打扰他。

这里离竟倾山只有三百公里，于是我买了一张高铁票，直奔竟倾山。下车后，小镇熟悉的景色又勾起我的回忆。我像回家一样直奔农家，才到他们家门前的菜地，小男孩就大声喊："姐姐，叔叔来了！"他边喊边跑过来跳进我怀里。我抱着小家伙走到他们家里，一家子乐呵呵地招呼我进屋，嫂子赶紧拿出毛巾把凳子擦干净让我坐。

大家寒暄了几句，大哥说我长胖了。老奶奶泡了一壶茶，把我拉过去坐到八仙桌边，拿糍粑和笋干来招待我。我没有久坐，而是到院子四周转了转，菜地里的蔬菜长势挺好。我又回到我住的小屋里，屋子被布置成小女孩的书房，干净整洁，墙上贴了很多奖状。我一张张地看：数学地区竞赛一等奖、初中英语奥赛二等奖、中学生作文竞赛一等奖……正看得出神，突然听见小女孩在外边喊道："爸爸妈妈，道长让我们一家陪林南叔叔上山，一起去道观里吃晚饭。"

原来刚才小女孩跑上山把我回来的消息告诉观里了，这孩子还是那么精瘦，一段时间不见，长高了一大截。

一家子收拾好后，即刻出发，老太太穿上新衣服由大哥扶着走。我把小男孩举过肩头扛起来，嫂子赶紧过来阻拦道："兄弟，你别惯他，让他自己走吧。"

我知道她是担心我的身体，我笑着说道："嫂子，您就放心吧，从你家挑蔬菜上山三个月，我也练出来了！"

我们一行六人顺大路上山，聊了好多事，比如这株刺槐枝叶挡路了，比如今年雨水少江面下降了，比如陡峭的竹林小路又进行修整了……大家说说笑笑，就像过年去串亲戚一样。人一高兴，就容易忘记时间和距离，我们很快就到了观里。

道长和小道士们已在大门等着了，打过招呼后，因为都是老熟人，毫无拘束感。只见正殿侧面的院子里摆了好几席，清一色的八仙桌和红漆板凳。

道长和当初迎接我的小道士，连同我们六人，正好坐了一桌。我看了一下桌子上的菜，很是奇怪，每一桌都是四盘四碗，都是大容量的陶碗陶盘。四碗煮菜：煮玉米、煮红薯、煮茄子、煮花生。四盘凉菜：苦瓜、竹笋、荸荠、鱼腥草。

大家斟满茶，道长说话了："林南先生，欢迎回来！贫道看阁下的气色，想来身体已无大碍了吧？"

我赶紧起身给道长鞠躬，诚恳地说道："谢谢道长！我在观里做事三个月，不仅身体状态好了很多，还学到了很多人生道理。"

道长也起身了，众人一看，全都站了起来。道长接着说道："观里很多年都没有举办宴席了，也没有什么山珍海味招待林南先生，而今这些清水菜，无盐无油也无酒，取道家道法自然之意。让我们为林南先生出版译著举杯！"

这是我预想不到的，有如此殊荣，真是我几辈子修来的福分。《索里城之翼》还在我箱子里没有拿出来，道长怎么就知道了呢？我终于明白，很多时候做某些事，不必有所求，兢兢业业付出，把关好自己的为人，明眼人自然会被感动过来关心你，在淳朴的地方尤其如此。

我看着这一桌简朴又丰盛的清水煮菜，毫无拘束地大吃起来。我们来自自然，活在自然，最后终老于自然，何必要在衣食住行上修饰过多。饿了再吃，吃尚自然，这顿饭的味道，压根儿不比孙芊竹的婚宴酒席差，这苦瓜和鱼腥草的味道，反让我食欲大开。

吃完晚饭，玄清子道长在道观里给我安排了一间舒适的房间，窗明几净，燃着香。我坐了一会儿，虫子的叫声从窗缝里透进来，天空中一轮新月撒下柔和的光辉。我吹灭蜡烛，睁着眼睛躺在床上，享受虫鸣和月光，只听得那虫鸣声音越来越响，感觉都市的生活已经是很遥远的记忆了。

我推开房门，趁着淡淡的月光转到后山，顺小路下山，来到一条驿道。月亮完全升起来了，天空明朗起来，只见一支雁队，正狠命地往南飞。我走在驿道上，两旁的农家关门闭户，估计都在睡梦中吧。

这与世隔绝的生活令人沉醉，而今我有病在身，跟圆圆又相隔千里……想着想着，突然生出出世之意。我继续往前走，前方出现一处驿站，我走进去，驿丞给我奉上茶水和点心，只听得一人在隔壁说道："林将军怎么来了？"

等我迈步进去，只见里面是一间宽敞的会客厅，原来玄清子道长也在这里，我赶紧抱拳对道长说道："深夜无眠，我看月明如昼，出来散散步，也不知怎么走到驿站里来了。"

玄清子道长捋着花白胡须，精神饱满，像神仙下凡，微笑着对我说道："林将军，来了也好，这里真是个高雅的地方，就拿这间会客厅来说吧，岂不是挺别致？"道长这么一说，引起了我对房间陈设的关注。只见墙上写了一首词，原来是宋初无名氏作的《临江仙》：

快活无过庄家好，
竹篱茅舍清幽。
春耕夏种及秋收。
冬间观瑞雪，
醉倒被蒙头。
门外多栽榆柳树，
杨花落满溪头。
绝无闲闷与闲愁。
笑他名利客，
役役市廛游。

我站在这首词前，反复读了几遍，称赞道："道长您看，这首词的意境多美，若能过这种生活，也是遂心之事了。"

玄清子道长问道："林将军，难道您也有出世之意？"

道长真是明察秋毫，我点头承认。道长笑了笑，招呼驿丞过来说道："请拿笔墨来。"

不一会儿，驿丞让人送来笔墨，道长对我说道："林将军，贫道云游时，也见过这样的田园景致，遥远望去，我也有向往之情；等走近看，那农舍周围脏乱不堪，真实的情况跟诗词里写的不一样。贫道今夜就为将军注一下这首《临江仙》，希望林将军不要责怪我打扰了雅兴。"

"岂敢！岂敢！道长您请便。"我回答道，心想道长这么一说，肯定有他老人家的一番深意。

玄清子道长提笔疾书起来，只见龙飞凤舞，瞬间写就。

我再看时，那《临江仙》的每一句都写了一个注解：

快活无过庄家好，（无奈有荒年）
竹篱茅舍清幽。（鸡鸭牛粪熏臭）
春耕夏种及秋收。（碌碌终日不得闲）
冬间观瑞雪，（天寒薄衣瑟瑟）
醉倒被蒙头。（暂忘愁苦）
……

读完后，我心里隐居田园的想法动摇了，我看见了农家周围的鸡鸭、牛粪和臭水沟。之前我只看到田园优美的一面，而真实情况是好坏参半。玄清子道长真是用心良苦，他老人家必定是想用这种方式鼓励我积极入世，再接再厉。

看完注解后，我没有即刻评价，内心不停地在雅俗意境之间切换。没想到我这一犹豫，又被玄清子道长看透，他微笑着说道："林将军不必思虑太多，贫道愿赠诗一首，将来何去何从，到时候自然柳暗花明！"道长摊开纸张，提笔写了一首诗：

笑红尘·枉多情

翠竹自生留空节，强言挺拔有风骨。
巍巍神像佛法远，遍体金身工匠涂。
花鸟不解亡国泪，草木多情人自赋。
山河自古本无意，情种痴人伤古屋。

我是似懂非懂，把这首诗收起来放进袖中，看看窗外，天已蒙蒙亮，我跟随道长赶回竟倾山，半路上雄鸡的打鸣声此起彼伏，我被吵醒了。看了一下表才十二点，桌子上的蜡烛燃烧得所剩无几，观里所有的人都在安睡。

第二十七章　生死相隔

又是一个金秋，我爬上竟倾山顶，四下望去，枫叶林把群山装点得一片红，道观的黄瓦在林中隐约可见。我转到前山，见那婉转的江流往东而去，朝阳把江面照耀出鱼鳞一样的光泽；老渔夫摇着小船，晃悠悠撒起网来……岁月就这样给拖慢了。我决定再待半年，继续我梦幻一样的悠然日子。

时光飞逝，过完年大地回春，竟倾山又呈现出另一番景象。我打算徒步上山，想去切身体会一下春天来了没有，准备出门时手机响了，是老姐打来电话，说祥坤爷爷病得很重，让我快回去。换到平时，老姐给我打电话一般会唠叨半天，详细问问生活情况之类，这次她说了一句话就挂断了。我即刻感到了事态的严重，于是飞奔到观里辞别道长，然后到山下农家收拾行李，购买高铁票匆匆赶往老家。

等我到了县城医院进入住院部的病房里，只见亲友们都来了。祥坤爷爷半躺在病床上，见我进来，他试图往前起身，但手臂没力气，只是微微动了动。我坐到床沿上，祥坤爷爷微笑着说道：“林南，你回来了！”

我拉着他的手，看他的脸瘦了很多，仍留着雪白的山羊胡子。我正要跟他说话，只见他躺回枕头上慢慢睡着了。我继续握着他的手，就像小时候他带我去赶集的时候，紧紧抓住我的手一样。

老姐把我拉到一边对我悄声说道："爷爷好几天都没有睡沉，昏迷了很多次。每次要喝水都会喊林南，爸爸跟他解释了好几次都没有用，我们只好让你回来！"

我突然好恨自己，自从去县城上学那一年起，逢年过节我都下决心早点回来陪爷爷，但每次我去小木屋，都是匆匆而过，曾经形影不离的祖孙俩竟随我年龄的增长渐渐疏远。

我在医院里住下，陪着祥坤爷爷。医生说他年纪太大，用药效果不佳，情况很凶险，让大家做好最坏打算。祥坤爷爷睡了近一天，爸爸说可能是因为我在身边，爷爷才睡得这么久。爷爷醒来后，看上去很精神，第一句话问我道："林南，你怎么还不回去？你的钥匙和钱包都带好了吗？"

我即刻知道祥坤爷爷脑子并不清醒，因为我昨天才回来。每次回来看他，他心里虽然舍不得，但又总是催我离开，提醒我起身前带好钥匙和钱包成了他的习惯。

我忍住眼泪，说了句谎话："爷爷，我等你好了再回去！"

晚上给他喂药时，他突然说："林南，我给你做的拂尘，这次要带回去啊。"我赶紧说道："放心吧，爷爷，我一定带回去。夏天蚊子多，我一直想着这事呢。"吃完药，他又问我："我的画眉鸟呢？你们别忘记喂食，别给饿死了！"爸爸把鸟笼提过来给他看，他点头表示放心。

这只画眉每天清晨用清脆的歌声把大家叫醒，这鸟儿被养的很肥，估计祥坤爷爷是把它当家畜养的。从小我就了解祥坤爷爷，无论何时，他总要养点东西。起初是大耕牛，他每天五点钟就上山，割一上午的草，盛满满两背篼，我中午都会上山去帮他背一背篼。下午他把耕牛赶到湖里洗刷得光亮，村子里的人都夸赞这老牛有福分。无论什么牲口落到祥坤爷爷手里，不出一年定会膘肥体壮。

随着年岁增高，祥坤爷爷饲养的动物越来越小，养完耕牛养马，养完马养骡子，养完骡子养狗，养完狗养猫，养完猫养画眉鸟。这些动物在祥坤爷爷生活里都充当了多重角色：牲畜、萌宠、伙伴。晚年他虽然行动不便，但养画眉鸟费不了多少精力，他就拄着拐杖到集上买了很多花养起来；等超过九十岁，他竟然跟小朋友一样喜欢起五彩氢气球来。从平凡事物中玩出趣味，我还没见过谁能超过祥坤爷爷。

次日清晨，祥坤爷爷醒来后非常清醒，居然能记起屋子里的所有人。他喝了碗小米粥，跟大家聊了几句，然后郑重地对我说道："林南，爷爷年纪也大了，这次怕是不行了，你们不要难过。"

我安慰道："爷爷，您安心养病，会没事的。等您好了我再回去。"

"不，好不了的，我自己知道。你们把我送回老屋吧，我还想再看看！"爷爷平静地说道，就像叮嘱我不要忘记带钥匙和钱包时一样，脸上没有悲伤。

回老屋是祥坤爷爷最后的心愿，大家商议之后决定送他回去。我扶他坐在怀里，给他剪了头发，刮了两腮胡须，把山羊胡捋好，然后给他戴了一顶毡帽。我在背后看着他，发现他的脑袋变瘦小了很多。我知道留不住他，跟他一生缘分将尽，我竟没有觉得悲哀，只有不舍。

下午太阳出来了，趁天气温和，我把爷爷背下楼送回了老家。我背着他往小木屋走，山上的草木已经泛出新色，桃花已经开了，金色的油菜花飘来香味。我故意走得很慢，想让爷爷再看看这初春的景色，这应该是他最后一次看了；我也想看看这初春的景色，离家快二十年，今年还是首次重温老家春天的感觉。

上到山腰我歇了一会儿，拂面的微风很轻柔，已毫无冬天的严酷。碧蓝的天空飘来朵朵白云，远处的坝子里有很多小孩子拉着风筝奔跑。看着看着，我感觉又回到了童年，带上祥坤爷爷给我糊的风筝，去麦田里疯跑，脚踩在雪水冻过的土地里……我不想长大，也不想爷爷老去！

等我小心翼翼背着祥坤爷爷走进小木屋时，发现他已沉沉睡去，留着山羊胡子的脸上露出和蔼的面容，从此再也没有醒来。他就这样安静地走了，大家谁也没来得及说再见。

祥坤爷爷下葬的那一夜，乡邻们都来了。上天居然来了个倒春寒，从午夜开始下起大雪来，下了一整夜。雪片在温暖的衣服和头发上化成了水珠，老乡们全然不顾寒冷，齐心协力，到天微微亮的时已经垒出一所宏大的坟墓。

大家都回去睡觉了，我在坟前坐了很久，前方的湖面泛出水汽，湖对面的山被白雪覆盖住了，那些郁郁葱葱的冬青林顶着白色的冠盖，矗立在侧面的山丘上。回头看坟前，也不知是哪位有心人把祥坤爷爷喜欢的两盆花整齐地摆放在左右。我坐在石块上，旁边的松枝被雪压断了，雪纷纷坠落下来，发出簌簌的声音，祥坤爷爷长眠的地方竟如此安静。

我又回到了祥坤爷爷的小木屋。太阳出来后，房顶积雪开始融化，雪水滴滴答答从屋檐上落下来。我有点饿了，掀开火炉，到地窖捡了些红薯放进去。大黄狗走过来坐在我身边，它并不知道老主人已经离去。我摸了摸黄狗的头，坐在火炉边翻起日历来，原来昨晚是三月十四，是我的生日，跟爷爷的葬期刚好重叠。

我取出红薯吃起来，一吃到香甜的红薯，又想爷爷了。岁月无情，大千冥幻，转眼间给我烤红薯的人已远去。抬头看见风筝和拂尘还挂在墙上，我把它们摘下来小心地收好，我要把风筝带到北方去，至于拂尘，等有机会我会把它送给竟倾山的玄清子道长，祥坤爷爷的在天之灵一定不会怪我。

大雪后空气清新，我来到山顶，远方起伏的山峦清晰明朗，山上湿润的草木纹理和色泽也分辨得出来，油菜的花朵和叶子上挂着水珠，土地散发出春天气息；碧蓝的天尽头又蒸腾起羊群一般的云朵；回望山腰的小木屋，房顶还覆盖着一些未化干净的雪，木屋被雪水洗得一尘不染，周围的桃花已经彻底绽放。

我突然不悲伤了，过好现在才是祥坤爷爷对我的期望，我决定留下来。一番策划之后，我在木屋边加盖了一间书房。夜深人静时，我坐在书桌边，心想这片温润的土地，年年岁岁，不知道发生过多少温情的故事，不知道这些故事滋养出多少瑰丽的梦境来，我得赶紧记下来，于是我打开电脑，写下这些文字：

没有雪的冬天是有缺憾的，可这山明水秀的水西庄居然有缺憾了六年，我都快忘记雪花的模样了……